樂律

逆空追凶

罪局

時空錯亂，罪案連環！
當槍聲響起，命運之風將裹挾著真相吹向何方？

老譚 著

CHASING THE EVIL AGAINST TIME AND SPACE

跨越時空的殺機
陌生的另一個自己
真相撲朔迷離，未來晦暗不明

槍響的那刻，
命運的齒輪隨之轉動
究竟誰是獵人，
誰是獵物？

目錄

目錄

楔子

夜長如斯！小雨淅淅瀝瀝地下著。

一陣急促的電話鈴聲，將睡夢中的葉大衛驚醒。

「隊長，我看到武東了！」申雲娜的聲音壓得很低。

葉大衛立即精神抖擻，抓起外套，像陣風似的衝出了辦公室。

葉大衛臉色緊繃，兩隻眼睛瞪得滾圓，將油門狠狠地踩到了底，越野車在夜色中像瘋狂的野牛，怒吼著衝破了層層雨幕。

「砰！」一聲，葉大衛瘋狂迎著響聲跑去。

雨突然大了，冰冷的雨水打在他臉上，他拔出了槍，搜尋式前行。雨越下越大，裹著狂風，彷彿要將這個世界淹沒。

葉大衛持槍衝到申雲娜面前，發現她已經停止了呼吸，頓時喉嚨裡湧出一股股酸澀的味道。他跪在地上，緊緊地抱著還溫熱的身體，全身上下都被她身體裡的血染紅了。他眼裡噙滿了淚水，輕聲呼喚著她的名字，把她的臉貼在自己胸口，張大著嘴，顫抖著，從喉嚨裡發出沙啞的呻吟……

第一章　戴面具的人

清晨的江州市，在微光的煦暖中，緩緩醒來。

位於城市西南部海域的沙灘上，橫七豎八地停放著幾具屍體，其中有女人，也有孩子。被海水浸泡過的屍體，早已腫脹變形，面色蒼白，眼神死灰，布滿了驚恐、絕望和各種不甘心的表情。

現場的氣氛十分壓抑，那些活著的人，又有誰知道，他們生前曾經歷過何種折磨，臨死時又經歷了哪些痛苦？

案發現場，離城市中心大約五公里。

發現第一具屍體的人，是附近早起的一位清漂者。他每天很早就開始起床忙碌，遠遠地看到在海灘邊沉浮的黑影，本以為又是從海上漂過來的垃圾，走近去開啟袋子，一看是蜷縮的屍體，立即被嚇得驚叫起來。

警察局接到報警後，隨即派去海警，在海灘附近仔細搜尋起來。果不其然，很快在近海區域，又發現了另外幾具裝在袋子裡面的屍體。

葉大衛接到電話，急匆匆趕到現場時，現場已經被封鎖。不遠處，聞訊趕來看熱鬧的圍觀者，零星地散開在沙灘上。他們都是附近的住戶，海灘上發現屍體的消息，瞬間就傳開了。

一輪紅日從海天交接的地方破界而出，整個海灘都被染成了血色。

葉大衛檢視現場後，緊蹙的眉頭像是上了一把鎖。他雙手叉腰，站立在海邊，遙望著沒有盡頭的遠方，任憑海水一浪一浪地在腳下翻湧，卻巋然不動。

按理說，如此美好的清晨，加上美輪美奐的建築，應該構成一幅大氣磅礡的美麗畫卷。可就因為那些剛被海浪衝到岸邊的屍體，在每個人心裡都壓上了一塊巨石，所以這些呈現在他們眼裡的風景，也顯得那麼格格不入了。

這些死者生前一定經歷了非常恐怖的事情，他們有想過這趟旅程便是自己生命的終點嗎？

電話突然響起，把葉大衛的思緒拉回到了現實當中。

「兩天前，警方在北部海域發現一艘偷渡船，為了逃避追捕，數十名女子和孩子被人蛇集團扔進大海，造成多人失蹤……」打電話的人是警局的同事，「葉隊，我們初步懷疑，今天早晨在海灘發現的屍體，很可能就是被人蛇集團扔進海裡的偷渡者……我們剛剛已經跟當地警方取得聯繫，據被抓捕的犯罪嫌疑人交代，這個人蛇集團的蛇頭，正是警方一直在追蹤的武東！」

兩天前的凌晨三點，一艘船身印著「大華號」的船隻幽靈般駛入北部海域。本以為神不知鬼不覺，突然間，不知從何處冒出幾艘海警船，雪亮的燈光將船隻緊緊地包圍，然後傳來了嚴厲的警告聲：「我們是海警，你們已經被包圍，請停船接受檢查！」

船上的人亂作一團，但並未停下來，反而加快了逃離的速度，試圖衝破包圍。

海警船緊追不捨，警告聲還在繼續，試圖將「大華號」逼停。

很快，有人向武東通報了情況，身在陸上的武東正在喝酒，得知「大華號」突然遭海警追趕時，狠狠地將酒杯扔在地上，氣急敗壞地大罵起來。

但是，氣歸氣，還得趕緊採取措施。

「老樣子處理『貨物』，是死是活就看他們的造化了！」武東下達了命令，船上的手下立即下到貨倉，面對這數十名「貨物」，打算將他們全都裝進早已準備好的麻袋。

隨即，船艙裡的人開始鬼哭狼嚎起來：「放我們出去，放我們出去……」

他們全都是手無縛雞之力的女人和孩子，面對窮凶極惡的犯罪分子，除了徒勞無功的反抗，只能苦苦哀求。

「都給我老實點，想活命的話就聽我們的，先下去躲一躲，等那些警察離開後，再把你們拉上來。」為首的人威逼利誘，花言巧語。

有些腦子還算清醒的女人，此時已經意識到即將發生什麼，於是開始反抗，但那些不聽話的女人很快就被打暈過去，然後像垃圾一樣被塞進了麻袋。

這是人蛇集團在遇到警察攔阻，走投無路之後，為了隱瞞罪行而採取的措施。

警方這次是在掌握充足的情報後才採取的圍捕行動，上船檢查後，很快就找到了被拋進海裡的女人和孩子，但很多人被解救上來已經是奄奄一息，而在之前逃避追捕的緊急關頭，還有幾個容納不下的女人和孩子，被倉促拋進海裡，被海水捲走……

＊＊＊

葉大衛聽到「武東」這個名字時，身體的某個部位，好像被針炙了一般，猛地痛了起來。多年來，以武東為首的人蛇集團，頻頻登上各地警方的通緝令，他本人也因此成為警察局的「紅人」。葉大衛萬萬沒想到這次的殺人惡魔又是武東，他和武東的交手，始於兩年前的那個雨夜。風浪此起彼伏，一艘大船在海上搖搖晃晃，似乎隨時都可能被捲入海底。甲板上到處都是水，浪花飛濺，根本分不清東南西北，整個世界好像都在旋轉。

葉大衛被綁著雙手，跪在快要被海水吞噬的甲板上，任憑雨水和海水劈頭蓋臉地砸下來。繩子的一邊繫在船頭，另一邊連的是另一名警員，被高高地懸在半空中，身體也隨著船隻的搖擺而晃來晃去。

當然，船上除了他們兩人，還有好幾個身著黑色雨衣的男子。他們像柱子一樣釘在船頭周圍，冷眼盯著這兩個獵物，一張張臉上布滿了獰笑。被揍得遍體鱗傷的葉大衛，再也感受不到疼痛，只是被徘徊得厲害，整個人趴在甲板上，胃裡翻江倒海般抽搐著，突然就吐了起來。

在他面前，大約兩公尺遠的位置，有一個身著雨衣、戴著面具的男子，已經安靜地觀察了他許久。此人便是葉大衛追蹤了許久的武東。武東的臉躲在面具之後，只露出兩隻狼似的眼睛。他慢慢走到葉大衛面前，一腳踩在他背上，像從鼻孔裡發出的聲音，冷冷地說道：「你們這些警察，還真是不怕死，從海上追到岸上，又從岸上追到海上。這是打算把我趕盡殺絕嗎？」

葉大衛倔強地仰著頭，盯著那張戴著面具的臉，咬牙切齒地罵道：「見不得人的狗東西，有種就摘下面具……」

在此之前，武東就像是一個傳說，很多人都聽說過他的名字，可似乎誰都沒見過他的真面目。

葉大衛也一樣，不知多少次將武東的樣子在心裡勾勒出來，可武東的形象在他腦子裡一直就像個影子，虛無飄渺。

武東看著正痛罵自己的葉大衛，緩緩抬起了腳，看著黑色的大海深處，得意揚揚地笑道：「全世界的警察都想抓我，可直到目前，依然沒人見過我的真面目，知道為什麼嗎？」

葉大衛被踩在腳下，再也說不出話來，只能從喉嚨深處發出「嗚嗚」的叫聲。

「因為見過我的人全都死了！」武東狂笑道，「我與你們警方一向是井水不犯河水，可有些警察非要跟我作對，還派人潛入我身邊。可惜啊，本來我不想殺警察，你們非要逼我。沒辦法，我只能一次又一次地成全你們。」

他這話指的便是他曾經親手殺死過的警察，當然也指和葉大衛一起被抓的警員劉宇森。

劉宇森幾個月前潛入武東的人蛇集團，向葉大衛提供了很多消息，但從未見過武東。直到這一次，他聽說武東要出現，於是向葉大衛通風報信，沒想到葉大衛剛潛入船上不久，正打算解救人質時，卻被狡猾的武東包圍了。經過一番打鬥，最後武東拿劉宇森要挾，葉大衛被抓。武東沒有立即殺害兩人，而是命令把船開到海上。

「你放過他，我任憑你處置！」葉大衛口氣稍稍軟了下來，「我是他的直屬長官，他只是接受我的命令做事……」

「不不不，你這話雖有道理，但我最恨的是叛徒和內奸，所以他必須死！」武東指著劉宇森，「很遺憾，在他之前，我已經親手除掉了至少五個警察，他們全都是想親手把我送進監獄的人，所以你想讓我放過他，痴心妄想！」

葉大衛的左眼在打鬥中受了重傷，此時腫得像個饅頭，只能半睜著。他看了一眼劉宇森，還有周圍黝黑的海面，近乎哀求道：「他上有老母，還有妻子和兒女……你放過他，求求你放過他，留他一條命！」

武東這次沒有笑，而是嘆息道：「太感動了，你居然想要博取我的同情心，讓我放過他？好吧，我可以答應你，但有一個條件！」

「你說，你說……」葉大衛此時唯一的想法便是保住劉宇森的命，沒想到武東厚顏無恥地說道：「你剛剛不是說他家裡還有妻子和兒女嗎？我正好剛剛有批貨被你們警方給救走，損失不小啊。想要他活命，就拿他妻子和兒女交換。」

剛從昏迷中醒來的劉宇森，在聽到武東的話後，狠狠道地：「既然落入你的手裡，要殺要剮隨便，你要是敢動我家人，我做鬼都不會放過你！」

葉大衛沒想到武東的條件居然如此惡毒，頓時也忍不住掙扎起來，厲聲喝斥道：「禽獸不如的東西，我跟你拼了！」

武東興奮不已，這時候，讓手下解開了繩子，劉宇森迅速下沉，和葉大衛形成拉鋸，當到達最低點時，葉大衛的身體沿著甲板滑動起來。他雙腳死死地撐住船舷，才沒讓劉宇森繼續下沉到海水中。

劉宇森的身體離海面僅剩下不到一公尺的距離，海水幾乎是擦著臉掠過。

葉大衛用力往後移動，試圖將劉宇森拉上來，但甲板上實在太滑，嘗試了幾次都失敗了。

武東像看戲似的盯著葉大衛，眼睛裡始終洋溢著興奮的笑容。他是個控制欲極強的人，之前在處死被抓的警察時，也是先想盡辦法折磨一番，等玩夠了再下毒手。

「何必這麼拚命呢？現在後悔了吧？你們這些警察，為了一個月的那點死薪資，連命都不要，真不知道是怎麼想的。」武東圍著葉大衛轉悠，不急不躁，不慌不忙。

雨下得越來越大，和海水混雜在一起，鋪天蓋地而來，加上狂風怒吼，世界末日好像就快要到了，船隻也顛簸得越來越嚴重。

葉大衛幾乎使出了渾身力氣，但無濟於事。

「要是撐不住了，那就放手吧。」武東幸災樂禍，「你親手殺了警察，這可不關我的事，興許我還會看在你幫我除掉內奸的分上，放你一條活路呢。」

葉大衛仰著頭，怒吼著，終於又一點一點地把劉宇森拉了上來。

「放手吧，別管我了！」劉宇森明白了目前的處境，如果這樣下去，最終只能是同時耗盡兩人的性命。葉大衛卻仍然咬緊牙關往後死拽。此時，他只有一個信念，絕對不能讓劉宇森死。

「對呀，聽他的，放手吧，這樣下去，你們倆都會死的！」武東的聲音又在耳邊響起，突然一個大浪打過來，整個船隻好像騰空而起，然後又重重地落回到海面。

這一次，葉大衛終於沒能再堅持住，整個人失去重心，迅速滑向船舷邊緣。

劉宇森掉進了海裡，然後被捲入螺旋槳……

葉大衛突然感覺牽引自己的重力消失了，用力一拉，繩子另一頭居然是鬆動的。他大驚失色，已然猜到發生了何事。

可就在這時，武東似乎也明白了什麼，正命令手下衝過來時，又一個潮流捲了起來，船隻被高高地抬起。

正目瞪口呆的葉大衛被摔到了甲板的另一邊，在他近前的人突然持刀襲擊。他躲閃開去，用手中的繩子牢牢將此人纏住。另外的人在站穩腳跟後，又迅速圍了上來。他藉著人質當擋箭牌，左閃右閃，最後將人質高高地拋起來，扔在了甲板上。在人質昏迷之後，又滾到一邊，躲開了襲擊者刺來的一刀，打算去抓住武東。

可是，他沒想到武東手上居然多了把槍，指著他，嘴裡還嚷著：「給我抓活的！」

葉大衛微微愣了一下，正感覺無處可逃之時，又一個潮流鋪天蓋地而來。這一次的潮流比之前還要大，船身幾乎傾斜成了一百二十度，快要翻轉過來似的，船上所有的人都被掀翻在地。武東也受到了強烈的撞擊，手上的槍不知道丟到何處去了。

葉大衛事後常常回想起這一幕，要不是因為這個潮流，自己的命可能就要留在海上了。

船隻平穩後，葉大衛看到手邊躺著一把刀。他抓起刀，將捆綁著的雙手解放了出來。很快，他就看到了距離自己不到兩公尺遠的武東。劉宇森死了，他不僅要報仇，還要抓住武東，為另外一些被他殺害的警察報仇。

武東沒想到葉大衛居然解開了雙手，慌忙命令手下將他抓起來。

葉大衛左衝右突，在甲板上靈活周旋。雖然對方人多勢眾，可他經過專業訓練，一般人根本不是他對手。他抓住其中一個嘍囉打落下海，又擰斷了另一個人的喉嚨。其他人見狀，紛紛露出膽怯之色，攻擊的速度明顯慢了下來，但在武東的監視下，誰也不敢後退半步。

「我要活的，這個人一定要活著！」武東咆哮起來，「他的命值一百萬，誰抓住他，錢就是誰的！」

重賞之下必有勇夫。

果不其然，葉大衛遭到了更加瘋狂的襲擊。

武東臉上再次浮現出了笑容，到了這個時候，他更加不想眼前這個警察死了。他要抓住這個警察，然後慢慢地玩，等玩夠了再弄死。

葉大衛不小心中了一刀，刀尖扎在他手臂上，但是幸虧扎得不深，他反手將襲擊者的刀奪了下來，然後刺穿了對方的脖子，紅色的血四面飛濺，噴了他一臉。那傢伙捂著脖子，都沒來得及哼一聲，就一頭栽倒在了甲板上。

笑容在武東臉上漸漸消失，他的好幾個手下已經被葉大衛給幹掉了，原本以為掌控全局，自信心爆棚的他，已然失去了先前的銳氣。一開始想要活的，現在卻改變了想法：只要留下葉大衛，不管是活的還是死的。

葉大衛正面踢飛了一名襲擊者，那人笨重的身體，沿著溼滑的甲板，向著武東的方向滑了過去。

武東反身一腳，又將人給踢了回去，可葉大衛已經到了近前，正要抓住他時，被人從後面抓住了手臂。他感覺自己的身體離開了甲板，然後被硬生生地摔了下來。可他已經感覺不到疼痛，麻木之後毫無痛感，正好讓他絕地反擊。

他靠在船舷上，剛躲過一拳，轉身一看，黑色的海面像張著血盆大嘴的怪獸，正等著他自己鑽進去。

武東的目光突然落到了滾落在甲板左邊角落的手槍，此時，槍支離他大約三公尺。他大喜過望，沒有多想，迅速移步前往。

葉大衛倒吸了一口涼氣，重心下沉，才沒有倒下，然後用手肘攻擊了右手邊的襲擊者，那傢伙的牙齒都被撞飛了，靠在船舷上徘徊起來，正想保持平衡時，卻又被另外的人撞了一下，終於撒手掉進了海裡，瞬間便消失得無影無蹤。

武東終於撿起了槍，對著葉大衛的方向便胡亂開了一槍，但沒打中葉大衛，於是又開了第二槍，卻擊中了自己的手下。他像個瘋子，瞪著眼睛怒吼起來：「都給我滾開！」

另外的人見狀，紛紛避讓。靠在船舷上的葉大衛，面對武東手裡的槍，心想這下完蛋了！武東拿槍瞄著葉大衛，冷冷地罵道：「本來還想留你一條命，但現在你必須去死！」

槍響之時，葉大衛縱身躍起，掉進了浪濤之中！

第二章　大雨迷離的夜晚

每年的雨季，都讓葉大衛無比煩惱。他不喜歡雨季，尤其不喜歡這個雨季。那些關於雨季的詩意書寫，在他眼裡全都是個屁。他不僅是個男人，更是個警察，骨子裡的俠骨柔腸，令他對罪犯恨之入骨，對所愛之人刻骨銘心。他認為申雲娜的犧牲，跟自己有莫大的關係，如果自己那天晚上不睡著，如果自己能再快一點趕去現場，她就不會發生意外了。可人生只有現實沒有如果，他無數次地懺悔，也無法換回搭檔的性命。

在送走搭檔後，這個性格剛毅的男人消沉了很久。在此之前，他又在海上目睹同事被殺，每每閉上眼睛，那些場景便像噩夢一般衝撞著他的靈魂，他感覺自己再也無法回到一線了。

上級體諒他，給了他無限期長假，希望他能在靜養中跨過那道鴻溝。

他漸漸迷失在酒精中，因為他發現自己只要還清醒著，就永遠也擺脫不了自責，只有靠著酒精的麻醉，才能換取短暫的失憶，只有在沉睡中，才能不想起犧牲的搭檔。

他自閉了，把自己關在屋裡，四門緊閉，就連晚上也不開燈，一個多月沒出門。

屋子裡滿地狼藉，到處是東倒西歪的酒瓶，濃郁的酒味飄散在空氣中，就連蟑螂也都被熏死了好幾隻。

在客廳的牆上，有一面鏡子，鏡子正好對著另一面牆壁。這面鏡子是葉大衛在裝修房屋時刻意放上去的，他喜歡臨出門前照鏡子，尤其是穿上帥氣的警服時，每每會在鏡子前整理衣冠，順便對著自己英俊的身影敬一個禮。

這一個多月來，向卉只要有空都會來敲門，隔著門窗跟葉大衛說話，希望他走出陰霾，重新回到工作崗位。

向卉曾跟著他見習，稱他「師父」，她雖然後來去了110指揮中心，兩人不在同一個部門，可這種師徒關係還是延續了下來。

很多時候，葉大衛雖然喝了酒，腦子裡卻是清醒的。他知道外面那個叫向卉的女孩相當在乎自己，也明白自己必須振作起來，因為殺害申雲娜的凶手還逍遙法外。

可他一時半會兒卻無法做到，雖然他試圖強迫自己將一切都放下。

向卉是江州市110指揮中心的接線員，她打心底裡喜歡葉大衛，自從跟著他見習，就開始對他著迷。她是個開朗的女孩，跟葉大衛之間也不避嫌，何況兩人都是單身，雖然年齡差了好幾歲。她不小心跟外人說過對葉大衛有好感，這話很快就傳到了葉大衛耳中，可他只是付之一笑，把那些話全然當成是小女孩對自己的仰慕。

其實對於男女之間的那些事兒，葉大衛故意裝糊塗而已。起初，她以為葉大衛心裡有人，也猜測可能是同樣單身的申雲娜，所以她曾經退卻過。可如今申雲娜犧牲了。她能明白葉大衛心裡的痛苦，她又何嘗不是一樣？申雲娜不僅是一名警察，也是她的同事。

＊＊＊

向卉下班後，和往常一樣來到葉大衛家門外，正想敲門時，門突然開了。她很疑惑，但心裡一喜，以為葉大衛終於跨過了障礙，於是快步進了房屋，卻發現屋裡根本沒人。一個不祥的念頭在她腦子裡一閃而過，瞬間就變得六神無主。葉大衛，你可千萬別做傻事啊！她呼吸急促，慌忙撥出了葉大衛的電話。本來，她只是抱著試試的心態，因為這些日子，她在門外多次撥打葉大衛的手機，都無人接聽。可沒想到的是，電話那頭居然傳來了葉大衛低沉的聲音。

「師父，你去哪兒了?你可別嚇我，趕緊回來，我在家裡等你。」她的聲音帶著命令式的語氣，同時又充滿了哀求。

「我沒事，不用管我！」電話那頭的葉大衛好像遲疑了一下，但說完這話就掛了電話，留下向卉獨自發呆。

漫長的四十天，葉大衛的身心，在無盡的煎熬中，彷彿經歷了四季輪迴。

在這段日子裡，他把自己關在屋裡，心情糟糕到了極點，懊惱、自責、悲傷、悔恨……各種複雜的情緒像洶湧的波浪，一陣一陣地湧上心頭，完全占領了他的身體，把他折磨得幾乎不成人形。

就在昨晚，他還做了個夢，夢到申雲娜突然從客廳的鏡子裡走出來，然後衝他微笑、揮手。他想要抓住她，可她卻像一縷青煙消失在鏡子中。

這個夢把他驚醒，同時也讓他警醒。他對著鏡子，看著滿臉憔悴的自己，覺得自己不該如此沉淪下去，只有抓住武東，才能讓申雲娜和大海上殉職的兄弟瞑目。

所以，他走出房間，來到了申雲娜被槍殺的巷子。

那個雨夜，如同過往的四十天，搭檔被血染紅的情景，依然清晰地浮現在他眼前。

此時的他，像個可憐的孩子，蜷縮在巷子的牆邊。

牆壁依然冰涼，絲絲寒意滲透他的背脊，而他卻完全感覺不到冰冷。

因為，他的心比這牆壁還要冷。

「我們要做一輩子的搭檔，是同生共死的好搭檔……」這是申雲娜生前跟他說過的話。可是，在他心裡，她又何嘗只是搭檔？這個小師妹，性子直爽，幹勁十足，還體貼人。那天晚上，就是因為想讓他多睡會兒，所以事先才沒打擾他。

葉大衛想到這裡，鼻尖又變得酸澀起來。他仰望著悄然降臨的夜幕，幾顆星星點綴其中，不禁在心底默默地問道：「雲娜，妳會是其中一顆嗎？」

向卉站在巷子入口，遠遠地看到了葉大衛，這才舒了口氣。她是個聰明的女孩，在葉大衛結束通話電話之後，很快就猜到他可能來了這裡。她朝著他走過去，在他面前站立了片刻，又在他身邊緩緩坐下，然後什麼都沒說，也什麼都不問，只是默默地陪著他。

「妳不該來的，我不值得妳浪費時間。」葉大衛從夜空收回眼神，眉目低垂。他的聲音，低沉而又悲傷，彷彿被一股巨大的力量束縛著，無法掙脫。

向卉看了他一眼，似乎猜到他在想什麼，隨即裝作無所謂的樣子，輕描淡寫地說：「雲娜姐在天上看著你呢，如果她知道你今天終於走出來了，一定會為你高興的。」

「四十天了，我白白浪費了四十個日夜。」葉大衛的聲音像是飄在雲端，在這幽靜的夜色中顯得格外空曠，「雲娜，這是我的失職。妳放心，我一定要親手抓住殺害妳的凶手，一個也別想跑。」

向卉聽到這些話，長長地舒了口氣，開心不已，又看了葉大衛一眼，跟著說道：「雲娜姐，我也會幫忙抓住那些殺人凶手的。」

＊＊＊

陰霾散去，生活和工作彷彿回到了正軌。葉大衛回到工作職位後，局長徵求他的意見，問他是否希望去一個相對清閒的文職職位。其實這不是在徵求他的意見，而是命令式的，但被他一口拒絕，為此還跟局長大鬧了一場。局長拗不過他，但是打算安排一位新的搭檔給他。他一聽到這話，更是心情消沉，恨不得掀桌子。

「這也不行，那也不行，你還當我是局長嗎？要是不同意安排新的搭檔，其他所有的條件免談！」局長馬正雲怒火中燒，其實也並非真的發怒，只是心疼。

馬正雲是向卉的姑父，之所以做出這樣的決定，主要是受了向卉的委託，雖然帶著私心，但也是為了葉大衛好。「從今以後，我不再需要任何搭檔！」葉大衛和馬正雲拍桌子走人後，胸膛裡像裝滿了炸藥。兩天以後，江州市警察局 110 指揮中心突然接到報警電話，有家長稱自己的孩子放學後失蹤。

又是一起孩子失蹤案，這是半個月以來第二起孩子失蹤案。這個駭人聽聞的消息頃刻間傳得沸沸揚揚。江州市民人心惶惶，尤其是那些有孩子的家庭，生怕倒楣的事也發生在自己身上，不少家長在接送孩子上學放學時，都懷著忐忑不安的心情。沒有任何線索，一切看起來似乎天衣無縫。但也正是這天衣無縫的作案手法，讓葉大衛身體裡的細胞再次躁動起來。他知道，沉寂了一個多月之後，武東按捺不住，再次露面了。

晚上十點多，110 指揮中心異常忙碌，但大多數打電話進來的，都是些無關痛癢的案子。嚴格來說，還不能稱為案子，只能說是一些小麻煩，比如問路者，丟了阿貓阿狗的人來尋求警察幫忙。

葉大衛的事情在警局鬧得沸沸揚揚，向卉自然也聽說了他跟馬正雲鬧翻的消息，昨晚想去找他，但他沒接電話。

「你好，這裡是 110 指揮中心，請問有什麼需要幫助的。喂、喂，您好……」向卉心裡還在想著葉大衛時，突然接到這個電話，話音未落，很快就被電話那頭傳來的救命聲打斷。

「救我、救我……」電話那頭傳來一個女人的聲音，非常微弱，而且很急，充滿了恐懼，好像有人在追著她。憑直覺，向卉猜到報案者出事了，或者說正遭到某種威脅。

「妳好，請告訴我出什麼事了，快告訴我妳的位置。」向卉的心提到了喉嚨，心臟在怦怦亂撞，「請妳務必保持平靜，先找地方藏起來，告訴我妳在什麼位置，警察會馬上過來幫妳！」

可是，電話那頭再次傳來一聲聲驚恐的慘叫。向卉被驚得站了起來，替報警者深深地捏了一把汗，然後請同事定位報警電話。

「找到了，在『金三角』附近。」

「金三角」處於三條馬路交叉的位置，周邊有不少夜店，白天時車水馬龍，到了晚上更是魚龍混雜，喧囂震天。三教九流的人匯聚於此，成了暗夜裡的另外一個世界。

「報警者正遭到生命威脅，情況非常危急，請位於『金三角』附近的同事盡快前往事發地點支援。」向卉向同事們發出了求救指令，同時，她想起了葉大衛，猜到葉大衛如果收到消息，一定會前往事發地點。因為，葉大衛的家，離「金三角」大約一公里遠。

此時，葉大衛正開著電視，躺在沙發上閉目養神。

「地球北緯三十度向來被冠以神祕的色彩，因為在這一緯度附近有許多神祕莫測的自然現象，也造就了很多詭異的奇觀。古埃及的金字塔、古巴比倫『空中花園』、約旦『死海』、北非撒哈拉大沙漠中的『火神火種』壁畫、加勒比海的百慕大三角區和遠古馬雅文明遺址……都坐落在這條奇妙的緯線上。而北緯三十度地區則有錢塘江大潮、黃山、廬山、峨眉山，奇山異景，數不勝數……不僅如此，在北緯三十度，地震、海難、火山和空難等時有發生……」江州市衛星頻道正在播報科學節目，主持人娓娓道來。

「處於北緯三十度的江州市，歷史上也曾多次發生大小地震。有歷史記載的最早時期是元朝中期，據專家分析，那次地震震級在8級左右，造成兩千多人死亡。近年來，震級較大的應該是發生在1987年7月13日的地震，震級為7.8級，共造成三千人死亡，一千五百人失蹤……雖然江州市正處於北緯三十度地震帶上，但也正因為如此，江州市有不少獨特風景，每年都會吸引大量遊客前來觀光旅遊。」

葉大衛雖沒有聚精會神地傾聽，但耳朵仍然不自覺地被主持人厚重的聲音左右，一時間竟然沉浸在了主持人的講述中。

他收到從警局傳來的消息時，猛地想起了申雲娜，想起自己還是一名警察，隨即一個翻身坐了起來，然後奪門而出，驅車直奔現場。

＊＊＊

「金三角」讓江州市看起來像個不夜城，到處流光溢彩，燈火輝煌。整個城市，到了夜晚，也就這裡最為耀眼、奪目。

「我已經到達現場，馬上發送報案人位置給我。」葉大衛下了車，跟向卉報告了自己的位置。向卉聽到他的聲音時，微微頓了頓，但臉上隨即浮現出一絲激動的表情，目光投向正面螢幕上正在移動的手機訊號，大聲而又急切地說道：「報案人正在迅速移動，很可能是在行駛的車上，車輛行進的方向，目前是位於『金三角』西邊方向的一家廢棄停車場。」

葉大衛再次回到車上，踩下油門，按照定位指示，前往廢棄停車場。

他知道那座停車場，在江州市城區西邊，因為政府規劃轉移，幾年前被廢置，早就聽說要在那裡修建一個綜合性的大型市民休閒廣場，但不知什麼原因，一直沒有實質性的進展，暫時被政府用作報廢汽車的停放場所了，後來叫著叫著，就被人們習慣性地叫成了「城西停車場」。

他駕駛著豐田越野車，將油門踩到了底，在街道上瘋狂飛馳，很快衝下主路，轉入左側一條狹窄的輔路。

「目標已經在停車場停止移動……」向卉繼續向葉大衛報告，葉大衛踩著油門的腳變得無比僵硬。當廢棄停車場出現在眼前時，他終於收回腳，一個猛地煞車，攪起無盡塵土，越野車穩穩地停在了被堆成山高的停車場正中央位置。

停車場周圍一片漆黑，高高堆起的廢棄車輛在夜光之下層層疊疊。

出於職業的敏感性，葉大衛沒有即刻下車，而是先在車上觀察了片刻，沒有發現異樣，然後才開啟車門，掃了一眼被廢舊汽車圍成半圓的停車場，瞬間感覺自己好像身在深淵之中，頓時就有種心臟受到擠壓的壓抑感。他不記得自己多久前來過這裡，沒想到會有這麼多報廢的汽車屍骨。

「我已經到達位置，但沒見到人，妳確定目標到了這裡？」葉大衛正在說話間，突然眼前一亮，只見燈火四起，瞬間就被燈光給包裹了起來。四盞大頻率的探照燈，把停車場照得宛如白晝。站在中間的葉大衛，也彷彿赤身裸體，毫無躲藏之處。葉大衛受到強光照射，情不自禁伸手遮擋了一下刺眼的燈光。

「喂、喂喂，發生什麼事了？」向卉雖然沒看到他的動作，但突然感覺到不對勁，臉上露出一絲惶恐。葉大衛慢慢放下手，這才模糊地看到，在他正對面，出現好幾個人影。

「葉大衛、葉大衛，聽到請回答我，聽到請回答我……」向卉沒有聽到回應，急得心都跳到了喉嚨，就連稱呼都從「師父」變成了直呼其名。

葉大衛用力閉了閉眼，很快適應了周圍的環境，發現有個女子正在地上掙扎，於是立刻拔槍在手，厲聲吼道：「我是警察，你們是什麼人，馬上釋放人質。」

向卉終於再次聽見了葉大衛的聲音，但也明白他的處境不妙，於是再次向附近的同事發出請求，希望他們盡快趕去幫忙。

「你們馬上把人給放了！」葉大衛揮舞著槍口，突然，剛剛還在掙扎的人質，竟然被釋放，不僅成了自由之身，而且和其他人一起得意地笑了起來。那些笑聲，充滿了譏諷和揶揄。

葉大衛不明就裡地看著這一切，腦子有些犯暈。「你是葉大衛吧？沒想到你還活著，更沒想到我們還能活著見面。」

一個人影從那夥人中間慢慢悠悠地走出來，手裡提著一把槍，輕蔑地盯著葉大衛，「聽說你這段時間一直在找我，現在我主動送上門了，而且就站在你面前，你打算怎麼處置我？」

葉大衛死死地盯著那張臉，腦子裡浮現出申雲娜的模樣，止不住一陣顫抖，冷冷地罵道：「原來是你，你這個殺人凶手……」

不好，是武東！

向卉聽到他這樣說，恍然間也明白了對方的身分，一時間更是驚慌失措，急得手心裡都出了汗，恨不得自己親自前去幫忙。

「這是陷阱，師父有危險……」向卉在心裡說完這話，又衝葉大衛喊道，「葉大衛，你馬上走，馬上離開這裡，武東是故意引你上鉤的。」

葉大衛聽見了向卉的話，很快也明白了自己的處境，但他沒有理會向卉，而是一把扯下了耳機。

「沒錯，正是鄙人。」此人正是殺害了申雲娜的凶手武東。他壓根兒沒打算隱瞞自己的身分，而是像個無賴似的，徘徊著槍口，嘖了嘖嘴：「葉隊，對你搭檔的遭遇，我感到非常心痛，本來打算放她一條活路，誰知她跟你一樣，像一條狗，死死地咬著我不放，沒辦法，我只能讓她變成一條不能再咬人的死狗了。」

葉大衛腦子裡再次浮現出申雲娜渾身是血的情景，血液直衝腦門。他顫抖著，很想開槍殺了武東，但還是在心裡強迫自己冷靜了下來。他屏住呼吸，想控制自己的憤怒，但感覺握槍的手在顫抖。

「葉隊，當我知道你居然還活著，別提多開心。上次讓你給跑了，現在我們好不容易再見面，既然來都來了，要不坐下來好好談談？」武東咧嘴笑著，「其實我的條件很簡單，我也不想跟你們警察對著幹，只要你答應從此以後井水不犯河水，我保證少不了你的好處，而且不會動你一根指頭。你說你們這些當警察的，一個個窮酸樣，還每天拿命拚，能賺得了幾個錢？到最後還要賠上性命，也太不值得了吧。」

他這番話惹得身後的人哄堂大笑。葉大衛幾乎就要扣下扳機，但他閉了閉眼，咬牙切齒地罵道：「武東，你走私、販賣婦女兒童，槍殺警察……每一條罪都足夠槍斃你好幾回了。」

「對，我完全不否認，你說的那些事兒，我全都做過，但你又能拿我怎樣？」武東狂笑著打斷了他，突然用槍口指著他腦袋，面目猙獰，「葉警官，都什麼年代了，以為披上一張皮就能嚇唬人？警察算個啥呀，就算天王老子，我也照殺不誤……對了，你和那個女警察是不是有一腿，這樣正好，要不我幫你們團聚吧。」

「殺了他，殺了臭警察……」武東那些手下紛紛叫囂著，殺氣騰騰，把槍口瞄著葉大衛。葉大衛面對槍口，卻變得越發理智，再次衝武東命令道：「武東，我勸你放下槍，跟我回去，不要再做無謂的抵抗，這是最後的警告！」

武東似乎愣了一下，但隨即扭動著脖子，憤怒地吼道：「你們這些警察，還真是不怕死。老子身上背了很多條人命，也不多你一條……」

突然間，在離停車場大約幾百公尺的方向，傳來了尖厲的警笛聲。警笛聲穿透夜色，讓整個城市沸騰起來。武東愣了一下，明白葉大衛的援兵到了。他那些手下瞬間慌亂，面面相覷，紛紛做出想要逃跑的樣子。可他卻露出了笑容，大聲吼道：「怕什麼，警察也是肉長的，惹急了，老子……」

「全都不許動！」葉大衛話音剛落，武東突然就開了槍，他就地一滾便躲到了車邊，正要還擊，但只見武東邊開槍邊向他逼近，而且嘴裡還嚷著要殺了他的狠話。

剎那間槍聲大作，將由遠而近的警笛聲也淹沒了。

葉大衛單槍匹馬，被壓得抬不起頭，很快打完了子彈，待他換彈匣的空隙，武東提著槍出現在他面前，槍口指著他額頭，居高臨下俯視著他，冷笑道：「葉隊，醜話我都說到前面了，可你怎麼就聽不進去呢？別怪我心狠手辣，我給過你機會，但這都是你逼我的……」

葉大衛瞪著眼睛，眼裡閃爍著血色光芒。

槍響，血從身體裡湧出來，冰冷如雪！

第三章　消失的屍體

城市上空飄蕩著尖銳的警笛聲，一輛輛警車呼嘯而來。旋轉的警燈，在迷離的夜色之中，顯得格外刺眼。廢棄停車場，被荷槍實彈的警察層層圍了起來。越野車邊殘留著一攤血，卻不見葉大衛的屍體。那些跟葉大衛發生槍戰的人也不見了蹤影，包括武東。除了那一攤鮮紅的血，還有車身上的彈孔，似乎可以證明這裡剛剛發生過激烈的交火。

沙沙的無線電波在空中碰撞、交流，耳邊飄蕩著斷斷續續的人語聲，那些走來走去的人影，宛如清風掠過。那一刻，時間彷彿靜止了，停留在眼前的，只有那一攤漸漸凝固的鮮血。

已經了解後果的向卉後悔莫及，她呆立在原地，渾身冰冷。她原本以為讓葉大衛出動，可以再次激發他的鬥志，引導他重回一線。「對不起，對不起。師父，都怪我，我不該通知你的……」她嚶嚶地抽泣著，心在滴血。

現場的警員擴大了搜尋範圍，但依然沒找到武東，也沒發現葉大衛，於是得出的結論是：他受傷了，被人帶走了。

「老天爺，求求你了，師父不能有事……」向卉像一攤軟泥，癱坐在座位上，半天無法動彈。她在心裡呼叫著葉大衛的名字，一遍又一遍，那種刺骨的悲傷，變成了淺淺低吟的哀求。

所有人都希望葉大衛還活著，在活不見人死不見屍的情況下，這樣的祈禱，顯得更有意義。

是的，沒人預料到究竟發生了什麼，當然也包括葉大衛自己。

＊＊＊

陌生而又有些熟悉的場景，還有刺眼的陽光，都令他感到眩暈。他站在街道中央，車輛從身邊掠過。

他險些跌倒，腳下軟綿綿的。他的腦袋裡也像塞滿了棉花，耳朵裡氣鼓鼓的，耳膜顯得無比厚重，周圍的聲音像鐵流滾過，發出轟隆隆的聲音。

「砰砰砰……」槍聲響起，子彈打在身上。那一刻，他猛然間想起了什麼，趕緊摸了摸自己的身體，當得知自己安然無恙時，一輛狂飆的汽車在他面前穩穩地停了下來，繼而從車窗裡探出一張憤怒的臉，還衝他不停地揮手，嘴裡罵罵咧咧。

葉大衛雖然沒聽見那人在衝他叫嚷什麼，但很快醒悟過來，跌跌撞撞地衝到了人行道上。

他看著眼前的車流，還有身後那些陌生的建築，感覺自己來到了一個陌生的地方。可這裡究竟是什麼地方，發生了什麼事，我為什麼還活著？

葉大衛腦海裡閃現出許多疑問，那些從腦海裡閃過的畫面，令他以為自己做了個噩夢。當他知道自己還活著，又問自己為什麼還活著時，還以為自己此刻身在地獄。

當然了，最大的疑問，還是他記得自己曾經中彈，可此時的他安然無恙，不僅沒受傷，甚至身上一點血跡也沒留下。或許，我已經身在地獄了。他這樣想著，再次摸了摸自己還有溫度的身體。他只是有些暈，並沒變傻。可他覺得自己對此時發生在身上的事一無所知，就像個十足的傻子。

站在人行道上，面對車流，轉過身，抬眼望去，又發現自己正身在一座天橋上。幾十公尺的天橋下，是來去匆匆的車流。而他目光所及之處，全都是高樓大廈。他發現自己尚在人間。看到這些，葉大衛並沒有生出更多的想法，用力捏了捏臉頰，感覺到了疼痛。他確定自己並未做夢，不僅被槍擊的情景如在眼前，而且子彈也並沒有在他身上留下半點傷痕。

這是哪裡？我為什麼還活著？他很累，雙腿像灌了鉛似的沉重。他拖著雙腿，沿著樓梯搖搖晃晃地走下天橋，很快匯入了人流當中。夜色正酣，昏暗的燈光，籠罩著這個城市。孤獨，而又喧囂。葉大衛，寸頭、耳釘、夾克，灰色的帆布鞋。他的扮相，彷彿與這個世界格格不入。

此時的他，坐在一間不大的包廂裡，前面的茶几上擺滿了佳士達啤酒，左右兩個女人，正陪著他暢快喝酒。另外一個濃妝豔抹的女人，拿著麥克風盡情高歌，扭動著腰肢，像極了美人魚，風騷的那種。

葉大衛瞇縫著眼睛，大半個身子斜靠在沙發上，一杯又一杯地灌自己，好像那根本不是酒，只是兌了酒精的白開水。其實他今晚已經喝了不少，渾身散發著濃濃的酒味兒。可對他而言，夜幕剛剛降臨，夜生活才剛剛開始。

突然，他的大哥大響了起來。他推開身邊的妹子，示意所有人出去，然後按下了接聽鍵，在那一瞬間，酒彷彿也醒了。他呼啦一下站起來，沒有半點猶豫，朝著後門飛奔而去，抬腳時還不小心撞倒了桌上剩下的啤酒。

夜店後面是條巷子，巷子兩邊依然是夜店，人流量大，鑽進去就很難再被找到。他剛跑到巷子，一抬頭，發現巷子一邊有幾個鬼魅一樣的身影正朝著這邊張望。他縮了縮脖子，來不及多想，拔腿便往另外一邊跑去。可是，那些詭異的身影好像在他身上裝了跟蹤器，很快就發現了他，也紛紛擠過人流，拔腿追了過去。

葉大衛慌不擇路，無頭蒼蠅似的在夜色中狂奔。雖然喝了酒，但求生欲極強。他撞倒了兩名路人，趁機回頭看了一眼，大罵了一聲「臭警察」，瞅著左邊的人流，繼而快步拐入了另外的街道。那些追逐他的人影很快到了街頭，但葉大衛卻消失了。

葉大衛再一次甩掉了警察。他穿過幾條街道，來到一處毫不起眼的隱蔽住所前，謹慎地望了望四周，這才敲開了門，卻立即被眼前的一幕驚住了。昏暗的房間裡，散發著血腥味。一個被綁著雙臂，跪在地上，滿臉是血的男人，正咧著嘴哀號。

「我說瘋子兄弟啊，你就別再撐了。都到了這個地步，死撐還有用嗎？」另外一名梳著大背頭的男子蹲在男人面前，點了一支菸，衝這個綽號叫瘋子的男子吐著菸圈。

「真的不是我，龍哥，你要相信我，真的不是我，我沒出賣兄弟，求你放過我。」瘋子苦苦哀求，「你想想看，這麼多年，我跟著您出生入死，怎麼會跟警察勾結，怎麼會背叛您？」

人稱龍哥的大背頭，全名龍炎，戴著一副深色眼鏡，身著棕色外套，手裡把玩著一串被磨得發亮的藏紅色佛珠。他聽了這話，晃悠徘徊地站了起來，拍著瘋子的臉，冷笑道：「你這人，就是活得太累，死到臨頭還嘴硬……你要知道，大哥我最討厭使用暴力了。」

龍炎起身離開，另一個男子拿著一把雪亮的匕首走了過來。

這時候，葉大衛鎮定下來，朝著龍炎走了過去。「龍哥，您這是？」葉大衛看著地上的血人問。

「知道你今兒為什麼會被警察追？」龍炎轉身坐下，「要不是我提前得到消息，恐怕你這會兒已經落到警察手裡了。就是這小子跟警察告密，現在給你個機會，殺了他。」

葉大衛慌忙擺了擺手，連聲說道：「龍哥，你知道的，我不殺人……」

「這麼多年，還這個膽小樣。行吧，你有自己的底線，我不為難你。不過，對待吃裡爬外的東西，留不得。」龍炎似乎很了解他，笑了笑，衝手下點了點頭，只見那人把刀架在瘋子脖子上，然後用力一劃，鮮血噴射而出。

瘋子倒在地上抽搐了幾下，很快就沒了動靜，但兩隻眼睛仍然死死地瞪著，死不瞑目。

葉大衛感覺瘋子是在瞪自己，扭過頭去，不敢再看。

「我這輩子最恨的就是叛徒，這種吃裡爬外的東西，讓他痛快地死，倒是便宜了他。」龍炎讓手下把瘋子的屍體拖出去，地上留下了一條長長的血痕。他捂嘴咳嗽了兩聲，才衝葉大衛說：「這段日子，最好不要拋頭露面，能躲多遠就躲多遠，能不出門就盡量不要出門。條子已經盯上你，要是你落到他們手裡，後果不堪設想啊……」

「我明白，我明白！」葉大衛聽出了龍炎話裡威脅的味道，也明白要不是自己對龍炎還有用，恐怕也跟瘋子一樣見了閻王，忙又怒罵起來，「該死的瘋子，居然敢出賣我。龍哥，多虧您這電話來得及時，您是我的救命恩人，要不然這會兒我恐怕已經栽在條子手裡了。從今以後，您就看我的表現吧。」

「我們不是兄弟嘛，兄弟有難，我豈能袖手旁觀？」龍炎站了起來，留給葉大衛一個背影，「你是我的得力助手，千萬不能出事，要不然，對龍幫可是天大的損失。」

葉大衛想起剛剛被警察追趕的事，仍然心有餘悸。他尷尬而又緊張地擠出一絲笑容，盯著龍炎的背影說：「您讓我辦的事，我可全都辦好了，但是最近風聲緊，那邊說要再等等，等風聲過了再聯繫。」

「沒關係，小心駛得萬年船，為了活得更久一點，等等沒關係。」龍炎陰冷地笑道，「你辦事，我放心。」

「謝謝龍哥。」葉大衛涎著臉，抽了抽鼻子，「我還聽說那邊最近折了一批貨，警察盯得太緊……」

「我當然聽說了這件事，所以你也得小心，幹我們這行的，一人落難，全都完蛋。」龍炎慢聲慢氣地說道，突然轉過身來，盯著他的眼睛，「這次我能救你，下次可不一定有那麼幸運了。你要清楚，能救你，哥一定會救你，可萬一實在救不了，哥也只能斷尾自保了。我們做兄弟的，有今生沒來世，所以這輩子，一定要好好珍惜這份兄弟情義。」

葉大衛連連點頭，他再次聽出了言外之意，額頭上滲出一層細密的汗珠。

面對龍幫的老大龍炎，外表老練的葉大衛，內心則是充滿敬畏之心的。他何嘗不理解龍炎話裡的意思，一旦自己真的出錯，或者是危及龍幫的利益，那只能是自取滅亡。

他知道自己已經被警察盯上，龍炎看在他能替龍幫辦事的份兒上，對他也還算有情有義，沒有趕盡殺絕已算是仁至義盡。

可是，接下來自己該怎麼辦？這是最令他頭痛的事，被警察盯上，相當於在龍幫失去信任，更相當於自己失去了絕對的自由，也許一不小心就會落入警方手裡，或者被龍幫滅口。步步殺機，進退都是死路，逼得葉大衛寸步難行。所以，他離開龍幫後，在街上繞了好幾個圈，發現沒有尾巴跟著自己，這才小心翼翼回到了臨時住所，躺在床上，卻睜著眼，無法入睡。

沒人知道他的新住址，他也忘了這是自己第幾次搬家。為了混口飯吃，這幾年都在刀鋒上行走，過著刀尖舔血的日子，沒有親人，沒有朋友，更沒有愛人。

他像一隻蟑螂，蜷縮在夜色的狹縫裡，只為了能活得更久一點。

第四章　丟失身分的人

一夜之間，大風大雨把這個城市洗刷得雪白透亮。葉大衛在大街上漫無目的地閒逛，眼前掠過一張張陌生的面孔。風吹亂了他的頭髮，擋住了眼睛。突然，一陣喧囂打斷了他的思緒，緊接著有個人影從他身邊狂奔過去，差點把他撞倒。他剛站穩腳跟，又有個人撞了過來，同時大聲嚷道：「閃開，我是警察！」

葉大衛稍稍猶豫了一下，很快就想起了自己警察的身分。他瞅準目標，撒腿追了上去，可剛穿過熙熙攘攘的人群，便不見了人影，就在他瞪著疑惑的眼神四處張望時，突然被人從背後猛地撲過來，把他給壓在了地上。

人們尖叫著迅速散開。葉大衛反應極快，剛倒地便用手肘猛地襲擊自己的人，但被擋住，又被勒住了脖子。他使出全身力氣，終於將那隻手臂移開，又用後腦勺向後撞去，只聽見一聲慘叫，然後他整個人就掙脫了開去。他看見了襲擊自己的人，正是之前大叫自己是警察的男子，這才明白誤會了，忙解釋自己是警察，剛巧從這裡路過……

「你是警察？我還是警察局局長呢！」男子正說話間，不知從什麼地方又冒出來一個人影，說時遲那時快，一個過肩摔，就把葉大衛整個人壓倒在了地上。葉大衛還沒來得及反應，然後呼啦一下就被戴上了手銬。

葉大衛被摔得暈頭轉向，再也無法動彈。

「葉大衛，你還真能躲。這些日子，我找你找得好辛苦啊！」給葉大衛戴上手銬的也是一名便衣警察。

葉大衛莫名其妙，再一次辯解自己是警察，對方卻一巴掌拍在他腦袋上，罵道：「你是警察？我看你還是天王老子呢！」這人說完，伸手就抓住了葉大衛的頭髮，把葉大衛痛得連聲叫鬆手。

「喲，這一個多月不見，頭髮也見長啊。」這人撒手後，露出了狐疑的表情。葉大衛估摸著對方認為他戴的是假髮，不禁長嘆道：「你們認錯人了。」

＊＊＊

鳥籠似的審訊室，燈光柔和，氣氛卻低沉。

葉大衛雙手放在桌上，戴著手銬，百無聊賴地坐在桌子後面，兩隻眼睛高高地揚起。他有點悲觀，不明不白地捱了一頓揍，又落到警方手裡，而且還有可能是抓錯人。

這也太倒楣了吧！

在他面前，便是剛抓他回來的警察局刑警大隊隊長孔閒。他不是在牴觸，而是在回想被武東射擊之後的遭遇，彷彿只是一瞬間，所有人都把他當成了另外一個人。

一團亂麻，百思不得其解。

姓名、年齡……審訊開始之前，一切按部就班，都是葉大衛熟悉的流程。

「我說你小子不會是患了什麼失憶症吧。按理說，我們倆都是無數次交手的老朋友了，怎麼連我都不認識了？」孔門問道，這個問題倒是讓葉大衛愣了一下，但隨即搖頭道：「我沒失憶，但所有發生在我身上的事，都太奇怪了！」

孔門乾笑道：「幸好你沒說自己失憶，否則我還要找專家給你做個鑑定。對了，我叫什麼？」

「警察先生，我真沒失憶，只不過……我不認識你。對了，不信你可以問你那同事，他追的人是短髮。」葉大衛用手摸了摸搭在眼前的長髮，然後又再次問起現在是哪一年。

「什麼短髮長髮的，再怎麼變，你那張臉都是不會變的。還有，你居然問我現在是什麼年分？莫名其妙！」孔門摸了摸鼻梁，「你自己剛說過沒失憶，卻又不認得我，而且又問出如此好笑的問題。我看你不是失憶，是裝瘋賣傻。」

他跟葉大衛無數次交手，彼此知根知底，可眼前這個人居然說不認得他，這讓他心裡充滿了無數疑團。

「你就告訴我什麼年分吧。」葉大衛嘆息道。

孔門緩緩點了點頭，無奈地說：「葉大衛，現在早就不是清朝了，民國也過了……」

「別，大哥，我知道你想說什麼。」葉大衛趕緊攔住他，「我就想知道是哪一年，你就不能簡單點告訴我嗎？」

「1997 年！」孔開終於氣定神閒地說出了如今的年分，葉大衛兩眼一轉，眉頭向上挑起，在心裡驚呼起來：「天啦，難道我真的穿越了？」

他在想到底發生了什麼事，自己中彈前明明是在 2019 年，怎麼突然之間就來到了 1997 年？他突然想起來，之前申雲娜還和他討論過《超時空同居》的電影及霍金提出過的平行時空是否真的存在，而今自己真的是進入了另一個時空了。

孔開盯著他圓瞪的雙眼，見他半天不吱聲，於是輕敲著桌面，沉聲問：「我說葉大衛，都是老熟人了，你也就別在這裡跟我裝傻，更別想矇混過關。合作點，省得浪費大家的時間。」

葉大衛垂下眼皮，心想自己這下真是渾身長滿嘴也說不清了，就連發生了什麼都不清楚，更別提能讓一個陌生人理解自己了。

有人推門進來，把一些零碎的物件放在桌上。

葉大衛定睛一看，是自己的身分證、錢包，以及幾張百元大鈔。

「對對對，我差點忘了這玩意兒，你派人去查身分證，絕對是真的。」葉大衛眼前一亮，可話剛說完，突然想起了什麼似的，滿臉愁容地說，「身分證沒錯，是我的。可你們一定是認錯人了，一定是有人冒用了我的名字和資料，要不然……」

「身分和資料可以冒用，但你這張臉可是獨一無二的，不管你是長髮還是短髮，你這張臉都已經刻在我腦子裡。你可能是真忘了，為了抓你，我和兄弟們連續奮戰了好幾個月，可每次你都像兔子一樣溜掉。老天有眼啊，再狡猾的狐狸也終究逃不過獵人的手掌，你沒想到自己也會有栽在我手裡的這一天吧。」孔閒趾高氣揚的樣子，在葉大衛眼前逐漸扭曲。他又拿起一張粉紅色的百元大鈔，在眼前扇了扇，戲謔道：「你們龍幫可是什麼非法的生意都敢做，走私、販毒，黃賭毒，這下子連偽鈔生意也涉及了。往後，是不是連原子彈都敢買賣啦？」

葉大衛哭笑不得，他這個老警察在孔閒面前居然無話可說了，只好擺手嘆息道：「算啦，我知道自己不管怎麼解釋都沒用……不過我可以告訴你，你一定是弄錯了，我跟你一樣是警察，我在執行任務的時候……」

啪——

孔閒突然把一張照片拍在桌上。

葉大衛的目光定格在了照片上的面孔上。那是一張跟自己長得太像的臉，只不過比自己看上去要年輕不少，而且是短髮。現在他明白警察為什麼要抓他了。可他轉念一想，如果自己跟照片上的人僅僅只是長得太像，為何名字也會一樣？

「現在你還有什麼話說？」孔閒站了起來，走到他背後，同樣盯著照片上的人問道，「你們的偽鈔製作工廠在什麼地方？合作點，也許可以將功贖罪。」

「這一定是誤會，沒有什麼偽鈔工廠，我也不知道什麼龍幫……」葉大衛喃喃自語道，他的思維此時還處於高度運轉之中，「不，不是誤會，而是巧合。這個人，這個人只是跟我長得很像，他盜用了我的身分……對了，現在是 1997 年，而我執行任務的時候是 2019 年……」

「你還真當我是傻子？」孔閒明顯被葉大衛的態度激怒，他一把抓起照片，貼近葉大衛的臉怒喝道，

「我穿這身警服多少年啦，還從沒遇到過你這種無賴。你確實很狡猾，這些年來，我們警方出動很多警力都沒能逮住你，可你再狡猾，不也一樣落到我手裡了嗎？」

葉大衛閉上了眼睛，默默地聽著孔間在自己耳邊氣急敗壞地咆哮。

「你要知道，既然到了這裡，想裝瘋賣傻矇混過關，那就是白日做夢。這些年來，你在龍幫殺人放火，壞事做盡，你做的每一件事，都足夠槍斃好幾回了，不過我可以給你機會，只要你說出龍幫的老大在什麼地方，也算戴罪立功。」孔間開始給葉大衛上課，這一套說辭，都是葉大衛爛熟於心，在審訊犯罪分子時常用的。現在他知道那個跟自己長得很像，而且盜用自己身分的傢伙居然是通緝犯時，只覺得造化弄人。

孔間見他雙眼迷離，好像根本沒聽自己在講什麼，於是又重重地敲了一下桌面喝斥道：「這是你最後的機會，希望你能看清形勢，坦白從寬，抗拒從嚴……」

「我真是警察，照片上的這個傢伙確實跟我長得很像，但我真不是他，你要不信可以……」葉大衛說不下去了，說實話，他也無力證明自己的真實身分，更無法將自己跟照片上的通緝犯區分開，所以他不打算繼續無力地狡辯，因為沒人會輕易相信他來自 2019 年。

＊＊＊

暗夜無邊，星光隱約閃現，很快又消失在雲層背後。「這次我能救你，下次可不一定有那麼幸運了。你要清楚，能救你，哥一定會救你，可萬一實在救不了，哥也只能斷尾自保了。」

葉大衛從夢裡醒來，身上都被汗水溼透了。他剛才做夢夢到龍炎對他舉起了槍，而且再次對他說出了不久前才剛剛說過的那番話。

這些年來，葉大衛確實幫龍幫做了不少喪盡天良的事，天天在刀鋒上行走，他很累，想退休了。可他知道龍幫勢力很大，就算逃到天涯海角，也會被龍幫的人找到。退一步來說，就算龍幫放過他，他在警察那裡的案卷也堆成了山，警方的通緝令將一輩子跟著他，讓他惶惶不可終日。既然橫豎都是死，為了能活得更久一些，為何不賭一把？

所以，在過去很長的一段時間裡，他都在想脫身之計，終於他想到了一個瞞天過海的辦法，那就是尋找替身，讓龍幫的人誤以為他死了，或許就能遠走高飛，高枕無憂了。

葉大衛已經物色到一個身高體型跟自己十分相近的目標，雖然相貌跟自己不怎麼像，但這對他而言並不是難事。他決定在吞掉龍幫一筆貨物，弄到一筆錢之後就殺死並燒掉替身，金蟬脫殼。

雖然在此之前，他確實沒殺過人，但這一次，他決定豁出去了。

「不行，我不能再等下去了。」葉大衛從床上坐了起來，摸著扎手的短髮，想起龍炎殺死跟警方告密的那個綽號叫「瘋子」的傢伙，並威脅自己的言語，就再也無法闔眼。

「我幫你做了那麼多傷天害理的事，居然敢威脅我，是你逼我的……」他決定要趕在龍炎和警察對自己動手之前，盡快實施自認為天衣無縫的計畫。

＊　＊　＊

陰暗潮溼的拘留所裡，葉大衛蜷縮著身子，熬過這漫長的黑夜。

他從記事起，就沒見過父母，而且連照片都沒見過，彷彿一出生就是孤兒，或者從石頭縫裡蹦出來的。這些年來，他獨自一人躋身於這個紛繁複雜的世界，面對生活的孤獨和無依無靠，他早就習慣了與寂寞做伴。

他在臨時拘留所裡被關了整整兩天，如同度過了漫長歲月。遙無邊際的囚禁，每一分鐘都是無盡的煎熬。

孔閒每天都來探視，希望他能跟自己合作，供出龍幫的事情。他解釋了太多，可無論怎麼解釋，孔閒都不相信他。他感覺自己的口水都快乾了，卻也無法換來信任，擔心再解釋下去，連死的心都有了。

可是，他很想知道自己身上到底發生了什麼事，所以他告訴自己必須活著，得盡快離開這個地方，回到屬於自己的世界。一想到自己的世界，他明白了，他真的來到了另一個時空。他是個普通人，和很多人一樣，只有當有些事情實實在在地發生在自己身上時，才會明白之前對於這個世界存在很多誤解，雖然他仍然對自己來到了另一個時空充滿懷疑。但是所有的證據都表明，這種懷疑顯得很無力。

在被拘留的第二天，他求見孔閒，報出了自己的警號。他之所以沒在第一時間報出警號，完全是一時糊塗忘了。孔閒眼裡流露出匪夷所思的表情，但還是按照這個警號進行了查詢。結果可想而知。孔閒當了這麼多年警察，哪能沒脾氣，這下子算是被葉大衛給點著了，猛地一下就竄起來好高，差點把房子給點著。葉大衛面對火氣沖天的孔閒，只嘟囔了一句：「我認栽！」其實他這時候報出警號，也只是為了碰碰運氣，因為他猜到自己的警號在 1997 年是根本不會存在的。

而孔閒要的也不是這個，葉大衛栽在他手裡是肯定的了，可他還沒從葉大衛嘴裡套出自己想要的東西，接下來的交鋒定然會沒完沒了。

可認栽的葉大衛，也只是個糊塗蟲，他什麼都不知道，一問三不知的樣子，把孔閒氣得咬牙切齒，卻又無可奈何。

終於，孔閒拿起案卷，按照葉大衛之前犯過的事，數罪併罰，決定先把這條魚從臨時拘留所轉移到看守所去。

葉大衛有些發矇。把他從拘留所轉到看守所，意味著他是不可能短時間內出去了，他本來想據理力爭，但自己之前已經在證據確鑿面前認栽的事實，根本容不得他再有半點狡辯。

他被扔進了警車後座，身邊各有兩名警員看守。

「孔隊，不用您親自舟車勞頓吧，不就去看趟守所嗎？」葉大衛向坐在副駕的孔閒調侃起來，孔閒看著窗外急速劃過的風景，訕笑道：「你是龍幫的紅人，自然不能怠慢啊。我出面送你，也是你應該享受的待遇。」

葉大衛回頭一看，身後居然還跟著一輛警車，不禁笑道：「太隆重了，受之有愧，為我一個人浪費這麼多警力，太過意不去了！」

「沒什麼，我說了，這是你應該享受的待遇！」孔閒泰然應道，「不過，在出發之前我還想再提醒你一句，你是聰明人，應該明白拘留所和看守所的區別，只要你答應合作，我可以立刻調頭。」

葉大衛看了一眼戴在自己雙手上鋥亮的手銬，又把雙手舉起，苦笑道：「孔隊，你也說我是聰明人，如果我真的知道點什麼的話，能不乖乖跟你合作嗎？」

「聰明人，既然你執迷不悟，那就走吧！」孔閒的嘆息聲在葉大衛耳中無限放大，他把目光投向車窗外，看著漸漸遠去的房屋，一絲哀愁湧上心頭。

從拘留所去看守所，大約需要兩個小時，途中要穿過整座城市，還要經過一條隧道，隧道過去後再翻過一座大山才是目的地。

兩輛警車從街道上呼嘯而過，很快出了城。

葉大衛抬起戴著手銬的雙手，用力揉了揉乾澀的鼻子，又咳嗽了兩聲。

孔閒抬手看了一眼時間，估摸著還有一半路途要趕，於是回頭看了一眼葉大衛。葉大衛這會兒已經閉上眼睛。其實他並沒睡，只是在閉目養神。

「好小子，還有心思睡覺，好棒！」孔閒挖苦道，「等到了看守所，有的是時間讓你睡！」

隧道裡沒有路燈，一片漆黑。車燈亮起後，道路才又重新出現在眼前。

孔閒很討厭這條隧道，因為很多時候去送犯人時都要經過這裡，而且在隧道中行駛的時間大約會持續八分鐘。這八分鐘放在別處不長，可在這隧道裡，就顯得非常漫長了。有時候押送的是重刑犯，他就更加擔心在這段時間出問題。

雖然他的擔心在這之前並沒有成為現實，但他的心此時還是高高地懸了起來。畢竟，他這次押送的是龍幫的重刑犯，而龍幫，確實很難對付，這些年來警方一直想掃除這顆社會毒瘤，但收效甚微。

「隊長，後面有輛摩托車，好像是跟著我們來的。」對講機裡傳來警員提醒的聲音。孔閒從反光鏡裡看了一眼，只見摩托車在離後面警車大約二十公尺的位置行駛。他吩咐警員們注意觀察，提高警惕。

葉大衛聽見他們的對話，回頭看了一眼，輕描淡寫地說：「孔隊，放鬆點，別那麼緊張，沒人會來救我。」

「你看我緊張了嗎？」孔閒不屑地笑道，「坐好了，別打歪主意。」

「我能有什麼歪主意。」葉大衛嬉皮笑臉起來，「你放心，就算現在有人敢來救我，我跟你保證，也絕不跟他們走。」

孔閒嘴上說不擔心，心底的弦卻繃得緊緊的。他非常了解龍幫的勢力，葉大衛又是龍幫的核心人物，要說龍幫冒險救人，也不是不可能。他又從反光鏡看了一眼，突然發現摩托車不見了蹤影，不禁暗笑自己的擔心太過多餘。可是，就在他這樣想的時候，只感覺耳邊傳來一聲巨響，緊接著猛地往前一竄，整個人好像要飛了出去。

車上所有人都是蒙的，當然也包括葉大衛。他剛剛只感覺一個黑影從眼前迅速掠過，之後很快就傳來一聲巨大的響聲，正不知道究竟發生了什麼事時，司機突然驚恐地叫了起來：「撞人啦！」

司機正要開門下車，卻被孔閒制止。他先是透過對講機，命令所有人原地待命，不許下車，片刻之後，發現沒什麼動靜，這才命令後面的警員下車檢查一下發生了什麼事。

葉大衛雖然也沒看到什麼，但有種不祥的感覺。他的雙目在昏暗中掃描著，黑暗深處，彷彿有一張血盆大嘴，隨時都可能把所有人都吞噬掉。

這裡正處於隧道中間地段，光線昏暗，有種前不著村後不著店的感覺。兩名警員匆匆趕到前車，看見躺在地上的摩托車駕駛員，慌忙上前去檢視狀況，發現駕駛員暈過去後，回頭衝孔閒搖了搖頭。

孔閒拿起對講機，正打算聯繫救護車，突然就瞪大了眼睛。摩托車駕駛員不知什麼站了起來，他手上拿著槍，一名警員倒在地上，另一名警員被槍口抵著腦門，一動不動地背對著警車。

孔閒被這突如其來的變故驚得幾乎窒息，眼睛貼近擋風玻璃，拿著對講機，卻一動不動，像被定在了座椅上。葉大衛比孔閒先回過神來，目睹了這一幕，張了張嘴，卻啞巴似的，又把所有聲音憋了回去。時間和空氣瞬間停止了流動。戴著頭盔的槍手，完全躲在被挾持的警員面前，雙方安靜地對峙了大約三十秒，然後才慢慢地探出頭，徘徊著槍口，示意孔閒開啟車門。

駕駛員看了孔閒一眼，孔閒的內心此刻正在激烈掙扎，他明白當前的處境已經不由他選擇。雖然他是警察，面對罪犯，不能妥協，可槍手挾持著警員，已經做出隨時會開槍的動作。

「開門！」葉大衛突然喊道，這一聲喊提醒了孔閒，他拔出槍，指著葉大衛，和後座的警員合力把葉大衛推下了車。雙方手上各握有人質，形成了對峙局面。

「讓你的同夥把槍放下。」孔閒威脅葉大衛，葉大衛沉聲說：「你以為這個人是來救我？我卻認為是被派來殺我的。」

「少廢話。」孔閒喝斥道，緊接著衝槍手喊道：「你知道自己在幹什麼？警方是不會跟罪犯談判的，馬上把槍放下。」他本想給槍手施加壓力，誰知話音剛落，隧道兩頭便傳來一陣轟隆隆的引擎聲，緊接著射來無數道刺眼的光芒，將隧道照得如同白晝。

「不好，快上車！」葉大衛話剛出口，卻已來不及，前後的車輛將隧道兩頭堵住，然後從車上衝下來好幾個荷槍實彈的蒙面槍手，將警車緊緊地包圍了起來。

孔閒看清了形勢，只要他輕舉妄動，可能隨時會被射成馬蜂窩。他盯著那些蒙面搶手看了半晌，嚥了口唾沫，帶頭放下槍，然後任由槍手把葉大衛搶了過去。

葉大衛沒有反抗，雖然不知道從警方手裡帶走自己的是什麼人，但他感覺自己凶多吉少。臨走前，他與孔閒對視了一眼，隨後被推上了車。

孔閒的目光尾隨著葉大衛上了車後，一個身材高大的蒙面人走到他面前，俯視著他，眼裡流露出一絲陰冷而又得意的笑容，聲音沙啞地讚嘆道：「真聽話，要是所有的警察都跟你一樣，那麼這個世界就不會存在那麼多矛盾了。」

「雜碎，不要高興得太早，我不管你們是什麼人，但總有一天，一定會抓住你們。」孔閒狠狠地回擊道。蒙面人拔槍抵著孔閒額頭，趾高氣揚地笑道：「那就要看你還有沒有機會活著見到我。」被推上車的葉大衛，因為目睹槍手向孔閒和其他警員開槍而掙扎起來，但隨即被打了一針，然後昏昏沉沉地閉上了眼睛。

＊　＊　＊

龍炎臉色緩緩搖曳著酒杯，平靜地品味著血一樣的紅酒，眼裡滿含欣賞的表情。在他嘴邊，殘留的紅酒，像極了血絲。

他剛剛得知手下已經從警方手裡救出葉大衛，本來冰冷的心臟開始有了溫度。

兩天前，葉大衛從碼頭上搶走了他的一批重要貨物，然後消失得無影無蹤，好像人間蒸發了一樣。不久之後，他便得到葉大衛落入警方之手的消息，為了找到丟失的貨物，決定鋌而走險，從警方手裡搶人。

他冒險從警方手裡搶人，不僅是為了出氣，懲罰叛徒，更是為了拿回被葉大衛搶走的那批貨物，因為這事關他的性命。為了保命，他才不得不出此下策。這是人之常情。可他也明白，自己這樣做，會讓警方像瘋子一樣，對自己更加步步緊逼。

「把人給我好好看著，先讓他嘗嘗背叛龍幫的滋味。」龍炎向手下下達了命令，一仰頭，喝乾了杯中酒，眼裡浮現出一絲獰笑。

＊＊＊

一陣刺耳的鋼鐵撞擊聲由遠而近，在如此寂靜空曠的地方，尤其顯得刺耳。葉大衛不知自己究竟昏睡了多久，睜開眼睛，發現身在昏暗的倉庫，四肢被綁住，動彈不得。他看到一個人影，站在離自己不到兩公尺的位置。

「你們到底是什麼人，為什麼要抓我？」他腦子仍有點昏沉，眼皮無力地耷拉著，藥力還未完全過去。可是，無人應答，回答他的是硬邦邦的棍棒。葉大衛連同椅子倒在了地上，任憑棍棒打在肉體上，卻完全無法反抗。他感覺自己的身體快被撕裂，身上的血液也在倒流，喉嚨裡發出痛苦的、嗷嗷的叫聲。

幾分鐘過後，暴風雨般的毆打終於過去。葉大衛的臉緊貼在冰冷的地上，嘴裡滲著血，稍微一動就誘發出一陣陣被撕裂般的劇痛。他感覺身上的骨頭都快碎掉，那種難以名狀的感覺，令他胃裡翻江倒海般難受，隨即吐了出來，他再次陷入昏迷。突然，漫天的雨水傾盆而來，劈頭蓋臉地淋了他一身，他站在原地，回望著來時的方向，渾身冰冷，像落湯雞，再也無力逃跑！

「讓你裝死！」一聲尖厲的喝斥聲，差點沒把葉大衛的耳膜震破。他恍恍惚惚地睜開眼，這才明白自己剛剛只是做了個夢，從天而降的雨水，只不過是被人潑了一盆冷水。

站在面前的人，彎腰看著他，發出陣陣狂笑。

葉大衛無比難受，想說什麼，卻發不出聲來。

「姓葉的，少給我在這裡裝死。龍哥說了，只要不弄死你，給你留下一口氣，怎麼著都行！」那人用手中的棍棒戳了戳葉大衛的臉，葉大衛鼓起渾身的力氣爭辯道：「你們真的弄錯了，我不是你們要找的人。」

「哈，哈哈……都死到臨頭了，還嘴硬。龍哥的脾氣你是清楚的，要想痛快點去見閻王爺，那就合作點，保證讓你沒有痛苦地走，可要是還嘴硬，老子有的是法子讓你生不如死。」這小子說完，又狠狠地踹了葉大衛一腳，葉大衛痛得齜牙咧嘴，不禁倒吸了一口涼氣。

「其實我也不想對你下狠手，也別怪我沒提醒你，得罪了龍哥，基本上就是個死人了。要想活命，那就好好想想該怎麼跟龍哥解釋吧。」那人拖著棍棒，吹著口哨，搖晃著身體慢慢走遠。

葉大衛的臉依然貼在冰冷的地上。因為被毆打，加上寒冷，他的嘴唇變得烏黑，兩隻眼睛深陷在臉頰。可他明白自己不能就此死去，所以強迫自己睜大眼睛，眼裡閃耀著灰色的光。

第五章　遇見另一個自己

龍炎終於現身了，他端坐在葉大衛面前的椅子上，兩隻眼睛隱藏在鏡片背後，閃爍著陰冷的光，像獵人正在欣賞垂死的獵物。

這個時候，葉大衛還未完全醒來。換句話說，應該是他根本就未曾真正睡去。在他的潛意識裡，有個聲音一直在叫喚他的名字，讓他不要闔眼。

「就這麼幾天不見，頭髮怎麼見長了，我記得你從來都是短髮的。」龍炎充滿懷疑的聲音令昏睡的葉大衛沉沉睜開了眼，站在他身邊的手下低聲彙報：「大哥，沒錯，這人就是我們從警察手裡救出來的。」

龍炎從鼻孔中冷冷地哼了一聲，命人幫葉大衛把椅子扶正，然後抬起他的下巴，打量著那張傷痕累累的面孔，又一把抓住他的頭髮，輕笑道：「葉大衛啊葉大衛，警察局的伙食看來挺不錯嘛，就這麼幾天時間，怎麼感覺你長胖了不少啊。不過啊，警察局也不是人待的地方，我看你也老了不少。嘖嘖，真是難為你了。」

葉大衛瞇縫著眼睛，無力地瞅了龍炎一眼，他從深色的鏡片裡看到了自己狼狽的面孔。

「不行，我還是不習慣看你長髮的樣子，剪了吧！」龍炎放手後，命令手下拿剪刀來，三下兩下就把葉大衛的頭髮給剪短了，又滿意地說，「嘖嘖，短髮帥多了。不錯，還是我熟悉的葉大衛。」

葉大衛此時清醒多了，他雖然不認識面前的人，卻知道正是這人從警察手裡把他搶了出來。

「你別誤會啊兄弟，我救你出來，是因為你是我最信任的人，就算死，也得死在我手裡。如果被警察給斃了，哥哥我心疼啊。」龍炎捏著他的臉頰，不緊不慢地說道，「男子漢大丈夫，行不更名坐不改姓，既然都是兄弟，咱也別藏著掖著了，只要你把我的貨交出來，我保證會放你一條活路。」

「我不認識你，也不知道什麼貨。」葉大衛喉嚨沙啞，艱難地回應道，「你們認錯人了，我不是你們要找的人。」

龍炎愣了愣，突然就聲色俱厲地大笑起來：「都落到這步田地了，居然還敢嘴硬，你當我傻還是當我瞎？」

「警察也抓錯人了，他們把我當成了你們要找的人，我不是葉大衛……」葉大衛話音剛落，才發現自己居然語無倫次了，在心底自問道：我既然不是葉大衛，那我是誰？

在那一瞬間，他還真的以為自己不是葉大衛了。

龍炎極不耐煩地起身，揮了揮手，結果他又捱了一頓狠抽，直抽得皮開肉綻，血肉模糊。

葉大衛感覺自己的五臟六腑都被傷了，那種由內而外的疼痛，像毒蟲一樣叮咬著他的肉體，他腦子裡浮現出一些幻象，寧肯被打一槍，也比這種感覺要好。

他想要逃跑，想要從這裡出去，找到另一個自己，這樣的話，也許很多謎底都會隨之解開。但他被囚禁在這個寬敞的大倉庫裡，四周昏暗，也不知道外面究竟是什麼情況，有多少看守。我一定要回到自己的世界，親手抓到殺害申雲娜的凶手。可是，他的這種想法剛從腦子裡掠過，龍炎又出現了。他手裡拿著一根類似針管的東西，針管裡的液體呈現出淡黃色，看上去油膩膩的。

「你想幹什麼？」葉大衛不用腦子都能猜到那是龍炎為撬開他的嘴，為他準備的特殊禮物。

龍炎淡淡地笑了笑，在眼前晃著針管說：「這是我剛弄到的新玩意兒，據說打一針，比吸毒還過癮。如果你還不打算鬆口，我只能在你身上試試效果了。」

葉大衛難受地用力向上伸直脖子，這個姿勢會讓身體裡的氣血順暢一些，疼痛感也會稍微減弱一些。龍炎將針管裡的空氣慢慢推出去，一股黃色的液體從針管裡噴射而出。

「只要我不死，一定會找你算帳。」葉大衛張著嘴，發出嗷嗷的叫聲，彷彿要把胸膛裡的氣流全排洩出去。

「據說注射了這玩意兒，還能熬過去的人沒出生呢。等我打完針，你絕對會求我殺了你。」龍炎在說這話的時候，已經從椅子上站了起來，走到葉大衛近前，將針管直直地扎進了他手臂的肌肉裡。

接下來，葉大衛張大了嘴，血液彷彿凝固。

龍炎像在欣賞自己的傑作，眼裡滿是得意的表情。

大約十秒過後，葉大衛顫抖了一下，開始扭動身體。

不，不應該是扭動，而是抽搐。他像被鬼魅附身，用力掙扎著，脖子上的青筋清晰地突兀出來，暗黑色的血管暴露在體表，要爆炸了似的，眼睛裡充滿了血絲，面目猙獰……就在那一瞬間，葉大衛感覺自己跌進了十八層地獄，比起之前所受的折磨和痛苦，這才是真正的生不如死。

「殺了我，快殺了我，求求你……」葉大衛從喉嚨裡發出嗡嗡的哀求之聲，可龍炎好像完全沒聽見他說什麼，只是臉色鐵青地盯著被自己玩弄的獵物，任憑他在死亡線上掙扎，根本不顧他的死活。

「快告訴我，我的貨在什麼地方。」龍炎估摸著時間差不多的時候，開始了審訊。

葉大衛一開始是搖頭，但緊接著是點頭，搞得龍炎更是怒火中燒，抓住他的衣領怒吼道：「快說，不然我會讓你嘗嘗更厲害的玩意兒。」

「弄死我也不知道，我真沒拿你的貨，我不知道，不知道……」葉大衛在藥力氣慢慢過去的時候，全身的肌肉開始放鬆，疼痛感也沒剛剛那麼劇烈了。雖然腦子裡的神經依然緊繃，但他畢竟是受過專業訓練的警察，面對犯罪分子，從來就不曾妥協。

龍炎也被葉大衛的舉動給鎮住了。他在江湖上混了這麼多年，還從來沒遇到過如此可怕的對手，按照他的預想，這一針打下去，再怎麼堅強的人，也都會變得服服帖帖。

這傢伙是鐵人嗎？他可不像我認識的葉大衛。

龍炎這樣想著，把自己熟悉的葉大衛的形象再次放大了數倍，卻無法與那個人連繫起來。

不應該呀，雖說葉大衛很爺們兒，可一個小混混，怎麼能抗得住？他龍炎殺過不少人，包括警察，也審訊過不少吃裡爬外的傢伙，可從來沒有一個人能比眼前這個人耐打、耐受折磨。

他開始懷疑自己是不是真的抓錯了人，難道這個世界上還真有長得一模一樣，而且同名同姓的人？這也太巧合了吧！他在心裡默默地罵道，情緒瞬間跌落到低點，但很快眼前一亮，又被這種猜想誘發了興趣，讓手下端來了水，葉大衛確實早就乾渴難耐，也不管裡面有沒有毒藥，貪婪地大喝了幾口，然後才喘息著說：「我不是你要找的人，你們弄錯了。你放了我，我幫你找到你要的人。」

「那麼，告訴我，你到底是什麼人？」龍炎不知道自己這樣問他是否正確，是否證明自己已經相信了他。

葉大衛瞪著充血的眼睛，在尋思到底要不要告訴他真相，以及他會不會相信自己。

「對了，你好好想想，你媽有沒有告訴過你，你還有個雙胞胎兄弟？」龍炎的話打斷了他的思緒。他覺得可笑至極，因為面前這個人跟之前的警察一樣，也不會相信他的說辭，所以無論他費多少口舌，也都是浪費唾沫。

不過，就連他到現在為止也不完全相信自己竟然來到了另外一個世界，何況是外人！

在這些日子裡，他一直還在想另外一個問題，另一個自己到底是怎樣的一個自己？如果真的被自己遇見……每一次，他的思緒到這裡就打住了，他不敢隨意猜度那幅場景。

但是，他還是說出了實情。當他告訴龍炎自己來自另一個空間時，龍炎臉上的肌肉並非緊繃，而是完全放鬆的。但那種放鬆的狀態，是充滿鄙夷的。

「我知道沒人會相信我，那些警察也不信我，他們和你一樣，把我當成了另一個人，可我真不知道該怎麼做才能讓你們信我。」葉大衛再次說出實話的時候，龍炎的大哥大響了起來，像搖滾樂似的，有種萬馬奔騰的感覺。

龍炎從小弟手裡接過大哥大，很拉風地貼在臉上，很快，他的臉色就變得無比僵硬，呆了片刻才說：「給我盯緊，沒有我的命令，不許驚動他！」

葉大衛雖說不知道打來電話的是誰，但從他臉色的變化，猜到龍炎剛剛接到的那個電話一定很重要。

更令葉大衛奇怪的是，龍炎放下電話後，馬上讓手下給他鬆綁，還讓他活動活動了手腳，像朋友一樣關心地說：「跟我說說，你那個世界是什麼樣子的。」

葉大衛愣住，腦子裡迅速劃過剛才那個電話，猜想是否是龍炎的手下發現了另外一個葉大衛的行蹤。

「這樣吧，你也好幾天沒吃沒喝了，我請你吃火鍋，我們邊吃邊聊，如何？」龍炎沒有徵求葉大衛的同意，便讓手下安排去了。葉大衛既沒有點破那個電話的內容，也沒有拒絕他的宴請，還把這當成了自己脫身的好機會。

正宗的涮羊肉火鍋，香氣撲鼻。葉大衛忍不住嚥了口唾沫，抱著養精蓄銳脫身的想法，狼吞虎嚥起來。

「不好意思啊，之前的事我誤會了你。」龍炎坐在他對面，笑容可掬地看著他，他邊吃邊問：「你這是打算信我了嗎？」

「信，當然信了。」龍炎給自己倒了杯紅酒，美滋滋地品了一口，接著說，「老兄，我們邊吃邊聊，你就跟我說說，你那個世界到底是個什麼樣的世界？」

「跟這差不多。」葉大衛塞了滿滿一嘴的羊肉，「對了，我聽其他人都叫你龍哥，我也叫你一聲龍哥吧。」

「沒問題，都是兄弟，叫什麼都行。」

「行，龍哥，那我就跟你說道說道。」葉大衛終於放下了筷子，「現在是1997年吧，我那個世界的年分是2019年，也就是二十多年後的世界。其實也沒什麼大變化，主要就是多了些新玩意兒，比如你剛剛打電話的大哥大，早都被智慧型手機取代了，還有吃的喝的穿的，那都不像現在，不過有一點沒變，只要有錢，什麼都能買到。當然了，2019年，什麼都貴了，尤其是房價什麼的，都噌噌地往上漲。」

「那我問你，2019年，警察是什麼樣子的？」龍炎的這個問題讓葉大衛吃了一驚，他還以為對方猜到了他的身分，但隨即確信龍炎只是揀自己關心的問題隨口發問，於是笑著說：「那時候的警察，跟現在沒什麼區別，不過也有區別，主要就是警服變了，使用的槍支之類的變了！」

龍炎訕訕地點頭，突然問道：「你在你那個世界是幹什麼的？」

「我？」葉大衛還以為自己剛才說得太多，說漏了嘴，不得不撒了個謊，說自己跟他一樣，在江湖上混飯吃。

「可我總覺得你跟我們不一樣，我們不是一路人。」龍炎瞇縫著眼睛，像要看穿他的心思。

葉大衛正想解釋，龍炎的大哥大又響了。他接聽完放下電話後，對葉大衛說：「你先吃著，我出去辦點事，很快就回來。」又讓那些手下好好照顧葉大衛，千萬不能再讓他受半點委屈。

葉大衛聽見他在打電話時說出了一個類似地名的詞，好像是叫安陽老街，腦海裡頓時浮現出一則新聞：安陽老街在地震央化為灰燼。

他不記得自己當年是什麼時候離開江州的，但記得直到2005年才回到江州。在此之前，他只是聽說過那條老街，所以對過去的江州並不熟悉，也沒有真正見過安陽老街，但沒想到，自己陰差陽錯的經歷，卻讓他可以有幸目睹一次老街的真容。

「龍哥慢走，我等你回來再聊！」葉大衛目送著龍炎快步離去，又衝他留下來看守自己的人笑了笑，問：「有啤酒嗎？」

＊＊＊

龍幫的人在發現葉大衛的行蹤，跟龍炎彙報後，已經召集了大批手下向這邊聚集，此時發現葉大衛之後，紛紛圍攏過來。葉大衛趁著龍炎在外面折騰的時候，喝下了半瓶北冰洋啤酒，只見那看守只是站在一邊看自己吃，於是招呼他過來一塊兒喝點。

「這樣不好吧，要是被龍哥知道，我……」

葉大衛笑眯眯地說：「我現在是龍哥的座上賓，讓你過來陪我喝一杯，龍哥絕對不會怪你，要是有什麼事，我罩著你。」

「我看還是算了，龍哥招待您的飯菜，我哪敢。您慢慢喝，我看著就是！」那年輕小伙子雖然沒過來喝酒，但對葉大衛的警惕之心已放鬆不少。葉大衛看在眼裡，尋思著時機到了，於是喝完了剩下的半瓶啤酒，然後起身，摸著肚皮找廁所。

這是葉大衛的脫身之計，對他來說，要放倒一個小混混簡直是易如反掌，可他沒想到那小子好像意識到了什麼，隨時都離他大約兩公尺的距離，這讓他很難下手。

他進了洗手間後，先是撒了泡尿，然後看了看四周，發現除了剛剛進來的門，沒有可以逃跑的窗戶。他屏住呼吸，貼近門後傾聽片刻，才慢慢悠悠地開了門，向看守他的人問道：「這都快天黑了，龍哥怎麼還沒回，我等著他喝酒呢。」

「是、是，您別急，龍哥出去辦點事，猜想是快回了。」小伙子退到了先前站立的位置，像根木樁一樣盯著葉大衛。葉大衛看了他一眼，輕笑著問：「你信不信，等龍哥回來的時候，就是我飛黃騰達之日。」

「信，我信，大衛哥您本來就是龍哥身邊的紅人。」

葉大衛又喝完了半瓶啤酒，然後就趴在桌上打起了呼嚕。

看守見葉大衛開始打呼嚕，叫了他幾聲，沒見動靜，於是走到門口，叫來另外一人，說要出去抽根菸，讓他替自己看會兒。

裝睡的葉大衛聽見了關門聲，剛進來的人抽了抽鼻子，嘀咕道：「真香。怎麼都睡著了，浪費。」說完就走過來，抓起筷子，打算嘗嘗鍋裡還在冒熱氣的羊肉，沒想到突然被人抓住手腕，剛一瞪眼，但還沒來得及出聲，就被一拳擊中下顎。

葉大衛以為這一拳會把這小子打暈過去，誰知對方並不弱，被打了之後還想著反抗，扭頭端起火鍋，就照著葉大衛倒了過去。

半鍋熱湯，夾雜著羊肉拋向空中。

葉大衛眼明手快，眼見到要被潑一身熱湯時，突然閃身躲開，但還是慢了半拍，熱湯飛濺時，落到了他右褲腿，燙得他大叫了一聲，然後反手抓住那小子的脖子，用力一扭就斷了。

門外的看守聽見屋裡傳來異響，正覺得奇怪，支起耳朵偷聽時，聲音又消失了。

葉大衛看著被自己扭斷脖子的看守，又瞅了瞅門口方向，彈了彈褲腿上的羊肉湯，晃了晃疼痛的拳頭，打起精神走向門口。他猛地拉開門，門外正在抽菸的看守回頭看到葉大衛的臉時，剛想反應，卻被捂住嘴，然後緊緊地抓著葉大衛捂嘴的手，來回掙扎了幾下，很快就突兀著死魚一樣的眼睛倒在了地上。倉庫裡就留了兩個看守，看來龍炎真是發現了另一個葉大衛的蹤跡，這才把人全都拉了出去。

葉大衛從倉庫順利逃走之後，很快就混入了夜色之中。

接下來，他要找到另一個自己。

可他人生地不熟，而且對另一個自己了解得不多，除了知道他是龍幫的人，是個走私犯。

他小心翼翼地穿過街道，闖入一家門鎖老舊的服裝店，幫自己換了一身新裝扮，然後又在路過一家玩具店時，突然心生一計，翻窗進去選了一把高仿的玩具槍。

戴著帽子的葉大衛，把頭緊緊地裹在衣領之中。他步行的速度不快不慢，為的是不引起外人的注意。他的雙手插在口袋裡，一手緊握著槍，心想著真槍在自己被伏擊之後已經丟失，如果這會兒再次遇到麻煩，也可以用來撐撐場面。

他是個警察，對於找人自然也是輕車熟路，所以他第一時間出現在安陽老街，打算去碰碰運氣。

安陽老街名副其實，是條旅遊街道，來這裡遊玩的，很多都是外地人，一眼看去都是飽受滄桑的老房子。老街街邊的房子很老，店鋪也老，賣著各種物件，雖然已是晚上九點多，但遊客們似乎遊興未盡，店鋪也沒有打烊的跡象。

葉大衛穿梭在熙熙攘攘的人流之中，像黑暗中的老鼠，尤其是隱藏在帽簷下滴溜溜轉動的兩隻眼睛，慎之又慎地打量著從身邊穿過的形形色色的人影。

終於，他到達了現場外圍，親眼看到龍幫的人在混亂中追殺另一個葉大衛時的情景。那個背影在很遠的地方一晃而過，很快就消失在夜色和人流之中。

他沒發現龍炎的蹤影，不過非常清楚龍炎此時正躲在某個黑暗之處注視著這一切。

＊＊＊

葉大衛僥倖逃脫，心裡充滿了殺氣。他劫了龍炎的貨，聯繫了好幾個買家，但最後偶然發現對方跟龍幫有關聯，於是又臨時取消了交易。今天，是他最終跟買家達成協議接頭的時候。可他沒想到自己剛現身不久，就被龍幫的人給盯上了，使得他的交易計畫被迫停止。

「你出賣我？」葉大衛怒視著對面的買家，誰知道那人突然掀了桌子，還拔槍指著他怒喝道，「你這是想害死我呀！」

葉大衛在槍響之時慌忙躲開，槍一響，現場一片混亂。要不說龍炎把葉大衛當成自己的心腹，怪就怪葉大衛太過聰明，做事伶俐。在來這裡之前，葉大衛已經選好了撤退線路，以防萬一也好脫身。他穿過一條僅僅只能透過一人的狹窄縫隙，來到另一條街道，然後騎上停在路邊的摩托車，風馳電掣般消失在街頭。

龍炎原本是不需要親赴現場的，可為了親眼看看這個葉大衛是否真的是葉大衛，也為了證明被自己抓的葉大衛是否真是從另一個世界過來的，所以他在接到手下電話後，匆忙趕了過來。

他坐在車裡，一開始得知葉大衛正在跟人接頭交易，便讓兄弟們再等等，誰知剛過沒多久，又有手下回來彙報，稱葉大衛發現了龍幫的人，逃跑了。龍炎那個氣啊，恨不得扎自己兩刀，連聲罵著「廢物」。他做夢都沒想到被一大群手下包圍的葉大衛居然輕而易舉又逃脫了，狠狠地捶打著汽車座椅，再次質問手下是否真的看到了葉大衛。

「龍哥，我們好幾個弟兄都看見了，真是葉大衛。」

「跟我們抓的那個葉大衛長得一模一樣。」

「我還以為見鬼了，可……實在是太邪門了。」

龍炎的手下你一言我一語，令他不得不相信這個事實。

「好你個葉大衛，還真有兩下子。」他雖然在氣頭上，但對於葉大衛的逃跑，很快就拋到腦後，而且變得開心起來，因為想起了另一個葉大衛嘴裡的另一個世界，如果真的能去另一個世界，該是一種怎樣的體驗？

說起體驗，這不是他最想的，他沒那個閒工夫，倒是腦子裡裝滿了罪惡的想法，他感覺自己抓到了新的商機，也許比現在自己做的任何犯罪的勾當都要賺錢。

＊　＊　＊

所謂月黑風高，說的正是這樣的夜晚。海邊的漁船，一字排開。葉大衛就躲在其中一艘漁船上矇頭大睡。漁船上沒有開燈，掩映在這樣的風景之中，可能就是他自認為最安全的地方了。其實，自從他背叛龍幫之後，就準備了好幾個藏身之處，每天都輪流著躲上一陣子，一有風吹草動，就立刻抽身去下一個地點。回頭想想，這已經是他更換的第四處藏身之所。他其實並無睡意，突然好像聽見一陣稀疏的腳步聲，慌忙掀開蒙在臉上的外套，側耳傾聽起來。

很快，他意識到了危險。這種慌不擇路、被追殺的日子，已經鬧得他有些精神失常，都快崩潰了。

＊＊＊

龍炎沒能逮住偷走自己貨物的那個葉大衛，心裡難免不爽，但因為自己手上還有一個來自另外世界的葉大衛，所以他心血澎湃，腳下生風，匆匆忙忙往回趕去。

他看到躺在地上的看守，頓時就傻了眼，慌忙一腳踹開門，瞪著倒地不醒的看守，還有滿地狼藉的火鍋菜餚，氣得他再也沒能顧及自己是龍幫的老大，咆哮如雷震天。

兩名看守被他一人一腳給踢醒後，看到龍炎殺人般的眼神，也紛紛傻了眼，嚇得跪地求饒。

龍炎鼻孔裡只剩下出的氣了，無力地擺了擺手，這兩人就被拉了出去。他們知道這個手勢意味著什麼，大喊著求龍哥饒命，可已經冷靜下來的龍炎只是下達了新的指令：「留活口，挖地三尺，也要找到葉大衛！還有，給我放出消息，誰敢和葉大衛交易，那就是跟我龍幫作對，是我龍幫的敵人！」

他沒有明說是哪個葉大衛，能抓住一個自己就賺了，如果兩個都被逮住，對他而言，那將是最好不過的結局。

＊＊＊

突然起了風，海水沸騰，一浪一浪地撞擊著礁石，驚天動地。葉大衛站在離海邊不遠的位置，再次裹了裹衣領。他跟蹤另一個自己一直到了這裡，目標卻像影子一樣消失了，但是很快就再次出現。他親眼看見目標上了其中一條小船。他的目光在小船上一一掠過，暗笑這小子還真會選地方。他盯了一會兒，沒發現有動靜，便猜到對方今晚定然要在船上過夜了，於是靠在一塊岩石後面，打算等下半夜再行動。

小船在波浪的衝擊下晃悠地飄蕩著，像溫柔的搖籃。

葉大衛閉著眼睛，想著連日來自己經歷的事，恍如做了個夢。他躺在船上，耳邊傳來浪花飛濺的聲音，一波一波，又像落在他心上。

很多天來，他每晚都在半睡半醒之間折騰，有時候一整夜都這樣，有時候天快亮時才勉強闔眼。他想著等明天要去看看自己藏匿的貨物，一定要想辦法脫手了。

一想起在老街發生的事，他就更加惱火，心裡上竄下跳，難以平靜。他把所有的責任都怪罪於龍幫，要不是龍幫的人搗亂，交易今晚就完成了。接下來，他還得重新聯繫買家。

這是困擾他多日的噩夢，如果有可能，他會選擇殺了龍炎。但他做不到，憑他的實力，要對付龍炎，只能是以卵擊石。那是個根深蒂固的組織，他甚至一度認為龍炎也不是幫派老大，也許只是代言人，真正的老大也許從未現身，一直躲在幕後。

下半夜時，風小了許多，波浪變得無比溫柔。葉大衛雖然警惕，一點風吹草動都會引起他的警覺。可他怎麼也沒想到，自己被人拿槍頂著額頭時，才從半睡半醒的夢中驚醒。他想翻身坐起，卻發現為時已晚。「別動。」一個不冷不熱的聲音命令道。

葉大衛慢慢坐了起來，看著拿槍指著自己的人，雖然看不見帽簷下的那張面孔，卻能感受到冰冷的槍口，戳到自己額頭的絲絲寒意。

「葉大衛，我們終於見面了。」

「龍炎派你來的？」

「你認為呢？」

「既然找到我了，我認栽！」

「別喪氣，這可不像你葉大衛的風格。」

「你不是龍炎的人，莫非是警察？」另一個葉大衛對這話產生了懷疑。

葉大衛笑了，收起槍口，把他從玩具店偷來的玩具槍插進口袋，又故意趾高氣揚地說：「找你可真難啊，這些日子，我可被你給害慘了。」

他說完這話，見對方不吱聲，又補充道，「你猜對了，我是警察，但我不是來抓你的。」

「你不抓我，為什麼要找我？」

「因為你害慘了我，差點讓我丟了命。」

「你到底是誰？我好像沒見過你。」

「你當然沒見過我，因為我就是你，你就是我！」

葉大衛說出這番高深莫測的話，把對方整得一愣一愣的，但他還不滿足，決定再給這小子點顏色瞧瞧。

「聽說你之前是龍炎的心腹，為什麼要背叛他？」

「與你無關！」

「當然與我有關，但你的答案，決定我是否要抓你。」

沉默的瞬間，海面上現出一絲光亮。

「龍幫的人現在到處找你，簡單來說，你已經沒了退路。一旦你被逮住，必死無疑，所以你最好跟我說實話。」

「你到底想知道什麼？」

「我們之間，最好簡單點，繞來繞去的，只會浪費大家的時間。我跟龍炎見過面，聽說你吞了他一批貨，可我不知道到底是什麼貨。告訴我，貨藏在什麼地方？」葉大衛的問題似乎令對方愣了愣，但他隨即說：「貨沒了，在你找到我之前，已經全都出手。」

葉大衛乾笑了兩聲，清了清嗓子，搖頭道：「看來你我骨子裡果然流著一樣的血。實話告訴你吧，我是來幫你的。」

「幫我？你以為我會信你？你說你是警察，為什麼要幫我？」此時此刻，太陽已經在海天相接的地方跳躍，很快就要浮出水面了。葉大衛緩緩摘下帽子，露出了帽簷下面那張真實的臉。他們彼此看著對方的臉，瞪著眼睛，好像照鏡子似的，除了驚訝，更多的是惶恐。

葉大衛本來已經知道另一個自己的存在，也做好了心理準備，可沒想到真的見到另一個真實的自己時，還是被驚呆了。同時，他也再次印證自己確實是進入了另一個時空，見到了另一個自己。

「你……你到底是誰，為什麼……」對方顫抖著，語無倫次。

「為什麼這個世界上還有一個跟你長得一模一樣的人？」葉大衛接過對方的話反問道，「其實當初我知道你的存在時，跟你現在的表情是一樣的，還以為自己在做夢，包括這次終於見了面，我的感覺還是那麼的怪異。當然，結果總算還是需要得到證實的，所以我得想盡辦法找到你，因為只有找到你，我才能弄明白一些事情，回到自己原來的世界。」

對方依然瞪著眼睛看著他，好像根本沒聽他說什麼。他回頭看了一眼已經躍上天空的太陽，還有像被火染紅的海平面，嘆息道：「說實話，我也不是很清楚到底發生了什麼，我只知道自己不屬於這裡，更不知道自己為什麼會來到這裡。」

又是片刻的沉默之後，對方突然問：「我能摸摸你嗎？」

葉大衛愣了愣，本想拒絕，雖然是被另一個自己摸臉，但對方畢竟也是男人，他覺得還是肉麻，不過轉念一想，這也是人之常情，自己不也有過滿腹懷疑的念頭嗎？

他把臉湊了過去，可沒想到那小子手裡不知什麼時候多了一把匕首，匕首直直地抵在他脖子上，涼颼颼的。「你這是幹什麼?」葉大衛張開雙手，任憑對方從他口袋裡把槍拿走，然後退後一步，拿槍指著他，滿臉不信任地問道：「你到底是什麼人?」

葉大衛唉聲嘆氣，無奈地說：「你不是看到了嗎?我就是你，你就是我，嚴格來說，你我是同一個人，只不過，我們生活在兩個不同的時空。」

「你以為我會相信你的鬼話，快跟我說實話，這是不是龍炎的陰謀，是他找到你，讓你來抓我?」葉大衛啞然失笑，當然，他能理解對方的心情。

「信不信我殺了你?」對方舉著槍口威脅道，「我最後再給你一次機會，所以你最好說實話!」

「我之前說的都是實話，我來自另一個世界，遇到了這個世界的自己。一開始我也不相信，但是後來我信了，直到真的見到你，我才完全相信。」

葉大衛把自己在警察局的遭遇和被龍炎抓走的經歷和盤托出，對方好像在聽故事，一開始仍然充滿懷疑，但他逐漸變化的眼神，顯示他慢慢相信了這個故事。

「把槍放下，我們有話好好說，還是別傷了和氣!」葉大衛的話沒能讓對方放下槍，他也沒再糾結，「我在另一個世界是警察，在調查一起國際販賣婦女兒童的案件時，遭到伏擊，然後就來到了這裡。我來找你，並非是想抓你，而是想讓你幫我回到自己的世界。我對你沒有任何惡意，你必須相信我，這樣我們才能都活著。」

對方聽說他是警察時，臉上閃過一絲慌亂的表情，但隨即說：「我不知道怎麼幫你，你找錯人了。」

「雖然咱倆生活在兩個世界，可從理論上來說，我們是同一個人，所以我相信你並不是十惡不赦的人。你敢背叛龍幫，說明你膽大，也許我可以幫你擺脫龍幫的追殺。」葉大衛試圖用說道的方式讓對方放下警惕之心，誰知那小子完全不吃這一套，突然揮舞著槍口嚷道：「我不用你幫，我自己能搞定。」

「你搞不定的，龍炎是什麼人，你應該比我更了解。他想找到你，就算你逃到天涯海角，也會把你碎屍萬段。我是警察，當然知道該怎麼對付他們，所以，如果沒有我幫你，我敢保證，你隨時會沒命。」葉大衛瞅了瞅他身後的那些船隻，「我相信你自從背叛龍幫的那天起，已經換了不止一個藏身之處了吧。說明你很聰明，可龍幫人多勢大，他們要找一個人，太簡單了。還有，他們能把我從警察手裡輕而易舉地搶出來，說明了什麼，不用我再告訴你了吧。」

葉大衛說話的時候，慢慢站了起來，對方在後退時，突然腳下一滑，差點摔倒，但就在這一瞬間，手上的槍就被搶了過去。他看著空空的手掌，啞口無言。

葉大衛並沒有拿槍指著他，而是把槍重新插回到口袋，淡定地說：「如果我真是敵人，你覺得自己還能站著跟我說話嗎？」

「好，你說你來自另一個世界，你想回去，想讓我幫你，那你告訴我，我應該怎麼幫你？」那小子見自己不是葉大衛的對手，不得不服軟，「還有，你說你也可以幫我擺脫龍幫的追殺，你打算怎麼幫我？」

葉大衛笑道：「你總算是開了竅。你的兩個問題，我現在都不知道答案，不過只要你答應跟我合作，我保證你會平安無事。」

太陽冉冉升起，新的一天準時到來，映紅了兩張臉。

兩人又聊了許多，溝通也越來越順暢，在葉大衛看來，畢竟是同一個人，也許存在著心有靈犀，這樣的遇見，似乎也是早就注定了的。

「還有，我得提醒你一句話，不會玩槍就不要學人玩槍，很危險，傷不了別人，可別把自己給傷了！」葉大衛轉身走出小船，又回頭盯著那張臉，「走呀，得換個地方了，這地方已經不安全了。」

第六章　與罪犯的戰爭

每隔一段時間，向卉都會來到葉大衛家裡，幫他擦拭屋裡的灰塵，敞開窗戶透透氣。

向卉的心很累，如同上了鎖。她不知什麼時候趴在沙發上睡著了，突然聽見有人在叫她的名字，她朦朦朧朧地睜開眼，竟然好像真的看到葉大衛出現在鏡子裡，正站在不遠處朝她微笑。她起身跑過去，想觸摸他，可兩人之間似乎隔著一道屏障，手指觸碰上去，軟綿綿的。

她看見葉大衛的嘴在動，好像在跟自己說話，但她想聽清他在說什麼時，卻又什麼都聽不見。

直到一陣手機鈴響，把她從睡夢中驚醒，她才發現自己又做了個夢。可她感覺那個夢是如此真實，只是那個人，多麼遙不可及。

電話是警察局的同事吳永誌打來的，當她接到電話，聽清對方的話語時，被驚得站了起來，然後抑制不住興奮地問：「是真的嗎？消息可靠嗎？」

「剛剛得到的消息，非常準確。武東在逃跑的過程中被打傷，目前已經送到醫院搶救。」

向卉激動不已，在原地又蹦又跳。武東在另一個城市被警察人員發現行蹤，逃跑時中彈被捕。她曾經恨死了武東，恨不得把這個人千刀萬剮，可是現在，她又多麼希望他能活著，因為只有他活著，才能說出葉大衛的下落。

她放下電話，在原地徘徊。她此刻多麼希望葉大衛也能知道這個消息，也祈禱武東還能活過來，這樣她就能從他口中得知葉大衛的下落。

可是，她又一想，如果武東死了，就當是為那些被他害死的人報仇了吧。

這是她最後決然的想法，也是無路可退之後的想法。

＊＊＊

葉大衛覺得自己是個命硬的人，絕不會輕易死掉。

他的這種自信，源於他見到另一個自己之後。他從這個人身上看到了屬於自己身上的特質。雖然一個是警察，一個是罪犯，可把兩者捆綁在一起的，是那種與生俱來的默契。因為兩人身上可能流淌著相同的血液。

這是另一個葉大衛之前已經找好的又一個藏身之處，是一處租來的公寓，位置相對偏僻，來往人員構成簡單，沒人會懷疑他們，而且他在屋裡早就準備好了日常生活用品。

「位置不錯，能進能退。挺有眼光，看來龍幫的人不會輕易找到我們了。」葉大衛從窗戶往外望去，轉身時，另一個自己已經換了一身乾淨的衣服。

葉大衛盯著他，彷彿在照鏡子，不禁滿意地說：「我怎麼看，你都不像是龍幫的人。對了，你跟我都叫同一個名字，以後為了區分，是不是我們倆，其中一個應該換個名字？」

「我十七歲，一定比你小。你叫我小衛，我叫你老衛。」

葉大衛不樂意地反問道：「雖然我比你大，可我看上去有那麼老嗎？我覺得你就叫我大衛就行，一大一小，好記。」其實他在心裡偷著樂，自己雖然接近四十的人了，可跟十七歲的葉大衛站一塊兒，也絲毫不顯老，一眼看去，誰能把兩人分開？

小衛煮了一鍋麵條，大衛交口稱讚，還說跟自己煮的麵條，味道一模一樣。他不禁感慨，看來有些東西注定是無法分割的了。

「很久沒好好睡一覺了，吃完麵，先休息一下，之後的事再從長計議。」葉大衛說話的時候，已經喝乾了碗裡的麵湯，然後在沙發上躺下就閉上了眼睛。

他確實太累了，在拘留所的那幾天，基本上沒怎麼闔眼，被龍幫的人囚禁後，又幾乎處於昏迷狀態，如果再不補一覺，他感覺自己會猝死。

小衛沒搭理他，看見他躺下，很快就傳來了濃濃的鼾聲。又一會兒，聲音突然提高了。「呼嚕」聲一下子變得有了規律，就像一支正在演奏的搖滾樂隊，「叮叮咚咚」有節奏地重複著一些拍子。

小衛盯著他的臉沉思了良久，心事重重的樣子。他時而又瞅向門口，終於好像鼓起了勇氣，躡手躡腳地站了起來，像貓一樣悄無聲息地溜出了房間。

葉大衛在門關上的瞬間就睜開了眼睛，望著他離開的方向，臉上浮現出一絲老謀深算的表情。小衛沒覺察有人尾隨，在街上優哉游哉地徘徊著。葉大衛遠遠地跟在後面，卻發現他在繞圈子，過了許久才找了個公用電話亭，打了個電話之後又很快離開。但是很快，葉大衛突然發現小衛後面有了尾巴，而且不止一個。他猜想這些尾巴會跟來，可能跟小衛剛剛打的那個電話有關。葉大衛不能袖手旁觀，但是想直接過去提醒小衛已經是不可能，而且還可能會暴露自己。他心想，如果那些尾巴是警察還好，倘若是龍幫的人，麻煩可就大了。關鍵問題是，他觀察那些人的行為舉止，並不像警察的作風，而且極有可能是龍幫的嘍囉。葉大衛撓了撓後腦勺，一個大膽的主意冒上心頭。他決定先不打草驚蛇，跟上去看看小衛到底要去見什麼人後再行動。

小衛果然沒發現有尾巴跟著自己，他打電話，約見的人便是之前答應交易的買家，還在電話裡跟對方表達了誠摯的歉意，對方這才答應跟他見面。

誰知，買家懾於龍幫的勢力，在龍幫放出消息後，主動找龍幫求和，所以再次接到小衛交易的電話後，把消息傳給了龍幫。小衛約見面的地方，是一家不怎麼顯眼的夜市，客人不算多，零星地坐了幾張桌子。他找了靠近窗戶的座位坐下，等待買家上門。

葉大衛遠遠地看著，同時也觀察著龍幫的人，只見好幾個鬼鬼祟祟的人影不遠不近地藏在小衛四周，一個個殺氣騰騰的樣子，好像隨時準備動手。

小衛全然不知自己正處於危險之中，隨意點了兩個小菜，一瓶啤酒。他的兩隻眼睛滴溜溜地四處張望，神態自若。

葉大衛遠遠地打量著周圍的一切，實在是為他著急，心裡責怪這小子的警覺性太低了。十分鐘過去，仍然不見買家的身影。小衛這才露出焦慮的表情。葉大衛明白買家定然是不會出現了，便肯定是買家出賣了小衛。小衛也覺得奇怪，可他不死心，自顧自地喝了一杯，打算繼續等待下去。

葉大衛像幽靈一樣出現在黑暗中，然後相繼放倒了好幾個龍幫的人，正走向小衛時，發現不遠處來了一輛車。他認出那是龍炎的坐騎，不得不決定冒一次險，加快腳步走向小衛，在他面前壓低目光，沉聲說：「快跟我走，你被出賣了！」

小衛見到他出現時，臉色突變，但很快就明白了怎麼回事，抬腳便離開座位。他倆剛從後門離開夜市，龍幫的人便蜂擁而入，然後又從後門追了出去。

＊＊＊

背叛龍幫後的每個夜晚，對小衛來說都是性命堪憂的日子，過去的無數個夜晚，都像今晚一樣，處於隨時可能被追殺的狀態。而且，這次要不是有葉大衛及時趕來相救，他恐怕就落入龍幫之手了。

一身狼狽的小衛，面對救下自己的葉大衛，神情也變得如此不堪。「對不起，我不是有意要瞞著你……」小衛主動道歉，葉大衛笑道：「沒什麼好對不起的，你別忘了，從理論上來說，我們是同一個人，只不過生活在不同的空間而已，所以你做任何事，我可能都會提前預知你的行動。」

小衛卻反問道：「如果真是這樣，我應該也能猜到你是假裝睡著的，可我為什麼沒有一點感覺？」

葉大衛啞然失笑，但很快就收斂笑容說：「你打完電話，就被買家出賣了，所以以後所有的人都不能輕信，否則很快就會被龍幫的人找到。我能救得了你一次，以後還能不能救你，很難說啊。」

小衛的神情十分低落，本以為聯繫好的買家為了利益會繼續跟自己交易，誰知還是失算了。

「我勸你還是放棄那批貨物吧，最好就是交給警方，這樣一了百了，也許龍幫知道無法要回貨，就不會再追殺你了。」葉大衛的話遭到了小衛的反對，他直言道：「交給警方，龍幫的人照樣不會放過我，但我卻連逃走的資本都沒有了。」

「可是現在誰還敢買你的貨？」葉大衛反問道，「雖然我不知道你到底從龍幫拿走了什麼，但從目前龍幫步步緊逼的行動來看，一定是很重要的東西。」

小衛欲言又止。葉大衛看穿了他的心思，重新躺下，嘆息道：「看來你還是不願意相信我，我可不想知道更多的細節，知道得越多，可能會死得越慘啊。」

「孩子，好幾個孩子。」小衛憋了半天，好像再也無所顧忌，突然脫口而出，把剛剛躺下的葉大衛驚得又坐了起來，瞪著眼質問道：「你說什麼，什麼孩子？」

小衛跟他坦言了，自己從龍幫手裡搶走的貨物是一批孩子，這也是龍幫的生意之一，而且全都是女孩，轉手倒賣時，價格更貴。

「那些孩子被轉手後，會送到全世界，然後……」小衛支吾道，葉大衛能猜到他想說什麼，頓時勃然大怒，厲聲罵道：「畜生，喪盡天良的畜生。我告訴你，你不能幹這種缺德事，這些孩子必須馬上交給警方，要不然不僅龍幫不會放過你，我也不會放過你。」

小衛耷拉著腦袋，一言不發地盯著地上。

「我答應過會救你，但你一定要聽我的，馬上告訴警方孩子藏在什麼地方。」葉大衛步步緊逼，小衛依然不說話，好像在沉思。

「孩子是無辜的，她們不應該被當作商品交易。你想想看，假如那些孩子中有你，或者你的朋友、親人，你會是什麼感受？就算我求你，放過她們吧。」葉大衛在說這話的時候，想起了武東，武東的主要生意也是有組織販賣婦女兒童，沒想到自己來到另一個世界，竟然又會遇到類似的事情，難道都是天意？

小衛終於抬起了頭，眼裡浮現出炙熱的光亮，咬了咬嘴唇，斬釘截鐵地說：「你說得對，我聽你的，明天一早就打電話給警察局。」此時已是半夜，葉大衛聽他如此一說，頓時舒心不已，感激地說：「好，很好，很高興你想明白了，也總算可以睡個好覺了。我替那些孩子謝謝你。」

可是葉大衛做夢都沒想到的是，他在睡夢中竟然被小衛拿槍指著了腦袋。他感覺自己從懸崖上掉落時，猛地睜開了眼，發現小衛果然坐在自己面前，槍口正對著他，瞬間就明白了怎麼回事。

「你之前說要放過那些孩子，難道都是騙我？」葉大衛滿臉深沉，雙手捧著臉，睡眼惺忪地問。小衛緩緩地搖了搖頭，沉重地嘆息道：「你說的那些我都明白，但我要活著，一定要活著。放了那些孩子，我會死的。」

「就算賣了那些女孩子，你照樣會死，而且會死得更慘！」葉大衛的聲音陡然抬高了八度，他的表情很激動，從沙發上站了起來。小衛拿槍指著他，示意他不要亂來。葉大衛非常清楚他手裡拿的是玩具槍，所以一點兒也不畏懼，但他也沒有立即出手，而是想讓小衛主動放下槍，這樣才能繼續幫助小衛活下去。小衛沒用過槍，也沒殺過人，所以雖然握著槍，卻還是止不住地顫抖。

「你殺過人嗎？」葉大衛突然問，但沒等他回答又繼續說，「我不管你以前到底有沒有殺過人，但是這件事比你所做的任何事，後果都要更加嚴重，如果你賣了那些孩子，比殺了她們更殘忍。」

小衛似乎沒聽懂他的話，悶悶地吐了口氣。

「孩子被賣到世界各地後，她們會被訓練成各式各樣的人，也許是殺手，也許是某些有錢人家的奴隸，你希望看到她們變成那種人嗎？」葉大衛繼續開導，「把槍放下，我可以當你後悔拿槍指著我。我照樣兌現之前的承諾，會幫你活下去。」

小衛後退了半步，連連搖頭道：「我不信你能幫我，沒有錢，我哪裡也去不了，我只是想活下去，不想繼續辦龍幫做壞事了。我錯了嗎？你告訴我，我到底做錯了什麼？」

「你錯了，大錯特錯。」葉大衛厲聲反擊道，「你不僅錯了，而且錯得不可理喻。那些都是無辜的孩子，你卻為了錢而賣了她們，你還能說自己沒錯？」

「你不用再說了，我不會信你。我要殺了你，只要你一死，龍幫就會以為我死了，到時候我就離開這裡，我會代替你，就沒人會知道我還活著……」小衛的話令葉大衛十分震驚，他沒想到小衛居然在打這個如意算盤。說實話，他還挺佩服小衛，這一招金蟬脫殼的好計，確實可能會幫他脫身。

小衛見葉大衛怔在那裡不再吱聲，以為他害怕了，於是打算將計畫付諸實施，可是當他扣動扳機時，槍卻沒響。

他以為子彈卡住，又一連扣動扳機，槍依然沒響，這才傻了眼。

葉大衛心裡拔涼拔涼的，他沒想到另一個自己居然如此冷血。

「我忘了告訴你，你手裡的槍，是我在玩具市場偷來的，你太令我失望了。」葉大衛的聲音無比凝重，一步步逼近小衛，小衛臉色蒼白，呼吸也變得越來越急促。可他並非待宰的羔羊，突然就號叫著，揮舞著槍托砸向葉大衛，葉大衛剛側身閃過，但還沒來得及回頭，就被他攔腰抱住，然後拚了命似的往後推倒。

葉大衛撞在牆上，渾身像散了架。

小衛占了上風，本想趁機制服葉大衛，卻沒料到葉大衛先是用手肘猛烈攻擊他的後背，然後又雙手將他攔腰抱起，令他雙腳脫離地面，一下子失去重心，整個人被穩穩地摔在了地上。

兩人像野獸似的，在對方身上瘋狂地發洩著怒火。小衛一拳擊中葉大衛下顎，葉大衛反手一拳擊中小衛胸口，小衛站立不穩，頭撞在牆上，血瞬間流出來，矇住了他眼睛。葉大衛沒有鬆懈，趁勢出手，一轉身，用手肘死死地勒住他脖子，他咧開嘴，再也說不出話來，只從鼻孔裡發出嗡嗡的難受的叫聲。

葉大衛沒有失去理智，卻想利用這個機會好好教訓一下這小子，所以沒有很快放手，而是繼續用力，直到小衛雙眼突兀，好像隨時要窒息，反抗的力氣也漸漸小了。

葉大衛終於鬆開了手，把他狠狠地扔在地上。小衛從喉嚨深處發出一聲狼似的低沉的嗷叫，翻身平躺著，大口吞吐著氣息，直到氣流再次流過喉管，進入肺裡。葉大衛這會兒已經站了起來，從地上撿起槍，冷冷地說：「早讓你不要玩槍，小心傷著自己！」小衛無比沮喪，頹廢地躺在那兒，雙眼無力地望著天花板，喃喃地嘀咕道：「不要逼我，不要逼我……」

「沒人逼你，你這是自己逼自己，自尋死路！」葉大衛之所以氣急敗壞，倒不是因為小衛拿槍指著他，而是小衛自始至終都沒意識到自己的錯。

怒火中燒的葉大衛，稍微平靜後，揉了揉疲憊的鼻梁，以一種極其慎重，而又帶點卑微的語氣說：「我告訴過你，在另一個世界，我是警察，所以我說可以幫你，就一定會幫你，你為什麼不相信我？如果我想害你，又為什麼要從龍幫手裡救你，幫你做這麼多冒險的事？」

「龍幫人多勢眾，每個人吐一口唾沫就能淹死你，你到底想要怎麼幫我？你以為靠你一個人可以把龍幫毀滅？」小衛坐了起來，臉色依然煞白，絮絮叨叨的樣子，像霜打的茄子，「你想讓我幫你找到回去的路，到時候你走了，留下我一個人，我能怎麼辦，我又能做什麼？我沒有朋友，沒有親人，連給我收屍的人……」

他說不下去了，聲音有些哽咽。

葉大衛自然是知道他的想法的，雖然之前自己沒想好該怎麼幫他，但就在剛才，他聽完小衛的話之後，又聯想到了小衛先前的那一番話：「我要殺了你，只要你一死，龍幫就會以為我死了，到時候我就離開這裡，我會代替你，就沒人會知道我還活著……」

他咀嚼著這句話，腦子裡陡然冒出一個絕妙的主意。

小衛趁著葉大衛思考的時候，抹去臉上的血，又找了張止血貼貼在額頭的傷口處，然後疑慮重重地問：「你為什麼不能帶我走？」

葉大衛幾乎被他的問題問住，但他愣了一會兒，隨即便搖頭道：「我不能帶你走，因為每個人都有屬於自己的世界，即使這個世界很亂，有著他不喜歡的生活，但這畢竟是他的世界，所以你必須留下來。放心吧，這個計畫絕對會瞞天過海，既可以幫你，也可以幫我。」

＊　＊　＊

葉大衛把被槍擊時的整個過程重新捋了一遍，他覺得要回到原來的世界，必須先找到廢棄停車場，也許那裡便是進入另一個空間的入口。

「我印象中沒有這樣的廢棄停車場。」小衛直截了當地說，他想來想去，也沒有想到葉大衛描述的那種廢棄停車場，「也許廢棄停車場是後來才改造成的，二十多年前，也就是現在，可能是正在用的停車場，或者說還沒有廢棄。」

「對呀，可能二十年後才廢棄。」葉大衛非常贊同小衛的話，因為他們想到一塊兒去了，「也可能二十年後的廢棄停車場，現在是正在使用中的停車場，或者是用作別的地方，比如說學校、醫院、車站……都有可能啊。」

「線索少得可憐，那就更難找了！」小衛道。

「再難找也得找，我一定要回去！」葉大衛想親手抓住武東為申雲娜報仇的事一直沒跟小衛講，「在我的世界，還有很多事情等著我去做。」

「也許你可以提供更加詳細的資訊。」

「在廢棄停車場附近有一片繁華的夜市……」

「夜市？」小衛念叨著，他第一次去跟買家接頭的地方，正是夜市，「可是江州市有很多夜市，僅僅只有這個線索，依然很難找啊。」葉大衛也很清楚事情的難度，但他一時間又無法提供更多的線索，只能極力思索，希望能得到更多啟發。

天還未亮，一陣睡意襲來，葉大衛忍不住打了個呵欠。「要不，先睡會兒？」小衛提議，葉大衛怪異地看著他，他訕笑道，「放心吧，之前的事……不會再發生啦。」葉大衛於是躺下，抱著雙臂，閉上雙眼，進入了夢鄉。

他雖然很累，其實也無法完全入睡，腦子裡縈繞著各種畫面，像電影片段似的，剛躺下不久，突然就一躍而起，把還未闔眼的小衛也驚得重新坐了起來，盯著他看著，那意思是自己可什麼都沒做。

「城西在哪個方向？」葉大衛莫名其妙地問。

「什麼？」

「我問你這座城市的西邊是哪個方位？」

小衛惶惶然，轉身指向另一邊。「現在幾點了？」葉大衛又問，小衛說：「再過一刻鐘天就亮了！」

「跟我走，帶我去城西轉轉！」葉大衛不由分說，已經抓起外套站了起來，小衛不知道他想幹什麼，他這時才說道，「我可能想到怎麼回去的辦法了。」葉大衛所謂的辦法，就是找到城西，因為他突然想到廢棄停車場就在江州市的西邊，而且廢棄停車場之前就叫「城西停車場」。

他在去城西的路上，跟小衛解釋了自己的想法，小衛雖然覺得可行，但並不抱太大希望，因為覺得二十多年過去，新的建設，會令整個城市的面貌煥然一新，就算知道西邊在哪個方位，依然無法鎖定廢棄停車場準確的位置。

除此之外，還有他不知道的事情，那就是三年後，江州市將發生一場大地震，基本上所有的建築都將被摧毀。城西的範圍很大，站在空曠的廣場上，望著高高低低的房屋，一絲迷茫再次湧上心頭。

葉大衛眼見的城西，跟他想像中的城西完全不一樣，不只是那些遮擋了他視線的建築，還有他對方位的不確定性，令他這個渺小的，如同螞蟻一樣的人很難分辨自己到底身在何處。

「這裡所有的地方都位於城西，想到什麼了？」小衛見他半天不吱聲，又用手比劃著說，「這一大片應該都屬於城西的位置，你能找到你說的那個地方嗎？」

葉大衛沒有隱瞞自己此時的感受，他覺得太難了。但是再難，也得挨個找，否則也許永遠也別想回去了。兩人在清晨的街道上，像無業遊民一樣漫無目的地遊蕩著。天漸漸亮開後，街上的人才多了起來。葉大衛一開始興致勃勃的情緒，此時已經變得無比低迷。小衛提醒他是否應該回去了，他這才意識到兩人的危險處境，就這樣在大街上走來走去，要是不小心被龍幫的人發現，後果不堪設想。一輛警車從遠處呼嘯而來，刺眼的警笛旋轉著，嚇得兩人同時轉過了身去，然後又不自覺相互對視了一眼，這才雙雙加快腳步離開。當他們快步從另一個方嚮往回走時，一陣嘹亮的廣播聲吸引了他們的注意。

「這裡是晨曦菜市場辦公室，下面開始廣播重要通知，請各位負責人於上午九點到辦公室開會……」一個粗獷的男人的聲音從廣播裡傳出來，葉大衛剎那間像被施了魔法，站在原地不動了。

小衛扭頭看著他，他突然變得興奮，拉著小衛問：「聽到了嗎？聽到了嗎？」

「聽到什麼了？」

「城西菜市場，剛才廣播是不是這樣說的？」葉大衛拉著小衛，可是廣播卻停止了播音。小衛疑惑地點了點頭，也隨即恍然大悟：「對呀，城西菜市場，城西停車場，會不會這麼巧？」兩人急匆匆地跑到菜市場門口，卻只見上面寫著幾個大字——「晨曦菜市場」。葉大衛本以為晨曦菜市場是「城西菜市場」，沒想到卻是「晨曦」二字。

「怎麼了？」

「字不一樣！」

「怎麼個不一樣了？」

葉大衛沒有跟小衛解釋，在門口徘徊了一陣，正巧剛剛過去的警車又轉了回來，兩人慌忙撤退，轉身回到了藏身的租房內。葉大衛有些喪氣，在小衛的再三追問之下，才道出了內心的鬱悶。「字不一樣，不會是後來改了吧。」小衛嘀咕道，「二十多年過去了，很多事情都變了。」

葉大衛怎麼會沒想過這個，可他在菜市場門口注意觀察了周圍的環境，但沒有發現任何可以比對的參照物。他再次想起了三年後即將發生的那場地震，當時死了不少人。他擔心跟小衛說出地震的事情後，會引起他的恐慌。因為，他不知道小衛在地震是活著還是會死去。

但是，如果小衛在地震央喪生……他不敢假設，那畢竟是另一個自己。

所以，他寧願相信一切皆有定數，每個人的命運，老天都已經安排妥當，所以生和死，都不是他能決定的。

＊　＊　＊

葉大衛說服了小衛，決定親自打電話給警察局，讓警察去解救那些孩子。

孔間接到小衛的報案電話時，自然十分吃驚。

「葉大衛？你在什麼地方，我勸你最好馬上來自首……」孔開打算說教一番時，葉大衛笑著說：「孔隊，我必須得跟你解釋兩件事。首先，我不是你們要找的葉大衛；其次，我不是被龍幫的人救走，而是被劫持。」

「既然是被龍幫的人劫持，怎麼會那麼容易就放你出來？」孔開問，「你別跟我說是龍幫大發慈悲，一時好心放了你。」

「你可以不信我，但那些孩子是無辜的，現在龍幫的人正在到處找這些孩子，我勸你最好立即行動，我擔心晚了，孩子會出事。」葉大衛正要結束通話電話，孔開忙制止了他：「你等等。」

「孔隊還有什麼指教？」

「那個……你說你來自另外一個世界，還說你不是我們要找的那個葉大衛，如果我信你的話，你怎麼證明？」

「你的意思是你想見到我們同時出現？」葉大衛戲謔道，「算了吧孔隊，你的那點心思就別放在我們身上了，我們很快會離開這個地方，這個電話就是為了告訴你孩子的位置。多保重，希望後會無期！」

孔開聽見電話那頭傳來嘟嘟的忙音，隨即召集人馬，趕到小衛指定的地點，果然見到了好幾個被綁架的孩子。而且那些孩子奄奄一息，如果再晚一步找到她們，後果不堪設想。當時，葉大衛和小衛都在離現場幾百公尺的地方偷看，見孩子們被警方安然無恙帶走後，才鬆了口氣。「龍炎要是知道孩子被你交給了警方，恐怕會急火攻心！」葉大衛看著還在現場蒐證的警察說道。小衛一直沒告訴他這些孩子對於龍炎的重要性，這時才和盤托出。

葉大衛很是吃驚，但隨即幸災樂禍地說道：「龍炎不能如期交出孩子，惹怒了那些國際買家，日子恐怕是不大好過了。怎麼樣，孩子交給了警方，是不是覺得渾身輕松鬆？」

「也輕鬆也不輕鬆！」小衛嘆息道。葉大衛理解他的意思，他其實是在他擔心自己，龍炎發怒，必定把怒火發洩到他身上。葉大衛拍著他肩膀說：「放心吧，既然你答應我的事情已經做到，那麼我說過要幫你就絕不會食言。」

「你現在沒找到回去的辦法……」小衛沒把話說完，但葉大衛明白他的意思，不禁笑道：「我知道你想說我自身都難保，還能有什麼能力幫你，對吧？」

小衛的預設，表明了他的心跡。

「別胡思亂想了，只要地球沒爆炸，這個地方就一定能被我們找到。」葉大衛信誓旦旦，「我剛剛又仔細想了想你說的話，晨曦菜市場，城西停車場，雖然字不同，但還真難保就是同一個地方。」

小衛眼前一亮，突然說：「既然你說只要找到那個地方，就能有辦法回去，要不我們就把晨曦菜市場當成是城西停車場，然後你試試能不能回去？」

葉大衛一聽這話，先是愣了愣，但隨即說：「不行不行，要真試了，如果找錯了地點，會死人的。」

「怎麼會死人？大不了繼續找新的地方。」小衛不明白他指的「死人」是什麼意思，所以才說出這番話。葉大衛臉色嚴峻地沉默了片刻，說：「有些事情暫時還不能告訴你。這樣吧，你得信我，既然我們已經確定大致方向，我覺得應該再去看看，興許能找到更多線索。」

龍炎很快就收到風聲，孩子被警方解救了。他怎麼都想不明白，葉大衛怎麼會跟警方合作呢？

「孩子沒了，我怎麼跟買家交代？」龍炎頭一次覺得如此無力。在他眼裡，那些國際買家跟警方大不一樣，他們眼裡只有生意和利益，而且殺人如麻，如今自己已經收了定金，如果背信棄義，不能按時交貨，恐怕不只是退還定金這麼簡單。

龍炎盛怒之下，掀了桌子。

龍炎的手下，一個個戰戰兢兢，不敢吱聲。

「我不管，總之是葉大衛搶走了那些孩子，所以這筆帳一定要算在他頭上。」龍炎像一頭正在發狂的獅子，命令龍幫的人全部出動去找葉大衛，活要見人，死要見屍。

＊＊＊

葉大衛和小衛再次回到晨曦菜市場，兩人分開行動，在市場裡蹓躂起來。

葉大衛跟賣家套近乎，想知道晨曦菜市場的一些事情，但無人知曉，他不得不硬著頭皮，鑽進了菜市場管理辦公室。辦公室裡有個六十多歲的老人，看到葉大衛便想制止他進去。

「這裡是辦公區域，閒人免進。」老人攔住他的去路，打算把他往外趕。葉大衛笑容可掬地說：「老人家，我是拆遷單位的，今天過來買菜，順便了解一些情況。」

「拆遷單位？」老人顯得很吃驚，「拆遷單位了解什麼情況？」

葉大衛環視著辦公區域說：「按照政府規劃，晨曦菜市場不久之後可能要變更用途。」

「好好的，怎麼突然要變更用途？」老人的聲音裡充滿了牴觸的情緒。葉大衛忙說：「目前也不一定要變更用途，所以前期要做個民意調查。」

「拆什麼拆，這個菜市場建了很多年，來這裡買菜的都是十幾年的老顧客，要是拆了，大伙兒該去哪裡買菜？」老人說完這話，又嘆息道，「你看這周圍，都陸陸續續拆了，建了高樓，我就在想這菜市場什麼時候也得被拆，沒想到這麼快就來了。」

「您別誤會，其實也不一定要拆，所以想跟你了解點實際情況，回去也好跟主管彙報，興許就不拆了呢。」葉大衛忙說，老人應道：「那敢情好，你想了解什麼，那就問吧。」

「晨曦菜市場，以前就叫這個名字嗎？」

「以前啊，還真不叫這個名字。」老人陷入回憶中，「大概十多年前，這個地方是一片空地，後來成了垃圾場，再後來才建成批發商城，好像一開始叫百姓大市場，裡面什麼都賣。大概七年前，一場大火，把市場燒得乾乾淨淨，百姓大市場後來就搬遷了。」老人端起水杯，顫巍巍地喝了口水，「再後來，這裡就成了菜市場，先是叫百姓菜市場，後來感覺之前被火燒過，擔心不吉利，所以才改成城西菜市場。」

葉大衛饒有興致地聽著，問：「就是現在這幾個字嗎？」

老人瞇縫著眼睛，沉思了片刻，突然又搖頭道：「好像不是這幾個字。對了，叫城西，城市的城，太陽打西邊出來的西。」

葉大衛隱忍著內心的焦躁和興奮，再次追問道：「那為什麼後來又改成現在的晨曦菜市場了？」

「這我就不知道了，興許是為了好聽，反正是瞎折騰唄。」老人說完這話，桌上的座機響了起來。趁著他接電話的空隙，葉大衛也急匆匆地離開了。他心裡有一團火在燃燒，老人的話令他無比興奮。

「如果不出意外，如今的晨曦菜市場，就是二十年後的城西停車場。」葉大衛見到小衛後說，他把老人的話原封不動地告訴給了小衛，小衛也覺得頗有幾分道理，但依然擔心會不會只是巧合。

「你跟我想的一樣，我也擔心是巧合。」葉大衛說，「現在已經基本斷定晨曦菜市場就是城西停車場，如果要準確無誤，只要找到任何一處可以證明的證據。」

「那只能靠你自己了。」小衛環視著周圍的樓房，「如果你確定自己見過這些樓房中的任何一棟，問題就解決了。」葉大衛差點說出了三年後地震把所有樓房都震垮的事情，但話到嘴邊又嚥了回去，悶悶不樂地嘆息道：「最能確定地標的不是那些樓房，而是山勢和地形。」

「你看看，這菜市場周圍全是房子，哪裡還有山？」小衛摸了一把扎手的頭髮，「看來只得另想辦法了。」葉大衛剛才的話也只是隨口一說，他記憶中的城西停車場，周圍也沒有山，但是有大片閒置的空地。如果這個地方就是我要找的地方，那麼三年後的那場大地震，應該是將現在所見的房屋都摧毀了，而且直到二十年後依然沒有重建。地震帶！他突然想到了這個詞語，腦子裡頓時靈光一閃，瞬間想起江州市正處於北緯30度地震帶上，如果能確定腳下這個地方也正處於地震帶上，那麼是否能說明這就是他正苦苦尋找的地方？他決定找孔閒幫忙。其實，孔閒也期待能再次跟他通話，當聽到他的聲音時，立即興奮地說：「孩子全都沒事，感謝你提供的消息。」

「可我事情大了。」葉大衛說出龍幫正在追殺他的情況，孔閒隨即精神抖擻，希望他幫忙逮住龍幫老大龍炎。

葉大衛微微一愣，沉吟片刻後說：「雖然這件事很複雜，但我覺得有可操作性。」

「太好啦，算你答應了！」

「不過我也有一個條件……」

第七章　另一個空間

孔聞拿著從江州市地震監測局拿到的資料，陷入了良久的沉默。這是葉大衛拜託他的事情，也是他跟葉大衛的交易，然後葉大衛才會幫他對付龍幫。但是葉大衛沒有告訴他為什麼要這些資料，所以當他拿到資料時，才會無比好奇。

按照約定的時間，葉大衛準時打來了電話。「你要的資料我已經幫你找到，怎麼給你？」孔聞忙不迭地問。

「孔隊辦事效率挺高嘛。」葉大衛笑道，「不急，我會告訴你怎麼把資料給我。」

「我要見你，當面把資料給你。」孔聞提出了條件，但被葉大衛拒絕了，他說：「孔隊，我跟你做的是一樣的工作，你心裡想什麼我全都明白，所以見面還是算啦。」

「那你總得告訴我為什麼要這些資料。」

「暫時不行，但在我離開之前，會告訴你答案。」葉大衛說，「我的身分證，你必須還給我。我會告訴你地點，你把我要的資料和身分證放一塊，我到時候會派人去取。記住，一個人來。」

孔聞答應了他的條件，親自帶著資料出門，按照他說的地點，把資料袋放進了垃圾箱。他沒有食言，沒有帶人去，但沒離開，一直躲在遠處，偷偷觀察著，希望見到葉大衛。十分鐘過去了，二十分鐘過去了，他依然沒見葉大衛前來取走資料袋，這才覺得有些不對勁。於是再次回到垃圾箱前，這才發現資料袋已經不見了蹤影。

孔閒很是惱火，卻又無可奈何，他覺得奇怪，自己明明一直盯著，甚至都不敢眨眼，資料袋怎麼會憑空消失？他想到這裡，一把推開垃圾箱，這才發現垃圾箱下面有個小孔。

葉大衛在小衛的指引下，設計了這個取走資料袋的好辦法，此時已經從下水道回到租屋處，開啟資料袋，裡面有江州市的地圖和地震布局圖，還有他的身份證。

他露出了滿意的笑容，正在檢視地圖時，小衛醒來。

「警察沒耍花樣吧？」小衛伸了個懶腰。

葉大衛點點頭，掃描著地圖，依然滿臉激動，答非所問：「現在基本能確定晨曦菜市場就是我們要找的城西停車場。」

小衛不置可否地問：「如果確定，是不是可以馬上行動？」

葉大衛的目光定在地震布局圖上，指著其中的某個點，興奮地說：「江州市正好位於北緯30度的這個點，而這裡正好處於江州市的西邊位置，距離三年後那場地震的震央很近……」

「什麼地震？」小衛不經意地問道，葉大衛沒想到自己太過激動，居然說漏了嘴，隨即收起地圖，也裝作不經意地回道：「沒什麼，我指的是江州市位於……」

「不是，你明明說『三年後那場地震』。」小衛盯著他的眼睛，他本來還想隱瞞，但在他的逼視下，不得不嘆息道：「本來不知該怎麼跟你開口，但是既然你已經知道，也就沒什麼可隱瞞的了。」

他把三年後，江州市將被一場地震摧毀的事告訴給了小衛，小衛似乎不相信自己的耳朵，露出不可思議的表情，緩緩搖頭道：「不會的，不會的，江州怎麼可能發生地震？你不要騙我，我不會相信……」

「之所以沒告訴你，就是擔心你不會信我。那場地震規模高，幾乎摧毀了整個江州市，死了不少人，導致江州市的地勢和地形結構都發生了不小的變化，也正是這個原因，我一時半會兒才無法把二十年後重建的江州市和現在的江州市連繫在一起。」葉大衛慨嘆道，「在這裡，可能除了你，沒人會真正信我，所以我就算對所有江州市的人說了，他們也會把我當成瘋子。」

小衛像個傻子，怔在原地，滿臉驚愕，久久沒發一言。

「小衛，其實我沒把這件事告訴給你，還有另外一個原因。」葉大衛思慮良久後又補充道，「在這個世界上，很多事情都是早就有定數的，並非哪個人可以隨意改變歷史，所以我說與不說，結果都一樣。」

「不，你不說，會死很多人，你說了，就會救很多人。」小衛反駁道，「我要把這件事告訴給江州所有人知道。」

「我也很想跟你一樣，讓所有人都知道這件事，想救他們的命，可你覺得他們會信我嗎？」葉大衛無奈地說，「你馬上就可以從這裡走出去，然後對每個遇見的人說，三年後江州市將發生地震，請他們全都搬走。我猜想，你會被他們狠狠地揍一頓，然後送進精神病院。」

小衛聽了這些話，也理解了他的心情，自己一開始不也不相信他來自另外一個世界嗎？

「當然，你自己隨時可以離開，還有相信你的人，也可以一起離開。」葉大衛站了起來，「這件事，我目前為止只告訴給你一個人，該怎麼辦，你自己決定吧。當然，我答應要幫你擺脫龍幫的事就一定會做到，所以，待會兒我會下去打個電話給警察局的孔隊長，他會幫我們達成目標。從此以後，你就自由了。」

「找警察局的幫忙？你打算怎麼做？」小衛聽說他要找孔閒幫忙，自然十分訝異。

「這件事必須先跟孔隊商量，只有他幫忙，才能圓滿實現計畫。」

小衛沒有繼續追問，但突然拉著他說：「你可不可以帶我走，去你那個世界。」葉大衛未嘗沒這麼想過，但是最後給出了否定的答案。

「還是算啦。」小衛看著他為難的表情，又自嘲地說：「如果真的跟你去到十年後，也許很多事情都會發生改變。」

「這也是我極力想要回去的原因。」葉大衛說，「我們只有待在屬於自己的世界，而且只能待在屬於自己的世界。更重要的是，我來到這個世界的方式非常特別，到目前為止，我還不知道能否利用之前的辦法回去，成功的機會只有百分之五十，如果失敗，就會付出慘重的代價，我不能害了你。」

「如果成功，我們以後還有機會見面嗎？」小衛問，葉大衛頓了頓，卻笑著說：「最好不再見面，不過就算想見面，猜想也難了。」小衛還沒有完全體會到這話的意思，但接受了葉大衛的建議，答應待在屬於自己的世界。葉大衛打電話給孔閒的時候，孔閒剛從外面急匆匆地趕回來，他預料到葉大衛會很快來電。「孔隊，不好意思，為了安全起見，不得不動了動歪腦子。」葉大衛嬉皮笑臉地說，孔閒不屑地笑道：

「還真用了腦子，我居然看走眼了。」

「那是。孔隊是聰明人，我們明人不說暗話，打電話給你，正是為了兌現之前的承諾。」葉大衛說，「感謝你給我的資料，我已經找到回去的辦法，但是在離開之前，要先幫你搞定龍幫。」

孔閒迫不及待地問：「你真有辦法？」

「當然。明天晚上十點，你帶人埋伏在晨曦菜市場周圍。記住，一定不能輕舉妄動，到時候，龍炎自然會出現。」葉大衛說完這話，又叮囑道：「孔隊，這可是你抓住龍炎的最後機會，如果錯過，以後要想逮住他，恐怕比登天還難。」

「你到底有什麼計畫？我必須事先知道。」

「這個暫且不用你管，你也不用白費腦筋，照我說的做就對啦。對了，孔隊，我寫了一封信，一週後會送到你手裡，請注意查收。」葉大衛結束通話了電話，孔閒卻舉著聽筒半天沒放下，在心裡默默地念叨著：「這個葉大衛，到底在搞什麼鬼？」

夜色深沉，厚重的雲層籠罩著這座城市，壓抑得令人窒息。這種景象，跟他被武東槍擊的那個夜晚很像。

精神抖擻的葉大衛，此時正帶著小衛，悄然掩映在黑暗之中。此刻，他滿懷熱情，雖然略有擔心，但信心充盈心間。他覺得自己能成功，之前只有百分之五十的把握，但是現在變成了百分之百。

這是他強烈的第六感。

「我可能很快就會離開，記住我的話，等你渡過這個劫，一定要做個好人。」葉大衛說這話時，心裡竟然有一絲不捨，他雖是普通人，卻做了一件極為不普通的事。他不止一次地問自己，這輩子能去到另外一個空間，見到另外一個自己的機率究竟有多大？又能有幾人能如此幸運？

所以，他現在被迫來到另一個世界，有時候覺得是悲劇，有時又會覺得是老天的眷顧。

其實，最為擔心的還是小衛，因為到現在為止，他依然不知道葉大衛究竟想怎麼做。更為重要的是，這件事將影響到他今後的日子將怎麼度過。他揪著一顆心，高高地懸著，猜想著接下來可能會發生的事。

「還有，待會兒不管發生什麼事，你都一定不能露面，就當什麼事都沒發生。」葉大衛心裡想著，反正這輩子恐怕再也無法見面了，就算自己回去的計畫失敗，就算自己死，也權當幫了小衛一個忙。

好吧，其實幫小衛，也是在幫自己。他這樣安慰自己。

幾分鐘過後，果然有無數個人影現身菜市場門前的空地上。

葉大衛看見了龍炎，心裡暗喜道：「終於來了！」

小衛看見龍炎時，隱約間想起了自己之前的替身計畫，腦子裡一陣發暈，慌忙攔住他，問：「你到底想幹什麼？」

「放心吧，我不會替你死，我也不會死，但是所有人都會以為你死了，這樣你就可以安全脫身，明白了嗎？」葉大衛的話令小衛雲裡霧裡一般，他最後說了一句，「祝我們彼此一生平安吧。」然後毅然決然地轉身走出黑暗，來到了龍炎面前。

這就是葉大衛的計畫，一個一箭三雕的計畫。龍炎幾個小時前接到葉大衛的電話，葉大衛說會把叛徒交給他，他這才按照約定的時間到達菜市場。

「我要的人呢？」龍炎見葉大衛果然現身，雖然無法確定面前這個人究竟是不是自己要找的人，但先入為主，所以才這樣問道。

葉大衛冷笑道：「你不是一直在找我嗎？現在我都來了，你還想要什麼人？」

龍炎想起兩個葉大衛長得一模一樣，導致他無法確定到底哪個才是背叛他的人，而站在眼前的這個人，又實在讓他難以分辨。

「是你主動把我的貨交給警察？」龍炎又問，「為什麼要這麼做？」

「因為我不想繼續做壞人。」葉大衛慷慨陳詞，「這些年，跟你做了很多壞事，現在我想是該還債的時候了。」

「你打算怎樣還？如果非說要還債的話，是不是應該先把欠我的還給我。」龍炎這話指的是被葉大衛搶走的孩子，葉大衛冷笑道：「我從來沒欠過你什麼，倒是你，欠了不少債，而且還是喪盡天良的血債。今天，就是你還債的時候了。」

葉大衛的這番話，在小衛心裡來回翻滾，連連說著「對不起」，可一切似乎都已經太晚。

龍炎掃了他身邊的兄弟一眼，狂妄地笑道：「葉大衛啊葉大衛，我看你是瘋了吧。今天，我這些弟兄如果不把你剁成肉醬餵狗，就對不起龍幫這塊招牌。」

葉大衛知道孔閒這會兒一定帶著兄弟們躲在暗處，將這一切看得清清楚楚，只要他拔出槍，一場血戰便在所難免，可他還想再多套套龍炎的話，以便警方將來給他定罪。

「這次我帶走了你的貨，還把他們全都交給警方，我猜你一定很難受吧。如果不能按時交貨，那些國際買家會不會先把你給剁了餵狗？」葉大衛這話很明顯刺激了龍炎，這也是龍炎最近最大的心病，他一聽這話，就恨得咬牙切齒，恨不得立刻把葉大衛碎屍萬段。

葉大衛看透了他的心思，慘笑道：「可是一切都結束了，過了今晚，你也不用再為自己會被剁了餵狗發愁，那些國際買家也不會再找到你。」

「你什麼意思？」龍炎突然隱約覺得不妙，葉大衛環視了四周一眼，大笑道：「我的意思是，過了今晚，法律會制裁你們這些惡棍！」然後又衝著黑暗深處大聲喊道，「孔隊，該你上場啦！」

他話音剛落，頃刻之間，不遠處傳來一陣尖厲的警笛聲，很快，全副武裝的警察就將這裡給包圍了。

葉大衛衝龍炎狂笑道：「這就是惹我的下場。」

龍炎面如死灰，他原本以為葉大衛因為自己的身分不敢報警，沒想到居然來了個兩敗俱傷，情急之下拔出槍吼道：「葉大衛，你敢勾結警察？去死吧你！」

一時間槍聲大作，葉大衛正要拔出玩具槍時，已經被龍幫的人射成了馬蜂窩。躲在暗處的小衛，目睹了這一幕，被驚得捂著嘴，淚水在眼眶裡打轉兒，差點沒叫出聲……葉大衛眼前一陣迷糊，再次回頭看向小衛的方向，卻發現他人已經不在原地。

「好啦，一切都結束了！」葉大衛在倒地時，臉上露出了一絲笑容。孔閒帶著警員們跟龍幫的人發生了好一場激戰，很快就控制了局面。龍炎中彈倒地，捂著受傷的大腿鬼哭狼嚎。孔閒讓警員們清理現場的時候，沒有發現葉大衛的屍體，可他明明記得葉大衛和龍幫的人互相射擊，在那種情況下，不中彈是不可能的。難道他是鬼神附體，刀槍不入？

＊＊＊

一週之後，孔閒焦急等待之下，果然收到了一封來自葉大衛的信函，葉大衛在信件裡再次跟他解釋了自己的來歷，還道出三年後江州市將會被一場地震摧毀的事。

孔閒翻來覆去把信件看了好多遍，想起葉大衛請他幫忙找地震布局圖的事情，臉色變得越來越冷峻。

「難道葉大衛真的回到自己的世界去了？」他想起現場確實沒見到葉大衛的屍體，一個個疑問在腦海裡盤旋，在折磨了自己一夜後，決定寫一封情況說明報告，然後連同信件一起交給地震局。

日頭炙烤著大地，幾近蒼白。每個匆忙而行的身影，都在烈日下奔跑，似乎稍做停留，就會像冰棒一樣化掉。葉大衛感覺自己恢復知覺的時候，整個人都淹沒在水底。他不記得自己是如何到達這裡的，只是隱隱有些頭痛，甚至呼吸困難。他感覺渾身上下溼漉漉的，加上傷口疼痛，步伐越來越慢。街道很舊、很窄，很多騎著腳踏車的人從身邊迅速穿過，偶爾有汽車經過，但都是葉大衛不曾見過的品牌，而且車輛的款式看上去很陳舊。他不由自主地停下了腳步，眼神怪異地看著身邊的風景，剎那間彷彿明白了什麼。為什麼，為什麼沒能回到自己的世界？也許是天氣太熱，也許是猜到自己沒能回到自己的世界，他一時急火攻心，腳下一軟，站立不穩，向前摔倒。

葉大衛醒來時，發現自己躺在床上。他兩眼茫然地望著天花板，不知發生了何事，更不知自己身在何處。片刻的冷靜之後，他感覺自己慢慢恢復了知覺，眨了眨眼，想坐起來，卻發現根本無法動彈。

他渾身纏滿了紗布，像被包緊的粽子。葉大衛想起第一次被槍擊後，身上並沒有留下傷口。他張了張嘴，想說話，卻只發出嗷嗷的聲音。

他發現這個房間裡除了自己再沒有第二個人，於是放棄了叫喚。他盡力讓自己冷靜下來，隱約想起了之前的事：被龍幫的人槍擊，然後……就在他無法想起之後的事情時，門開啟，進來一個女護理師。

葉大衛盯著那張臉看，雖然她戴著口罩，只露出兩隻眼睛，但那雙眼睛清澈透明。以他的審美標準，那是個美人胚子。

女護理師俯身翻開他的眼皮，起身後問：「能說話嗎？」葉大衛再次張了張嘴，這次終於發出了聲音：「這是什麼地方？」

「醫院！」女護理師說，「你渾身多處受傷，暈倒在路邊，我恰好路過。」

「是妳帶我回來的？」葉大衛又因為頭痛，緊緊地閉上了眼睛，等他張開眼時，女護理師問他哪裡不舒服，他沉默了片刻，想起自己的處境，低聲說，「我沒有哪裡不舒服。請問我什麼時候可以出院？」

「出院？暫時還不行。」女護理師拒絕了他，「雖然你身上的傷都無大礙，但你能不能出院，卻不是我能說了算。」

「我不明白妳的意思！」葉大衛莫名其妙地看著她，她筆直地站在他面前，凝視著他的眼睛，無奈地說：「因為在你身上找到了一些東西！」葉大衛嚥了口唾沫，脖子一陣生疼。就在這時候，門再次開啟，從外面進來一個男人，穿著一件偏黃色的襯衣短袖，高高大大的身材，濃眉大眼，滿頭的鬈髮，肚子微微凸起。葉大衛打量著來者，卻猜不透對方的身分。女護理師退到一邊，摘下口罩，露出了另外半張臉。葉大衛猜對了，那確實是一張美人臉，五官端正，皮膚白皙，面部輪廓分明，美得恰到好處。可他此時沒興趣欣賞這些，目光很快落回到剛剛進門的那位男士身上。

「剛醒來，能說話！」女護理師說，男子走到葉大衛近前，把他從頭到腳掃描了一遍，用一種近乎冷酷的聲音問：「你到底是什麼人？」葉大衛回應著那雙眼睛，又瞅瞅女護理師，女護理師忙說：「這位是警察局的韓隊長。」又是警察局？葉大衛想起之前的經歷，也是剛反應過來就落到了警方手裡。他頓時感覺自己的腦袋被莫名其妙地撞擊了一下，又隱約有些疼痛。

「我叫韓國棟，警察局刑警大隊隊長。」被稱作韓隊長的韓國棟自我介紹道，「我們在你身上找到了身分證，還有一把槍。」葉大衛眼前浮現出那把玩具槍。

「雖然是玩具槍，但是身分證也是假的。」韓國棟接著說，「葉大衛是你的真實姓名？我們查詢不到關於你的任何資料。」他盯著葉大衛的眼睛看著，感覺躺在面前的這個人，身上有太多的祕密需要破解。

葉大衛沒心思理會韓國棟的提問，他在想自己此刻到底身處什麼年代，更加擔心之前的事又會在自己身上重演一遍。「我問你話呢，你到底聽到沒有？落到我手裡，你最好配合一下。」韓國棟打斷了他的思緒，「如果你不合作，那就只能帶你去警察局了。」

「我叫葉大衛，就是身分證上的那個名字。」葉大衛權衡利弊之後，終於開了口，雖然他很厭煩這種審訊式的方式和威脅性的口吻，「你們當然無法查詢到關於我的任何資料，因為……」

「因為什麼？」韓國棟緊盯著他的眼睛，試圖判斷他沒有說謊。葉大衛的目光聚焦在天花板上的某個點，沉吟了半晌才說：「因為我不是這個世界的人。」韓國棟和女護理師面面相覷，彼此對視了一眼，露出滿臉的疑問。

「好了護理師，妳先出去忙吧，謝謝妳的配合，有什麼需要我再找妳。」韓國棟打發走了女護理師，目送著她出去，又關上門後，才收回目光，重新落到葉大衛臉上，露出了匪夷所思的笑容。

葉大衛非常理解那種笑容的含義，除了對自己的不信任，更多的則是譏諷。「我知道你不會信我，因為我現在連自己都不相信了。」葉大衛說完這話，又在心底嘆息了一聲，「韓隊，可以告訴我，現在是哪一年嗎？」

韓國棟明顯因為他的話而微微變了臉色，不悅地說：「像你這種人我見得多了，不說實話，也不配合，但我有的是辦法讓你開口。」

「韓隊，我……我真沒騙你……」葉大衛劇烈咳嗽起來，韓國棟轉身走出病房，留給他一個遠去的背影。韓國棟站在門口，收住腳步，向門外的警察同事點了點頭，讓他們好好看管病房裡的人，除了醫生和護理師，沒有他的允許，不能再讓任何人進去。

葉大衛躺在空空的病房，費了老大工夫，才把身上的紗布全都拆開。他累得滿頭大汗，小心翼翼地摸著自己的身體，發現傷口雖多，但都很淺，並非像子彈擊中留下來的。

他再次想起被槍擊的情景，跟第一次一樣，他當時就感覺無比疼痛，以為自己快要死了。可是，他還活著，只是受了些輕傷。「我到底是誰？這是怎麼啦？什麼時候變得刀槍不入了？」他自嘲地笑了，笑的時候，卻又感覺到了下顎的疼痛，立刻收斂笑容，從床上慢慢悠悠地坐起來，扶著床位前移了兩步，發現果然如護理師所言，他身上的傷並無大礙，並不影響行動。

他走向門口，剛試圖拉開門，門外的兩名警員立刻轉過身，眼神異樣地盯著他。

葉大衛看著兩人的穿著，瞬間就明白了他們的身分，只好默默地關上門，重新回到了病房。

他開啟窗戶，發現醫院外面的空地上還停著兩輛警車，而且是三輪摩托式的。

他凝望著遠方，胸口一陣疼痛，長長地嘆了口氣，此時已經非常確定自己不僅沒回到原來的世界，而且很可能來到了另外一個更為久遠的時空。

可現在究竟是哪一年，他不得而知。

韓國棟拿著從葉大衛身上搜來的身分證，翻來覆去地看了一遍又一遍，又拿起模擬手槍，做出瞄準的姿勢，在心裡感慨這模擬槍的外表做得可真好，比真正的警槍好看多了。

這小子到底是什麼來頭？彷彿每一根頭髮都藏著祕密。為了解開謎底，他派手底下的人去把玩具市場轉了個遍，但也沒找到賣這種模擬槍的店鋪。更奇怪的還是身分證，不管是材質還是樣式，都跟他們現在的身分證完全不同。他把自己的身分證擺放在桌上，下顎頂著桌面，雙眼平視前方，對照著看了又看，覺得醫院那小子身上好像籠罩著一層厚厚的煙霧，看不清，更猜不透。幾分鐘過後，他接到了從醫院打來的電話，看守的同事告訴他，病房裡的人想要出去。

「穩住他，千萬不能讓這個人離開病房。如果他不見了，你們也不用再回來！」韓國棟一而再再而三地叮囑道，放下電話，剛巧被他派去聯繫周邊縣市的同事急匆匆地闖進來，跟他簡單彙報了情況。

「奇了怪了，居然找不到關於這小子的任何資料，難不成從石頭縫裡蹦出來的？」韓國棟咧了咧嘴，一隻手在下巴上來回摩挲著，陷入沉思之中。

「隊長，你不會真以為那小子是從石頭縫裡蹦出來的吧？依我看，其實就算那小子是石頭做的，那我們也得把他給捏碎了，讓他吐出話來才成嘛。」

「但我倒是感覺那小子腦子有點問題。」韓國棟想起他問自己現在是哪一年的話，「你看他神神道道祕祕的樣子，還說什麼從另一個世界來的，滿嘴胡言亂語，要不然讓精神病醫生給他看看？」

「八成就是個神經病，或者是從精神病院跑出來的。」葉大衛自個兒拆了紗布，女護理師再次進來時也被嚇了一跳，指著地上那一堆紗布，驚訝地問：「你……自己拆的？」

葉大衛坐在床頭，答非所問道：「我要出去，我要馬上出去！」

女護理師愣了愣，隨即說：「不是我不讓你走，是警察不讓你走。」

「我不管，總之我要出院！」葉大衛站了起來，「妳幫我想辦法。」

「我，為什麼要我幫你想辦法？我辦不到！」女護理師想都沒想便拒絕了他，他卻說：「因為是妳救了我，也是妳打電話給警察局！」

葉大衛的意思已經說得很明白，女護理師心裡自然也是有愧。

「還有我的槍，要不是妳報警，警察局的人也不會找到我！」葉大衛盯著她的眼睛，她無處可躲，不得不承認是她把槍交給了警察。

她在想起這件事的時候，還心有餘悸。當時葉大衛處於昏迷中，她在給他換藥，翻動被褥時，突然發現他手裡不知什麼時候多了一把槍，而且槍口正對著她。她頓時被嚇得花容失色，鎮定過後，才想起他還沒醒來，這才轉身出門報了警。

「我以為你拿槍對著我，我當時被嚇壞了。」她輕聲嘆息道，「我看你不像是壞人，身上怎麼會有槍？」

「我……」葉大衛一時語塞，他本來想說自己是警察的，可就算說出來，又有誰能信他？他不得不苦笑道，「現在就算我長一千張嘴，一萬張嘴，恐怕也說不清了。」

「警察不會冤枉你。」女護理師道，「如果你有什麼委屈，或者沒做壞事，警察局的同仁一定會為你做主，還你清白。」

「雖然我是好人，可現在除了老天爺，恐怕沒人能幫我了！」葉大衛仰天長嘆道，其實他這話是指怎麼回去的問題。他沒想到自己辛辛苦苦，冒著生命危險才付諸實施的計畫，最終卻把他送到了另外一個更加久遠的空間。

可惡的時間，為什麼要如此折磨我？

想到時間，他這才再次想起跟女護理師追問現在的年分。

女護理師看他的表情，也跟韓國棟之前看他一樣。

「我沒有病，我真沒病，就是想知道現在是什麼年分，求求妳告訴我吧。」葉大衛已經不想再解釋任何東西，好在女護理師沒有像韓國棟一樣轉身離去，而是眼神怪異，語氣平緩地說：「1982年。」

接下來，該輪到葉大衛驚訝了。

他的瞳孔瞬間放大，兩隻眼球像要從眼眶裡掉出來似的。他彷彿聽見了自己的心跳聲，那顆躁動不安的心臟，似乎快要從胸膛裡蹦出來。他不由自主地按住了心臟的位置，閉上眼，長長地呼吸著，盡量讓自己保持平靜。

女護理師看著他的樣子，不知發生了何事，於是擔心地問他是不是哪裡不舒服。他搖了搖頭，沉重而又激動地自言自語道：「居然是三十年前，為什麼會這樣？」

他像是在問自己，又好像在質問老天。

「這是什麼地方？」片刻之後，他接受了事實，但是再次問道。

「什麼？」女護理師一時沒明白他的意思，「醫院！」

「不，我是問這個城市叫什麼名字？」

「城市？」女護理師撇了撇嘴，「這裡是江州區。」

葉大衛聽到「江州」二字時，稍稍鬆了口氣，雖然自己此時來到了三十多年前，但畢竟還在江州境內。他連連嘀咕道：「江州市，江州區……」

女護理師覺得他的情緒不對勁，卻又不知發生了何事，於是想幫他測測體溫，嘴上還說著：「剛遇到你的時候，你發著高燒，嘴裡也跟現在一樣說著胡話……」

「我沒事，沒發燒。」葉大衛收回了臆想的表情，拒絕了她的好意。

「可我看你真的有事！」

「我沒事，真的沒事！」葉大衛陡然怒喝道，聲音抬高了八度，把女護理師嚇得再也不敢吱聲。沉默的瞬間，空氣也像是停止了流動。

「對、對不起，我不是故意的！」葉大衛尷尬地擺了擺手，他的眼神異常灰暗，臉色蒼白，耷拉著眼皮，兩隻手無論放在何處，都覺得不安。

「可以告訴我，你到底遇到了什麼事嗎？」女護理師看著他的表情，盡量讓自己看上去不那麼緊張了。他強擠出一絲笑容，終於抬起頭，強顏歡笑道：「我遇到的事，連自己都不明白，也不全記得，怎麼跟妳說得清？」

「可是，你不說的話，我怎麼能幫你？」

「真的，我真的想不明白到底發生了什麼……」他說完這話，又垂下了眼皮。其實，他多麼希望這只是一場夢。女護理師叮囑他安心睡一覺，興許就會想起些什麼。葉大衛聽見房門關上的一瞬間，腦袋裡又像是有一座旋轉木馬，轉得他快要昏迷過去。他躺在床上，上下眼皮開始打架，很快就沉沉地閉上了眼。

＊　＊　＊

也不知什麼時候，葉大衛再次醒來的時候，發現自己已經不在之前的病房，而是坐在一把椅子上，周圍是封閉的牆壁。除此之外，他還發現自己換了衣服，一套乾淨的病人服。

他站了起來，走到牆邊，用手碰了碰冰冷的牆壁，發現牆壁是柔軟，而且暖和的。

「你叫什麼名字？」一個洪亮的聲音不知從何處傳來，葉大衛慌忙回頭四周張望起來。他沒有回答這個問題，而是驚訝地問道：「你是誰，這是什麼地方，我怎麼會在這裡？」

「你不用知道這是什麼地方，我可以告訴你，這個地方非常特殊。但是，如果是作為交換，只有你先回答了我的問題，我才能回答你的問題。」那個聲音依然洪亮，葉大衛從內心裡抗拒這種交易，但為了得到自己想要的答案，又不得不回答了對方的問題。

「葉大衛，你的名字叫葉大衛。很好，那麼接下來，我應該回答你的問題了。這裡是江州區精神病院，我是你的醫生，現在你該知道自己怎麼會在這裡了吧？」

葉大衛還以為自己聽錯了，他得知自己居然被關進了精神病院時，瞬間從頭涼到腳。但他是正常人，覺得該用自己的方式換取外人的信任，同時換取自由之身，於是假笑道：「你們是把我當成了精神病人？你看我的樣子像神經病嗎？我告訴你，我沒病，我很正常。」

「好吧，那麼請回答我第二個問題，你來自哪裡，家裡還有什麼人？」那個聲音沒搭理他的辯解，繼續追問道。

葉大衛無奈地說：「我就是江州區人，從小……都沒見過父母，家裡沒人了。」

「但是為什麼你的身分資料無法查詢？」

「因為……」他本想說自己來自另一個世界，但他擔心說了實話，會引起更大的誤解，於是話到嘴邊又變成了，「算啦，我也不想解釋，總之我不是神經病，絕對不是神經病，你們快放我出去。」

「在沒確定你是不是精神病人之前，我無法滿足你的要求。」那個聲音依然穩重，葉大衛卻好像突然想起了什麼，大聲嚷道：「韓國棟，韓隊長，我知道你在外面，我要見你，我有話要跟你說。」

沒錯，韓國棟此時確實正站在外面，透過一層單面玻璃觀察著葉大衛的一舉一動。他聽見葉大衛說知道自己在外面，而且還要見自己時，於是徵求醫生的意見。醫生不苟言笑地說：「從他目前的行為舉止來看，無法判斷他有精神病，但也不能斷定他沒有患精神病。」

韓國棟詫異地看著他，他解釋道：「精神病人在某些時候是正常的，但在某些時候才會表現出症狀。從目前來看，他是正常的。」

「你的意思是，這個人也可能是正常的？」醫生點了點頭，韓國棟覺得自己快被搞糊塗了，但他沒時間理會這些，既然葉大衛知道他在外面，於是決定先跟葉大衛見一面再說。他開啟門，走進房間，面對已經平靜下來的葉大衛，開門見山地問：「為什麼要見我？」

葉大衛指著自己腦袋說：「我這裡沒問題。」

「精神病人都會覺得自己沒問題，但你之前的表現，已經證明你有問題，而且問題不少。」韓國棟說，「我們已經調查了關於你的所有資料，跟周邊縣市也取得了聯繫，但一無所獲。告訴我，這是為什麼？為什麼你的資料一片空白？」

「有些問題，我實在無法回答你，就算跟你說了實話，你也不會信我。」葉大衛沉默了瞬間，打算用先入為主的方式掌控主動權，但韓國棟似乎看穿了他的心思，輕描淡寫地說：「除了別告訴我你不是這個世界的人之外，別的什麼都行。」葉大衛忍不住笑了，他看著外表憨厚的韓國棟，沒想到自己還未開口，對方便猜到了他想說什麼。

「如果我是你，現在應該笑不出來。」韓國棟看了看玻璃牆壁方向，「精神病醫生還在外面，接下來我們的談話，會決定你是否會被繼續留在這裡。」

「好，那我現在就可以告訴你，我跟你一樣，也是警察。」葉大衛話音剛落，韓國棟突然沒忍住笑出了聲，笑得前俯後仰，好像再也停不下來。

葉大衛看著他，臉色深沉地說：「因為我來自另外一個世界，也就是三十幾年之後的世界，所以你們無法查詢到關於我的任何資料。對了，我也是一名警察，也有警員編號，我的警員編號是……算啦，我還是不說了，我知道你不會相信我的話，而且還會把我當成瘋子……」

他看著韓國棟的樣子，便猜到自己說再多也是無益，於是打住。

「好吧好吧，我暫且信你，但你得告訴我，你是怎麼從三十年後來到這裡的？」韓國棟嘴上說信他，可終於還是沒忍住，又開始一個勁地笑，笑得眼淚都出來了。

葉大衛摸了摸後腦勺，嘆息道：「我也不知道自己怎麼會來到這裡，如果知道原因的話，可能就不會這麼頭痛了。」

韓國棟終於止住了笑聲，不停地摸著下巴，過了好一會兒才說：「這樣吧，你暫時還不能離開這裡，我必須先跟醫生談談。」

「不行，我不能留在這裡。」葉大衛的聲音陡然抬高，而且往前竄了一步，離韓國棟不到一公尺的距離，「我得出去，得想辦法回到自己的世界。」

「你能不能離開這裡，可不是我能做主的。看來事情變得越來越複雜了。接下來，我得想辦法證明你沒有說謊，只有找到證據，才能放你走。」韓國棟示意他站在原地別動，「你得相信我，就像我信你一樣。如果你沒病，很快就能出去。」

葉大衛看著韓國棟開門離開，知道他最後那些話是在跟自己開玩笑。換句話說，他壓根兒沒相信過自己，所以瞬間又陷入了絕望之中。

第八章　逃離精神病院

向卉坐在靠近窗戶邊上的座位上喝咖啡，口袋裡的手機突然振動，她拿出電話一看，是參與審訊武東的吳永誌打來的，慌忙按下接聽鍵。她聽說武東交代了，但並沒有綁架葉大衛時，整個人瞬間又陷入了崩潰。

「武東有說知道葉大衛的下落嗎？」

「很遺憾，沒有。」吳永誌說，「他不像是撒謊，因為槍擊案當晚，他明明親手開槍擊中了葉大衛，但在現場沒見到葉大衛的屍體，後來又聽說葉大衛失蹤的消息，也很吃驚，不知道到底發生了什麼事。」

向卉握著電話，心神變得越來越不安寧。

「還有，武東打算轉做警方的汙點證人，所以我們有理由相信他的話。同時，他交代自己所在的組織是一個叫龍幫的神祕組織，每次做事前都會收到指令，但從沒見過龍幫真正的掌舵人。」吳永誌繼續說道，「我們查詢過相關資料，發現一些非常奇怪的事。這個叫龍幫的組織，在歷史上早就存在，猜想已經有好幾十年的歷史了，殺人放火，燒殺擄掠，無惡不作。但是從來沒人見過真正的掌舵人，所以一時間也成為江湖中非常神祕的幫派。」

向卉拿著電話的手在顫抖，倒不是因為聽到關於「龍幫」的事，而是武東轉做汙點證人。如此一來，武東的罪行可能就會因此而抵消不少，他犯下的殺人罪……

「妳還在聽嗎？」

「嗯！」向卉的思緒被打斷，嗡嗡地應道。

「好了，我把知道的都說了。妳也放寬心吧，葉隊雖然暫時沒有消息，但還是那句話，沒有消息就是好消息。」

向卉慢慢地放下電話，眼前一陣恍惚。

＊＊＊

葉大衛從精神病院逃出去的時候，韓國棟安排在精神病院的刑警第一時間跟他做了彙報。他接到電話之後，眼神裡現出一絲神祕莫測的表情，只說了幾個字：「按原計畫行動！」

葉大衛順利離開精神病院後，回頭看著那棟幽深的大房子，不屑地笑道：「區區一座破房子，還想困住我！」

他潛入附近居民家中，換下了身上的病人服，然後隱約間感覺有些不對勁，好像有人在暗中尾隨自己。雖然他不能確定這個想法，但猛然間想起自己從精神病院輕易脫身的事，立即明白了那都是圈套。

他嘲笑自己當了這麼多年的警察，居然連韓國棟的這點小把戲都差點沒看穿。

他決定將計就計，假裝沒發現韓國棟的計畫，也不再躲躲閃閃，大搖大擺地走上大街，像路人一樣開始打量這座陳舊的小城鎮。

他之所以用「小城鎮」來形容腳下的這片土地，因為確實是夠小，街邊的房屋破破爛爛，除了很小一部分是平房，絕大多數都蓋著瓦片，而且房子普遍不高，穿街而過的電線，橫七豎八地連著一座又一座房屋。

這是八十年代啊，城市建設緩慢，是情理之中的事。葉大衛小時候的記憶已經不是特別清晰，但他對那個年代的歷史是有所了解的，至少歷史書上都有簡單的記載。他一邊審視著這個城鎮，一邊尋找回去的方法。可是，他的肚皮很快就開始報警。他摸著癟癟的肚子，忍不住嚥了口唾沫。這時候，他才覺得應該想辦法先解決吃飯的問題。在這個陌生的地方，他就認識兩人，一個算是他救命恩人卻又報警抓他的女護理師，另一個是警察韓國棟。這兩人從葉大衛腦子裡一閃而過，本來他可以去求助女護理師，但想想求人不如求己，決定靠自己的實力活下來。他忍受著暫時的飢餓，一邊沿著記憶尋找回去的路，尤其是遇到菜市場時，都會過去多看一眼。

他在大街上閒逛了大半天，幾乎走遍了所有的菜市場，卻沒有找到任何可以回去的線索。加上天氣太熱，又餓著肚皮，他又累又餓，踉蹌著差點沒摔倒。

一直尾隨著他的兩名警察，也跟著他跑遍了幾乎整個江州區，累得腿腳直打架，卻不知道他在逛什麼，在心裡直罵髒話。

上完夜班，天快亮時，到了下班時間，女護理師忙完最後一個病人，和同事告別後，便準備回家。

她像往常一樣走出醫院大門，騎著腳踏車回家去，快要到家門口時，突然不知從何處竄出來一個人影，直直地橫在她面前，把她嚇得差點從腳踏車上掉下來，慌忙握住車把，這才站住腳跟，沒有摔倒。

葉大衛想要伸手扶她一把，誰知把她嚇得倒退了好幾步，嘴裡連連喊著：「別過來，你別過來，再過來我喊人啦！」葉大衛明白她誤解了自己，以為自己是來報復她的，他想解釋，卻有氣無力，支支吾吾地說不出話來。女護理師看著似乎隨時都要摔倒的葉大衛，見他無意傷害自己，這才問他怎麼會在這裡。

葉大衛昨晚逃走，其實並非要故意離開警察的視線，只不過餓得實在太難受，打算去找點吃的，但走了很久，直到天快亮，都沒見一戶人家開門。他在這裡沒有一個朋友，最後還是只能去找曾經救過自己的女護理師，從醫院一直跟到這裡，才鼓起勇氣出現在她面前。

女護理師手足無措地看著他，和他依然保持著一公尺左右的距離。在她心裡，這是安全距離。葉大衛身上的傷口還未痊癒，加上飢餓和勞累，突然一陣眩暈，再也支撐不住，終於眼前一黑，暈了過去。女護理師慌忙扶住他，叫他的名字，他卻像睡著了似的，紋絲不動。昏迷之後的葉大衛，並非沒有知覺，他只是感覺自己陷入了一個無邊無際的黑洞之中，被一股無形的氣息緊緊地吸引著，想掙脫，卻已然失去了控制。

也不知過了多久，葉大衛猛然往下一沉，整個身體快速下跌，當落到盡頭時，一陣撕心裂肺的疼痛湧遍全身，終於迫使他睜開了眼。

女護理師此時正在客廳忙碌著，她剛從廚房把飯菜做好端出來擺放到桌上。

葉大衛聞到了飯菜的香味，感覺口水都快流到嘴邊了。他從後面看著身材嬌弱，正在忙碌的女護理師的背影，很快就記起發生了什麼事，自然是對她感激不盡。他醒來後說的第一句話便是：「謝謝，妳又救了我一次！」

女護理師聽見葉大衛說話，隨即停下手裡的工作，轉身看著他說：「你醒啦？趕緊起來吧，馬上就可以吃飯。」

葉大衛摸了摸額頭，想坐起來，卻感覺自己呼吸微弱，似乎隨時都會斷氣。

「你沒什麼事，可能是很久沒吃東西的原因。」女護理師過來幫了他一把，他又說起「謝謝」之類的客套話，然後坐下狼吞虎嚥起來。他不知道自己的吃相有多難看，頃刻間就風捲殘雲，把桌上的飯菜消滅殆盡，這時才想起問女護理師怎麼不吃。

「我不餓，你慢慢吃。」女護理師就坐在他對面看著他吃，也沒打擾他，只是中途起身去給他倒了杯水。葉大衛一口氣喝乾了杯中的水，終於打了個飽嗝，不好意思地說：「讓妳見笑了！」女護理師笑了笑，沒說什麼。

「這是妳的家？」葉大衛環視了一眼整個屋子，「多謝妳收留我！」

她點點頭說：「你暈倒了。」

「幾天沒吃東西，要不是遇到妳……」

「你從醫院一直跟我到了這裡？」女護理師突然問，葉大衛心裡有愧，尤其是面對兩次救他的恩人，更不想撒謊，於是說了實話。

「我記得你叫葉大衛，對吧？」女護理師叫出了他的名字，又接著說，「現在能告訴我，你到底是什麼人，來自哪裡？」

葉大衛嘆息了一聲，想起自己來到這裡之後的各種遭遇，雖然沒有半句謊言，卻被人當成精神病人關進了精神病院，此時也不知該不該對她說實話了。

其實，他明白自己此刻很想找個人說說心理話，將自己的遭遇與人分享，可就是不知道這個人會不會聽他的。

「我叫陳迪芬，是醫院的護理師，這個你早就已經知道了。」女護理師的自我介紹，是為了給他信任感。他本來是個非常自信的人，但經歷這麼多事，自信心開始一點一點地瓦解。

「我不知道警察局的韓隊長對你做了什麼，雖然他不相信你，但我仍然不覺得你是壞人。」陳迪芬捋了捋額頭上的頭髮，「跟我說說吧，也許我可以幫你。」

葉大衛又陷入了短暫的沉默，再次開口時，只是說道：「我不是壞人！」

「我知道你不是壞人，可你到底是什麼人，為什麼韓隊長要這樣對你，還要把你送去精神病院？」陳迪芬對面前這個陌生男子也充滿了無比的好奇，所以急於解開他身上的祕密。

葉大衛想起自己這段時間的經歷，突然意識到想要回去，必須有人幫自己，就像之前一樣，就是靠著另一個自己才找到回去的辦法。雖然最終沒能如願以償回到自己的世界，而且還來到了另外一個空間，但總算是達到了離開的目的。

也許，面前這個救過自己兩次的女人，便是老天爺派來幫助或拯救自己的。他這樣想著，決定跟她慢慢道出事情的全部。「如果我告訴妳實情，妳會相信嗎？」他問，她道：「當然。」

「妳會害怕嗎？」

她愣了愣，笑著反問道：「我為什麼要害怕，很恐怖嗎？」其實，並非恐怖，只是常人難以理解和輕易接受。他這樣想著，決定從韓國棟把他帶到精神病院說起。

「他不信我，認為我是精神病，所以最後我逃出來了。」葉大衛輕揉著太陽穴，「因為在這之前，我告訴過他，我來自另外一個世界。」

陳迪芬愣道：「什麼？」

她的反應果然很激烈，流露出不敢相信自己耳朵的表情。

「另外一個世界！」他重複道，「除了這裡，妳生活的地方，也許還有很多個世界，或者叫空間，我就是從其中一個世界過來的。不，不是也許，是肯定還有很多個世界，我就是來自三十多年後的那個世界。」

陳迪芬詫異地看著他的眼睛，似乎需要看穿他的內心。她記得葉大衛第一次說這句話時，她跟韓國棟的想法一樣，把他當成了瘋子。

「我知道妳不會信我的話，可我說的都是真話，那個世界是這個世界的延續，也可以說，這個世界是我那個世界的延續。很多個不同的世界，可能都存在著每一個我們……總之，妳只要相信我就對了，如果妳不信我，就當我什麼都沒說。」葉大衛不祈求她這麼快就相信自己，但是也希望她不會誤解自己，「從一個世界到另一個世界，都有一扇隱蔽的門。我正在找回去的那扇門，找了好幾天，該找的地方都找遍了，但毫無頭緒。」

「你說你來自另外一個世界，你的意思是，你住的地方離這裡很遠，對嗎？」陳迪芬的表情，證明她極力想獲得更為詳盡的解釋，「可能，可能我真的無法理解……另外一個世界，你說你來的那個世界，它是什麼樣子？」

在葉大衛的描述中，2019 年的世界，就是一個科技感十足的世界，而對於陳迪芬來說，那也是一個永遠都遙不可及的世界。她眼神痴迷，在他的描述中，她整個人都彷彿飛了起來，感覺自己也好像來到了那個世界，此時正在城市上空自由翱翔。

可是，夢醒了。

夢醒來的時候，陳迪芬慌忙摸了摸自己的臉，尷尬地笑了起來。

「對，那就是我的世界，距離這裡三十七年。」

「那時候，我都快六十歲了，你說我還能看到那個世界嗎？」

葉大衛輕輕點頭道：「理論上應該可以，可是我也不敢確定。」

「為什麼？」陳迪芬巴望著他。

「因為，因為我的那個世界，跟你的世界是兩個不同的世界，屬於兩個不同的空間，妳的世界，三十七年後將會變成什麼樣子，我也不知道。」葉大衛用自己的理解去解答她的疑問，但看著她略微失望的眼神，又補充道，「當然啦，我指的是空間概念，如果從時間概念上來說，三十七年後，妳應該也會去到我所在的那個世界。」

「太好啦。」陳迪芬畢竟是二十多歲的人，在情感智力上還是個女孩，在她這個年齡，對所有未知的事物充滿好奇，充滿幻想，是自然而然的事。

「在你的世界，女孩子是什麼樣子的？她們穿什麼，吃什麼，也跟我現在一樣嗎？」她今天穿了一條白色的連衣裙，頭髮也是齊眉的短髮。

葉大衛看著她，雖然她的穿著打扮跟三十七年後大不一樣，而且看上去很土的樣子，但他依然覺得很美，是另外一種恬靜清純、超凡脫俗的美。

「在我的世界，女孩子的穿著打扮，其實跟妳差不多，只是、只是衣服的款式不一樣。」

陳迪芬興致勃勃地問：「什麼款式，更好看嗎？」

「那倒不是，只是比現在的款式，看上去更時髦，或者說更加怪異，反正不一定是好看，可能是花哨。」葉大衛其實很少研究女孩子，所以對於這個問題的回答，也是結結巴巴的。

陳迪芬似乎又陷入了幻想之中。

葉大衛想起自己在她這個年齡時，也曾每天幻想，幻想著以後的自己是什麼樣子，會做什麼工作，過著怎樣的日子。

「你在你的世界裡，到底是做什麼的呀？」陳迪芬問起這個問題的時候，葉大衛苦笑起來，嘆息道：「我之前告訴過警察，但他們不信我，反而認為我是神經病，把我關進了精神病院。」

陳迪芬卻說：「我信你，只要你不是騙我。」

「我為什麼要騙妳？都落到這步田地了，要不是遇上妳好心收留我，我恐怕早就餓死在路邊了。我現在只想回去，只想回到自己的世界……」葉大衛說著說著，突然又有種欲哭無淚的感覺，他從上一個空間陰差陽錯來到這裡，差點沒死掉，「好吧，告訴妳也無妨，反正那個身分已經害了我一次。」

陳迪芬聽說他也是警察時，彷彿受到了驚嚇，緊緊地捂著嘴，兩隻眼睛瞪得大大的，半天都沒再說一句話。

「怎麼樣，我就知道妳也不會信我，可我沒騙妳，我在自己的世界就是警察，我那把槍雖然是模擬槍，但那是因為我的真槍不知什麼時候弄丟了。」葉大衛低沉而又緩慢的語氣，好像在講述別人的事情，「陳護理師，真的非常感謝妳，要不是妳救了我兩次，我這會兒恐怕已經不會坐在這裡跟妳說話了……如果有什麼需要我幫忙，儘管開口。」

「真的嗎？我多想去你那個世界看看。」陳迪芬欣喜地打斷了他的話，「以後我應該怎麼稱呼你，警察先生，還是？」

「叫我名字吧。大衛和葉大衛都行。」然後他開始詢問與她有關的事情，環視了一眼整個房間，笑問道：「妳一個人住？」

「是啊，一個人住。」陳迪芬回道，「我在醫院上班，這你已經知道的，每天的事情就是上班、醫院、下班、回家……」

「那妳有沒有……」葉大衛欲言又止，他突然想問她有沒有男朋友，但想到現在是 1982 年，擔心自己的問題太唐突。

陳迪芬很快就理解他的意思，笑道：「妳是想問我有沒有對象？」她搖了搖頭，「以後在你回到你的世界之前，可以暫時就住在這裡，反正我一個人住，有多餘的房間。」

葉大衛感激不已，又說：「其實有件事我還沒跟妳說。」

「趕緊說吧，你的事我都挺有興趣知道的。」

「為什麼？難道就因為好奇？」

「因為……我覺得不僅好奇，而且還很好玩，很有意思。」

葉大衛覺得自己所經歷的苦難，在別人眼中居然只是好玩，他正想說什麼的時候，陳迪芬又解釋道：「對不起，你別誤會，我是說你的世界跟我的世界完全不一樣，所以我很有興趣多了解一些。」

「我明白，也沒誤解！」葉大衛輕描淡寫地說，「其實我這次是從精神病院逃出來的，並不是他們放了我……」

「對呀，我聽說那裡守衛很嚴呢，你怎麼能逃出來呢？」陳迪芬刨根問底，「快跟我講講，你是怎麼從那些守衛眼皮底下出來的？」

「妳忘了我也是警察嗎？」

「對對對，那些守衛怎麼可能是你的對手。」陳迪芬恍然大悟。

他接著說：「除了這件事，還有一件事妳必須知道……韓隊長不僅故意讓我逃走，而且還派人跟蹤我。」陳迪芬聽他說完，似乎又一次受到了驚嚇，慌忙起身走向視窗，往下張望了一會兒，沒發現有可疑的人，這才鬆了口氣。

「放心吧，來這裡之前，我已經甩掉了那些警察，他們沒法很快跟到這裡來的。」葉大衛的話使陳迪芬放鬆了不少，「所以，為了不連累妳，我會盡快離開這裡。」

她忙擺手道：「不是，我沒有要趕你走的意思，只是第一次遇到這種事，所以……有些緊張……」

「放心吧，我不會給妳惹麻煩。」葉大衛安慰道，「就算警察找到我，也不會連累妳。」

＊＊＊

武東是重犯，向卉本來是沒機會單獨見到他的，但他轉做汙點證人後，她終於申請到了跟他見面的機會。在此之前，向卉只見過武東的照片，除了很難抓，沒覺得這個人有什麼特別的。武東剛吃過飯，抬頭看到花兒一樣的向卉，眼珠子瞬間就亮了，但面對她如刀一樣的目光，很快就垂下了眼皮。向卉從頭到腳把他看了個遍，正想開口問話時，武東卻挑著眉頭說：「別看啦大姐，該說的我都說了，別的我也不知道。」

向卉放下抱著的雙臂，拉了把椅子在他面前坐下，死死地盯著他的眼睛，說：「別的我也沒興趣，除了想知道葉大衛的下落。」

「又是葉大衛，有沒有搞錯，我都已經說了一千遍一萬遍，我不知道他在什麼地方，更不知道他去了哪裡。」武東露出不耐煩的表情，但不敢造次，從他壓抑的聲音裡可以聽出來。

向卉沒說話，她想從那張臉上看穿對方是否說了真話。

「求妳啦警官，我真的什麼都不知道，那天晚上發生的事，我全都告訴你們了。」武東有氣無力地抱著腦袋，「我都已經答應做你們的汙點證人了，所以沒必要跟你們撒謊。你們到底還想讓我做什麼？」

「好呀，那你把那天晚上發生的事，再一五一十地跟我說說，記住，是所有的事，一個字一個字地說清楚，一個場景，一個細節也不許漏掉。」向卉不緊不慢地說。武東本想抗拒，但一看她的眼睛，便知道自己不得不重新把那晚發生的事再重新講一遍。

武東的講述非常流利，也許是之前已經講述過很多遍的原因，此時娓娓道來，好像在講一個跟自己毫無關係的故事。向卉在他的講述中尋找蛛絲馬跡，一個字都不敢放過。十來分鐘後，武東終於吐了口氣，停止了講述，抬頭看著向卉，向卉問道：「完了？」

「就這些，一個字都沒漏。」武東舔了舔嘴唇，「葉大衛的事，我也覺得很奇怪，妳說一個大活人，怎麼能突然就消失了？就算是死了，那也應該有屍體才對吧。」

「少廢話。」向卉制止了他，「我告訴你，我師父還活著，一定還活著！」

「原來他是妳師父。」武東瞪著眼睛，又忙不迭地應和道：「對，對，我也覺得他還活著，可他人去哪兒了？」

「別以為你做了汙點證人就平安無事了，在沒找到我師父之前，你休想好過。」向卉憤然道，「你是最後一個跟他接觸的人，所以他的失蹤，跟你絕對有脫不了的關係。他人在什麼地方，只有你知道，也只能是你才知道。」

武東露出滿臉委屈的表情，扯著頭髮哀號起來：「冤枉啊，實在是冤枉死我了，我要是知道葉隊在哪裡，都這時候了，我能不說嗎？」

「那我問你，龍幫的老大到底是誰？」向卉的這個問題同樣讓武東頭痛，他抱著腦袋，半天沒吱聲。

向卉輕輕地敲著桌面，冷冷地質問道：「我知道你只是個小蘿蔔頭，在你背後一定還有人，你在龍幫的地位也不低了，不會連你老大是誰都不知道吧？」

「說實話，我確實不知道，更沒見過。每次傳達訊息給我，都是打電話，我們從來沒見過面。」武東嘆息道，「該說的我都說了，龍幫在江州的生意網路我也全都跟你們說了。」

「你不老實！」

「我都做你們警方的汙點證人了，這還不算老實？」

「做汙點證人又怎麼啦，你別想用這一招保住躲在你身後的人，而且我相信你一定知道怎麼找到那個人。」向卉的話似乎再次令武東接近崩潰，他突然大喊大叫起來，門外的看守慌忙開門進來，問發生了什麼事，同時告訴向卉時間差不多了。

「武東，就算你打算以汙點證人矇混過關，但我告訴你，在沒有找到葉大衛之前，別想有好日子過。」向卉丟下這番話後轉身離開，武東也終於變得安靜下來，兩隻眼睛盯著她離開的方向嘀咕道：「我什麼都不知道，什麼都不知道，你們別逼我……」

＊＊＊

葉大衛這一夜睡得似乎特別香甜，他強迫自己放空心情，然後閉上眼睛，任由思緒飄上雲端。就這樣，他如願以償地讓自己睡了個安穩覺。

一覺醒來，睜開眼睛，天已大亮。

他沒見到陳迪芬，但是看到了留在桌上的字條。陳迪芬上班去了，還留了早餐給他。他昨晚吃得太多，還沒什麼胃口，於是用冷水洗了把臉，正想著是否該繼續出去尋找回家的路，卻又不知接下來該如何去做時，目光突然落到了身後緊閉的門上，因為門上有一把大鎖。

他盯著那扇硃紅色的門，記得不是陳迪芬的臥室，門裡卻似乎有一種特別的東西在吸引著他。他情不自禁地走過去，用手擰了擰門鎖，門鎖卻紋絲不動。他低下頭去，又發現門鎖上面有丁點兒的鏽跡。

事實證明，這把鎖已經很久沒開啟過了。

葉大衛越發覺得新奇，本來覺得主人救了自己，又收留了自己，不該亂動別人的隱私，而且他也不是個喜歡亂動別人隱私的人，可他實在感覺奇怪，似乎這扇門後有種力量在牽引著他。他於是又把耳朵緊緊地貼在門上，就在那一瞬間，似乎有一陣清晰的人語聲鑽進了耳朵，把他驚得倒吸了一口涼氣，慌忙抬起頭，剎那間還以為自己聽覺出了問題。

屋子裡應該就他一個人，怎麼還會有另外的說話聲？他這樣想著，於是又把耳朵貼在了門上，正仔細傾聽時，門裡面突然傳來一聲清脆的聲響，好像是有什麼東西掉在了地上。

葉大衛一臉疑惑，眉頭緊蹙，思忖著，屋裡卻又恢復了寂靜。他緊緊地捂著心臟的位置，似乎能聽到自己心跳的聲音。

他強迫自己冷靜下來，本想一走了之，卻再也按捺不住好奇之心，終於屏住呼吸，朝身後看了一眼，轉身去找了一根細細的鐵絲，然後小心翼翼地伸進鎖孔，三兩下就開啟了門鎖。

一陣冷風從虛掩的門裡撲面而來，夾雜著一絲淡淡的黴味兒。

葉大衛緩緩推開門，卻發現房間裡空空如也，根本沒人，除了幾件簡單陳舊的家具。可是，剛才有東西掉落的聲音和說話聲是怎麼回事？葉大衛百思不得其解，進入房間，審視著房間內的擺設，卻發現牆上有張地圖。他把目光投放到了地圖上，發現那是一張顏色很舊的地圖，紙張都有些泛黃了。除此之外，是地圖上那些被標注的奇怪符號。乍一看，那些符號像是象形文字，可仔細一看，又像是一些亂七八糟的塗鴉。每個被標注的點，也沒有任何規律可言，尤其是那些線條，像小孩的塗鴉，遍布了整張地圖。

他盯著地圖上那些奇怪的符號和線條看了半天，思維天馬行空。他聯想到了多種可能性，最後問了自己一個問題：「陳迪芬究竟是什麼人？我們的相遇，難道真是偶然？」

對，也許這才是最讓自己迷惑的地方。

他把自己來到這個世界，第一次遇到陳迪芬，到後來又被陳迪芬收留的情景想了一遍，陡然發現，所有的事情，從相遇開始，是不是顯得太偶然了？

他按住胸口，感覺有一股氣流在身體裡流動。是的，那一切，都顯得太過巧合。也就是說，所有發生在自己身上的事，彷彿都是事先安排好的。此時對他而言，所有順其自然的事情，似乎都變得太過詭異。

葉大衛收回目光，走到房間那張唯一的桌子前面，用手指點了點桌面，發現積了一層薄薄的灰塵。他彈掉灰塵，俯身開啟抽屜。前兩個抽屜裡裝滿了一些亂七八糟的東西，他翻出來檢視了一番，卻沒發現任何有價值的物品。他開啟最後一個抽屜時，發現抽屜裡躺著一個相框，相框正面是朝下的。他把相框取了出來，當看到相框裡的合影時，眼前好像突然閃過一道光亮，有種似曾相識的感覺。照片上是兩個小女孩，小女孩的表情看上去十分拘謹，但目光明亮如月，像恬靜的湖水。陳迪芬！他腦子裡閃出這個念頭時，把陳迪芬的面孔跟照片上的小女孩進行了比對。沒錯，就是她！這是她小時候的照片。可另一個女孩是誰？當他再次仔細凝視陳迪芬的眼睛時，卻突然發現那雙眼睛裡好像裝滿了一些怪異的東西。

陳迪芬身著一件淺白色外衣，外衣上還點綴著像櫻花一樣的圖案。她緊咬著嘴唇，十指緊緊地交叉在一起。在她們背後是一棟大樓。大樓看上去有些年代了，牆壁斑駁，滿是滄桑的感覺。等他再仔細盯著看了片刻，卻又發現大樓散發出一股詭異的氣息。那種詭異的氣息在他眼裡越放越大，最後像血一樣噴射而出。

葉大衛閉上了眼，重新睜開時，才發現這只是自己的幻覺。他皺著眉頭，凝視著照片，久久沒移開目光。

第九章　罪夜凶案

這是個天氣陰沉的早晨，天剛亮，突然平地一聲驚雷，大雨傾盆而至。向卉是被驚雷驚醒的，她睜開眼睛，翻了個身，想起昨晚在夢裡跟葉大衛相見的情景，不禁又悲從心起。就在她發呆時，突然手機響了，清脆的鈴聲把她的思緒從葉大衛身上拉了回來。電話是吳永誌打來的，他的聲音顯得十分急促，連聲叫著她的名字，卻因為太過緊張，後面的話好像被哽在了喉嚨。「怎麼了，你快說話呀！」向卉感覺不妙，大聲催促著，他這才戰戰兢兢地說：「武東、武東他……」

「武東怎麼了？」向卉雖然不清楚發生了何事，但渾身的毛孔已然豎了起來。

「武東他死了！」吳永誌終於把話說清楚了，「妳是最後一個見他的人，現在妳已經被當成犯罪嫌疑人……」

「目前暫不清楚，還在調查之中，但妳的嫌疑最大！」

「是自殺還是他殺？」向卉急於找到答案。

向卉全身冰冷，透澈心扉。時間一秒一秒地過去，向卉拿著電話，瞪著惶恐的眼睛，像木偶似的，自言自語道：「怎麼會這樣，怎麼會這樣，他怎麼會突然死了？」

門外突然響起了敲門聲。向卉把目光轉向門口，吳永誌的聲音在電話裡再次傳來：「我知道武東的死與妳無關，妳什麼都不要說，什麼都不要承認，一定會有辦法證明妳清白的。」

向卉猜到門外是什麼人，輕輕地說了一句：「謝謝你，我不會有事的。」她開了門，見門前站著兩名身著警服的同事，什麼都沒說便跟著上了車。雨淅淅瀝瀝地下著，將街道沖洗得乾乾淨淨。警車在雨中緩慢前行，她看著車窗玻璃上冰冷的雨滴，心也像在下雨。

怎麼可能如此巧合？她剛去見了武東一面，武東就死了。她覺得武東的死太詭異，很可能和葉大衛的失蹤有關，如果找到武東之死的原因，也許葉大衛失蹤的事情就會水落石出。想到這裡，她潮溼的心情才稍稍變得明朗起來。

＊＊＊

葉大衛趁著陳迪芬白天上班的時候，獨自出門轉悠了一趟，跟之前一樣一無所獲。他不知不覺間來到了醫院外面，突然想起在陳迪芬家裡發現的照片和地圖。他盯著醫院的窗戶，正陷入沉思時，突然一個熟悉的背影從醫院大門走了出來。韓國棟！他沒看錯，確實是韓國棟。只見韓國棟離開醫院後，直接朝著左邊的方向而去。

葉大衛躲在暗處觀察著韓國棟，韓國棟突然收住腳步，轉身朝他這邊張望。他慌忙縮回了身子，還以為被發現。當他再次探出頭去時，韓國棟的身影已經消失得無影無蹤。

韓國棟又去醫院幹什麼？難道是發現陳護理師收留了我？想到這裡，他覺得自己突然變笨了，因為要是韓國棟知道陳迪芬收留了他，怎麼會不直接去家裡抓人。

＊　＊　＊

雖然向卉是最後一個單獨會見武東的人，可他的死，並無明確證據指向向卉，而且很快就找到了監控錄影，監控裡出現一個身著制服的背影，只不過臉部全被遮住。

監控裡的人就是殺害武東的犯罪嫌疑人，他把自己扮作警察進入拘留室，然後趁武東不備將其掐死。向卉如實彙報了自己跟武東的談話內容後，就重獲了自由。她沒有怨恨同事，因為這是例行調查，除了她，還有一部分跟武東接觸過的警員也接受了調查。只不過根據目前的證據顯示，她的嫌疑最大。

「沒事了，嫌疑歸嫌疑，你也知道，這是正常的調查程序，我不也接受調查了嗎？」吳永誌送她離開的時候安慰道。

「殺死武東的到底是什麼人？」向卉的想法跟吳永誌一致，把矛頭指向龍幫。

「太囂張了，居然敢來警察局殺人滅口……」向卉憤憤不已，吳永誌輕笑道：「別太在意啦，跑得了和尚跑不了廟，行凶者早晚會落到我們手裡。」

此時，天色將近黃昏。向卉雖然不怎麼在意，但也並非完全沒放在心上。她苦笑道：「武東死了，線索就全斷了，可師父還沒有任何消息。」

「先別想這事兒了，回去睡一覺，睜開眼睛的時候，也許大衛就站在你面前了。」吳永誌確實是個好哥們兒，幾句話就讓向卉露出了絲絲笑容。

＊　＊　＊

陳迪芬下班回到家，並沒見到葉大衛。她今晚有事要出去，本打算回來跟他說一聲再走的，但沒見到人，正想留個字條後離開，葉大衛突然就露面了。

陳迪芬穿著一件白色連衣裙，配上菠菜式的髮型，清爽宜人，很是好看。

「妳，這是要出門？」葉大衛其實一直躲在暗處，他親眼看到陳迪芬進屋，而且身後沒有尾巴，這才露面。他這是在擔心韓國棟白天去醫院跟她見面的事。陳迪芬得知他白天出門閒逛的事情後，還勸他沒事別出去亂逛，小心被警察看到。

葉大衛本想直接問他白天在醫院見到韓國棟的事，但話到嘴邊卻變成了另外的話：「妳，今天還好吧？」

陳迪芬疑惑地看著他，問：「我，很好啊。為什麼這麼看著我，你怎麼啦？」

葉大衛慌忙用笑容掩飾心中的疑慮，搖搖頭說：「沒事，隨便問問，就是擔心我住在妳這裡，萬一要是被警察發現，會連累妳。」

「放心吧，除了你我，沒人知道你在這裡。」陳迪芬笑笑說，「對了，我今晚要出去一趟，有個聚會，跟幾個朋友約好啦，猜想很晚才回來，你早點休息。」

「這兩天，警察局的人有沒有找妳？」他突然隨口問道。她遲疑了一下才說：「你不跟我提這事兒我還差點忘了。今天白天，韓隊長去醫院找了我。」

「是嗎？他去幹什麼？」他裝得無比驚訝。

「也沒什麼，就是問我後來有沒有見過你，還說要是有你的消息，希望我及時跟他彙報。」陳迪芬說完這話，又安慰道，「別多想，沒人知道你住我這裡。你就安心住下吧，等你找到回去的辦法，警察局也就拿你沒辦法啦。」

「其實我並不擔心被警察局找到，因為我不是壞人，他們沒理由抓我。」葉大衛表情輕鬆地說，「我現在最擔心的是怎麼回去的問題，可能需要妳的幫助。」

陳迪芬點了點頭。

「妳去吧，」葉大衛摸了摸額頭，「天黑了，注意安全。」

「沒事，都是小時候玩到大的朋友。」她感激地笑了笑，然後就出了門。葉大衛實在是難以安然入眠，於是在她離開之後，再次進入了那間緊鎖的房間，盯著牆上的地圖看了又看，試圖理解那些符號的含義。很晚的時候，他才回到房間睡下，雖然昏昏欲睡，但腦子裡依然裝滿了各種事情，讓他表面看似睡著，思維卻還在高速運轉。

突然，一聲清脆的響動把葉大衛驚得睜開了眼睛，本來就沒完全進入睡夢的他，立刻就坐了起來，豎著耳朵傾聽了一會兒，然後才小心翼翼地走出房間。

「陳護理師，妳怎麼了?」他一眼就看到了摔倒在地的陳迪芬，慌忙把她扶起來，只見她的連衣裙有好幾處破損。一頭凌亂的頭髮亂糟糟地披在臉上，滿眼都是淚痕……

葉大衛不知道她身上發生了什麼事，但猜到她昨晚一定經歷了不好的事，而且應該是非常悲慘的事。陳迪芬一言不發，目光痴呆，搖搖晃晃地走向房間。葉大衛還想問什麼，她卻已經關上了門。他很擔心她，輕輕拍著門追問：「陳護理師，到底發生了什麼事，可以告訴我嗎？」

無人應答，耳邊彷彿只剩下空氣流動的聲音。此時，天還未亮。葉大衛在門前站了許久，突然屋裡傳來一陣撕心裂肺的慘叫。他在門外激烈地拍打著，問她發生了什麼事，可她依然沒開門，片刻之後，慘叫聲消失。葉大衛想起陳迪芬的樣子，憑藉警察的直覺，猜想她是否被人給侵犯了。一定是這樣！血液在他身體裡放縱奔流，他大聲問道：「告訴我，是誰？是什麼人做的，我去找他！」

屋內的陳迪芬，整個人趴在床上，雙目失神，她不是沒聽見葉大衛的叫喊，只是對那一切都無動於衷。她不想動，不敢再去想昨晚發生在自己身上的事。

淚水再一次奪眶而出。那是一場噩夢，也許會如影隨形，跟隨自己一生的噩夢。她顫抖著，緊緊地捂住了嘴，從鼻孔裡發出嗡嗡的聲音，緊咬著牙關，把所有的痛苦都嚥下了肚裡。

葉大衛是個疾惡如仇的警察，雖然他在這個世界沒有執法權，可他的救命恩人被人侵犯，面對窮凶極惡的罪犯，怎麼能熟視無睹？他在門口靜默了片刻，決定等她冷靜之後再談，於是轉身坐下，抱著雙臂，開始閉目養神，思考該如何了結這件事。

＊＊＊

一縷光亮從窗戶裡射進來，預示著今天是個好天氣。

葉大衛是被敲門聲驚醒的，他其實並沒有睡著，一直在等待陳迪芬出來。他睜開眼睛的時候，一開始還以為是陳迪芬房裡發出的聲音，很快就發現自己錯了。

敲門聲越來越快，緊接著傳來了一個男人的聲音：「陳迪芬，我知道妳在屋裡，快開門，我們是警察局的。」

葉大衛大驚，腦子裡冒出的第一個念頭是，那些警察是衝他來的。他把目光投向另外一扇窗戶，那是他早就觀測好的逃生之路，沒想到這麼快就派上了用場。

「陳迪芬，我知道妳在屋裡，再不開門，我們就進來了。」那個聲音繼續喊著，同時加快了敲門的速度，像要把門給砸開似的。時間已經容不得葉大衛多想，情急之下，他從後窗跳了下去。就在此時，警察人員破門而入，看到葉大衛逃竄的身影，紛紛衝著他的背影追了過去。葉大衛像兔子似的狂奔，趁著天還未完全亮開，在夜色的掩護下，很快就消失得無影無蹤，那些追他的警察失去了目標，不得不敗興而歸。葉大衛其實並未走遠，很快就返了回來，躲在不遠處偷看著。警察人員破門而入時，換了一身乾淨衣服的陳迪芬也剛好從房間出來。

「我們是警察局的，我叫韓國棟，不用我再做介紹了吧？」說話者是韓國棟，他按照程序亮出了證件，盯著陳迪芬的眼睛，「這些日子，葉大衛是不是一直住在妳這裡？」

陳迪芬耷拉著眼皮，一言不發。「妳不用說話，我們剛剛進來的時候，已經發現了他，可惜被他逃跑了。現在有件案子需要妳配合調查，麻煩跟我們回警察局一趟吧。」

「什麼案子？」陳迪芬奇怪地問。

「謀殺案！」韓國棟重重地吐出三個字，「因為妳曾經出現在凶案現場，所以必須帶妳回去調查。」韓國棟在說這話時，陳迪芬似乎全然沒想過再問什麼，轉身看了一眼屋子，然後慢慢走向門口。

躲在暗處的葉大衛，親眼看到警察人員帶走了陳迪芬，心裡涼涼的。他不知道警察局是如何得知自己借住在陳迪芬家中的，更不清楚警察人員為何要帶走陳迪芬。

一定是因為我！他這樣想著，又想起陳迪芬昨晚遭遇的事情，警察局帶走她，也許跟她昨晚發生的事情有關。想到這裡，不禁狠狠地嘆息了一聲。他沒有再回陳迪芬家裡，而是走上街頭，打算再去碰碰運氣。很快，兩輛摩托警車呼嘯著從遠處而來，然後向街道的另一方向而去。大清早的，街上人不多，所以警笛聲更顯得刺耳，像聚光燈一樣，吸引了眾多目光。葉大衛緊走了幾步，很快就看到一棟樓房前停著好幾輛警車，警察人員在周圍拉上了警戒線，將零星的圍觀者攔在了外面。

這棟兩層高的樓房，是一家飯館，掛著的牌子上寫著「聚客飯莊」。葉大衛小心翼翼地擠過去，從圍觀者的議論中大致明白昨晚這棟大樓裡發生了命案，但是無人知道死者是誰，以及到底死了幾個人。他敏銳地把陳迪芬的遭遇跟這裡的案件連繫了起來，想著警察人員帶人前去帶走陳迪芬，必定也與此事有關。

審訊室的空氣很悶，只有一臺電扇在呼呼地轉動，可因為風是熱的，絲毫無法讓人體會到涼爽的感覺。陳迪芬和韓國棟也算是老熟人了，打過幾次交道，再次以警察和犯罪嫌疑人的方式見面，兩人似乎誰也不願意先開口說話。

韓國棟扇了扇衣領，也許是實在太熱，他又端起水杯連喝了好幾口水，然後好像想起了什麼，問：「喝水嗎？」陳迪芬沒應答。

「給妳考慮的時間已經夠多了，聊聊吧。」韓國棟抹去了臉上的汗水，「這鬼天氣，太熱了。陳護理師，為了節約時間，我們還是速戰速決吧。跟我說說，妳跟那個叫葉大衛的到底什麼關係，他為什麼會住在妳那兒？」陳迪芬還是一副不想說話的表情。

「我接到電話，有人稱在凶案現場看到了葉大衛，如果妳不說清楚你們之間的關係……」韓國棟加快了語氣，陳迪芬在聽到「凶案現場」幾個字之後，這才動了動眼皮。

韓國棟接著說：「我知道妳之前救過葉大衛，你們本來互不相識，可後來為什麼還要收留他？妳到底知不知道他是什麼人，來自什麼地方，究竟是好人還是壞人？」

「他是好人。」陳迪芬終於開口了，她迎著韓國棟的目光，「我不知道什麼謀殺案，更不知道你為什麼要抓我來這裡。」

「不，妳理解錯了，不是抓妳，是要妳配合調查，因為妳也是謀殺案的犯罪嫌疑人。」韓國棟輕輕敲著桌面，「就在昨晚，聚客飯莊發生了重大謀殺案，而妳也正好去過現場。」

「什麼？」陳迪芬一聽到「聚客飯莊」四個字時，猛然睜大了眼睛，眼裡閃過一絲陰影，但沒能逃過韓國棟的目光。聚客飯莊，就是他們昨晚聚會的地方。韓國棟的目光一刻不離地停留在她臉上，突然現出一絲笑容，沉聲問道：「想到什麼了嗎？」陳迪芬直接道出了昨晚在飯館聚會的事情。韓國棟雙手抱在胸前，像帶著欣賞的目光看著她。

「該說的我都說了，我沒殺人……」她雙目失神，「昨晚聚會之後，我就離開了，死了人，跟我沒任何關係。」

「你們是一塊兒離開的嗎？」韓國棟繼續追問，她似乎遲疑了一下，但隨即說：「我昨晚喝多了，有些事情不記得了。」

韓國棟突然把一張照片丟在她面前，她看到照片上三具被毀了容的屍體時，不禁倒吸了一口涼氣，繼而顫抖著，趴在桌上，眼淚奪眶而出，嘴裡連連說著：「不，怎麼會這樣，不可能，不可能……」

她認出了死者的衣服，分別是王寶山、李美麗和蔣懷遠。其中，王寶山和李美麗夫婦，正是聚客飯莊的老闆。

「妳說過，你們的聚會一起有五人參加，妳離開後，這三人就被殺害，並被利刃毀容。另一個叫胡明明的，他目前處於失蹤狀態，妳手上有沒有他的照片，後來有見過他嗎？」韓國棟收回了照片，全然不理會她的傷心，「雖然我們現在有理由懷疑他是凶手，但在沒找到他之前，缺乏相應的證據，不好妄下論斷，所以如果妳知道點什麼，最好告訴我，這樣才能洗脫妳的嫌疑。」

陳迪芬告訴他，自己聚會結束之後就回去了，而且喝了酒，腦子暈暈乎乎的，有些事情都不記得了。

「還有，住在妳家裡的葉大衛，也是本案的犯罪嫌疑人之一，因為有人打電話到局裡，說在凶案現場發現了葉大衛的身影，也就是說，不管他是不是凶手，但一定在現場出現過。」韓國棟補充道，「在胡明明和葉大衛找到之前，你們三人都有重大作案嫌疑，所以雖然妳的證詞比較關鍵，但是在不能證明妳不是凶手之前，妳必須留在這裡。」

陳迪芬明白了他的意思，眼裡蒙上了一層厚厚的陰雲。

＊　＊　＊

葉大衛偷偷潛入凶案現場，又悄然離開時，聽圍觀者議論，才得知昨晚飯館裡發生的謀殺案，一起死了三個人。這已經算是重大刑事案件了。

所以，他回想起韓國棟帶走陳迪芬時的情景，覺得自己誤會了。

「對，一定是這樣，韓國棟不是來抓我的，是我做賊心虛才逃跑。」他分析著事情的來龍去脈，卻想不明白凶案跟陳迪芬究竟有何關係，難道就因為她昨晚在這裡參加了聚會？

可是，他緊接著想起了陳迪芬回去後狼狽的樣子，就不再那麼淡定了。然後越想越覺得不對勁，開始為陳迪芬擔憂起來。

他沒地方住，卻又不敢輕易回陳迪芬家裡，擔心韓國棟會留人守株待兔，只能先暗中觀察，以待時機。

當天晚上，他隨便找地方將就了大半夜，大約凌晨三點鐘，在夜色的掩護下，悄無聲息來到聚客飯莊，穿過警戒帶，來到二樓的凶案現場，藉著微弱的燈光，開始重新尋找線索。

一張不大的圓桌上，殘留的油漬清晰可見，圍繞在圓桌邊幾把東倒西歪的椅子，還有散落在地上的碗碟碎片，讓人大致可以聯想起當時可能發生過打鬥。當然，最刺眼的還是三具屍體的印記，以及用石灰圈起來的血跡。空氣中依然瀰漫著淡淡的酒香味。一股冷風吹進來，葉大衛不禁打了個寒顫。要是換作常人，這會兒是萬萬不敢來到這種地方的，但葉大衛早就見慣了這種場面。他縮了縮脖子，蹲下身，盯著三具屍體的位置檢視了半天，根據身高，大致估摸出了死者的性別。

「死者為兩男一女，包括陳迪芬在內的話，昨晚參加聚會的應該是四人。」葉大衛皺著眉頭，根據在現場的所見，希望能還原當晚的凶殺現場。他閉上眼睛，想像著凶手殺人的經過，按理說，要同時殺死三人，如果僅靠一己之力，短時間內是很難做到的。

可結果確實死了三人，凶手到底是如何做到的？更加可疑的是，陳迪芬當時也在現場，如果說她不是凶手，太讓人難以接受了。除非他們都喝醉了，這樣凶手就可以輕易下手。他再次回想起陳迪芬回去時狼狽的樣子，以及梨花帶雨的面孔。

「她會不會是凶手的幫凶？」葉大衛目前憑藉現場留下來的痕跡，只能判斷出這些訊息，但他覺得陳迪芬不是那樣的人，雖然不能否認有些人外表美麗卻心似蛇蠍，可要把這個詞語放在她身上，他實在難以接受。不，她不可能是幫凶，更不可能是凶手！他駁斥了自己這種毫無根據的揣測，盡量保持理智，最後思路一轉，還想到陳迪芬可能也是受害者，或者自己被人給陷害了。想到這裡，心性頑固的他，也被最後的猜想嚇到了。

如果自己真是被人陷害，那麼這個人……可到底是誰在陷害我？他在問自己這個問題的時候，眼前猛地一黑。他想起了一個人，那便是另一個自己，那個叫小衛的傢伙，該不會也跟著我來到了這個世界吧！不可能，這完全是毫無道理的猜測。很快，他否定了這個想法。他不敢再隨意猜測，害怕會把自己推向萬丈深淵。很多時候，他希望以一顆善良的心去揣測他人的心思，何況是救過自己的陳迪芬。

這一刻，他決定找出真相！他獨自端坐在其中一把椅子上，望著孤獨的夜色，感覺自己彷彿置身於無邊無際的深淵之中。

他在黑暗中坐了大約半個小時，準備離開時，突然從門外傳來一聲響動，這一聲脆響雖然極其微弱，但他的警覺性極高，還是在第一時間衝了出去。

門外依然夜色沉沉，除了他之外，並無他人。葉大衛的目光穿透黑暗，落到了很遠很遠的地方，終於打算離開凶案現場時，不經意間朝著腳下瞟了一眼。

在他面前的地上，安靜地躺著一張照片。他詫異地看了一眼周圍，非常確信進來時地上並沒有照片。他想起了剛剛聽到的微弱聲音，猜想那一定是有人在自己之後也來過這裡，而且落下了這張照片。

葉大衛俯身撿起照片，藉著昏暗的光線，非常吃力地想辨析出照片上的人來。照片上共有五人，他很艱難地認出了其中一個人。陳迪芬！他只認識照片上的她，那麼另外的人又是誰？屋裡的死者一起是三人，兩男一女，照片上的人除了陳迪芬之外，是三男一女，也就是說，還有一人是最大的犯罪嫌疑人。遺憾的是，警方還未公布死者身分，他無從判斷活著的人究竟是誰。緊接著，他的目光落在了其中一名男子臉上，突然有種似曾相識的感覺，一時間卻又無法記起究竟在哪裡見過。他端詳著那張面孔，極力想要從記憶深處將他的身分挖出來，可最終還是徒勞無功。

葉大衛帶著照片離開了現場，一路上，他的思維就沒有停止過轉動。他走著走著，突然就收住了腳步，瞪著眼，心裡湧出一股寒流。聚會現場、三名死者、陳迪芬……他腦子裡浮現出好幾個概念，陡然想起另外一種可能。照片上的人，會不會就有其中三名死者？如果真是這樣，那麼除了還活著的陳迪芬，照片上的另外一人又去了哪裡？

世事真是難料，計畫不如變化快。葉大衛未承想在他打算幫陳迪芬洗掉嫌疑時，他突然就莫名其妙成了通緝犯。一大清早，彷彿就是一瞬間的事，大街小巷貼滿了他的通緝令。通緝令上的畫像雖是素描，但非常逼真，足夠讓就算沒見過他的人，倘若在大街上撞見他，也能一眼就認出來。

葉大衛感覺自己像被潑了一瓢冰水，從頭涼到腳。他夾雜在人群中，看著大家對他的通緝令指指點點，這才不得不接受自己已成凶殺案犯罪嫌疑人的事實。

他昏昏沉沉地盯著自己的畫像看了半天，趁著還沒被發現之前，偷偷地溜出了人群。此時，他心裡被滿街的通緝令壓得快要喘不過氣，眼睛血紅，臉上發燙。

他來到一處僻靜之地，大口喘息著。一手撐在斷裂的牆壁，一手按著仍舊疼痛的額頭，過了許久，嘈雜的心情才變得稍稍安靜。

他仔細回憶著那天晚上的一切，自己在房裡的所有舉動，包括半夜起身去廁所的每一個細節。

不，我一定沒離開過陳迪芬的房屋，可為什麼突然之間就變成了殺人案的通緝犯？

他再次確定自己也沒有夢遊的毛病，所以壓根兒就不會出現在凶案現場。

那麼，接下來他要解決的問題，就變得簡單直接了。他開始回歸警察的身分思考案情，突然驚呼道：「我想到了，警察一定認為我是陳迪芬的幫凶！」

他彷彿陡然開竅，認為自己終於猜到了韓國棟的心思。

現在的情況變得越來越複雜，不僅沒能幫到陳迪芬，而且自己也成了通緝犯……我該怎麼做？如果我去找韓國棟，他會不會相信自己？

很快，他給出了否定的答案。韓國棟對他從來沒有過信任，何況自己成了凶殺案的犯罪嫌疑人。

＊　＊　＊

這是韓國棟再一次提審陳迪芬。此時的陳迪芬，眼神迷離，跟之前進來時判若兩人。韓國棟之前已經把該說的話全都說了，當他再次面對陳迪芬時，決定從另外的地方開啟突破口。「看妳的樣子，昨晚沒怎麼休息好吧？」韓國棟像話家常似的開啟了話匣子。

陳迪芬微微動了動眉頭。整整一夜，她幾乎沒闔眼。聚會的情景歷歷在目，聚會之後發生的事情，更是像刀刃一樣插在她胸口，撕裂著她的身體。

韓國棟沒再繼續提問，但他感覺陳迪芬一定想開口跟自己說點什麼，所以他非常有耐心地等待著。陳迪芬突然雙手抱住了自己的身體，她感覺有毒蛇在自己身上爬來爬去，不禁閉上了眼睛，嘴裡發出痛苦的呻吟，臉色變得越來越蒼白。韓國棟知道她想起了什麼，而且絕對與當晚發生的事有關，於是問道：「妳是不是看到了什麼，妳親眼看到有人殺人了？快告訴我……」

大約十秒鐘後，陳迪芬的情緒終於得到緩解。她緩緩睜開眼睛，又用雙手捧住自己的臉，把頭靠在了面前的桌子上。韓國棟靜靜地看著她，直到她終於抬頭。

「好了，我們開始吧。」韓國棟看著她的眼睛，「我來是幫妳的，因為我不相信妳會殺人，而且妳也沒那個能耐，所以希望我們之間可以坦然相待，妳的證詞，是妳洗脫嫌疑的關鍵。」

陳迪芬眼前再次浮現出那痛不欲生的一夜……

當晚，參加聚會的人，有孤兒院的院長，還有一起長大的朋友。一開始氣氛非常活躍，觥籌交錯，把酒言歡，鬧騰了大半夜，最後全都不省人事。

陳迪芬酒量比其他幾人要差點，所以也喝得少點，她最大的感受是頭痛，全身無力，最後昏昏欲睡。也不知什麼時候，她突然感覺有人在拉扯她的裙子，她瞬間就醒了，睜開眼，看到院長在她身上亂摸，正想喊叫，卻被捂住了嘴。

她用力反抗，卻無濟於事……

當所有事情都結束時，院長終於鬆開她，她瘋了似的，哭喊著衝了出去。

「他不是人，是禽獸……」陳迪芬說到這裡，又嗚嗚地哭起來，關於那晚發生的事，她實在不願意多說一個字。就算知道院長現在已經死亡，但她仍然心懷仇恨，恨不得把那個人千刀萬剮。

韓國棟沒想到當天晚上還發生了如此不堪之事，看著柔弱無力的陳迪芬，心裡卻浮現出另外一些不好的想法。

「我知道你會認為我離開後又回來殺了那些人，我沒有，我沒有殺人，他們不是我殺的！」陳迪芬變得冷靜下來，擦去眼角的淚水，「我確實很想他死，而且就算現在已經知道他死了，但我仍想把他千刀萬剮，一刀一刀切下他的肉餵狗。」

韓國棟能理解她的心情，但接下來提到了另外一個問題。

「我知道，單憑妳自己確實沒那個能力，但不排除沒人幫妳，或者是暗中幫妳殺了那些人。」韓國棟的話彷彿是提醒了陳迪芬，她反問道：「你說的是葉大衛？」

韓國棟眨了眨眼，算是回答了她的問題。

陳迪芬笑了，雖然笑容很蒼白，但看上去卻很率真，說：「為什麼呀，他為什麼要幫我殺人？」

「因為妳救過他，所以他感謝妳。」

「感謝我就要幫我殺人嗎？」陳迪芬此時的笑容才是充滿了鄙夷，她的情緒也好多了，「韓隊，我求求你，不要把殺人罪隨便扣在一個好人頭上。」

「好人？」韓國棟訕笑道，「聽上去妳好像非常了解這個人。」

「你錯了，我不會太了解他，但我相信他，好人和壞人的眼神不一樣。」

「那妳認為我是好人還是壞人？」韓國棟直視著她，她攏了攏頭髮，然後一本正經地說：「我沒有殺人，葉大衛也沒殺人，我希望你不要冤枉好人。」

韓國棟笑道：「放心吧，我們絕不會冤枉一個好人，也不會放過任何一個壞人。」

＊＊＊

夜幕緩緩降臨。這個夜晚，雲層舒張開去，天空隱約點綴著幾顆星星。很多人不喜歡黑暗，可這時候的葉大衛不一樣。他的處境很難，一不小心就可能被發現。為了尋找線索，只能是避開陽光，把自己關進夜色之中。

離聚客飯莊的凶殺案已經過去整整兩天，兩天時間雖然不算太久，但也很難熬。

葉大衛在陳迪芬的房屋周圍暗中觀察了許久，直到非常確定沒人把守之後，才決定趁著這個夜晚進屋去。他推開了陳迪芬臥室的門，雖然他覺得這樣很是不妥，但為了尋找線索，他又必須這樣去做。

陳迪芬的房間並不大，除了一張床之外，還擺放著衣櫃和梳妝檯。梳妝檯上並沒有多少化妝品，倒是堆放著幾本書。

葉大衛拿起書，隨意翻了翻，發現是些文藝氣息十足的文字，於是又順手放了回去。

他在房間裡出來之後，又轉身來到了廚房。廚房裡收拾得很乾淨，雖然看上去餐具都十分陳舊了。在木質的碗櫃裡，擺放著之前沒吃完的剩菜和剩飯。

這個時間，本來是萬物沉睡的時刻，可除了葉大衛，還有另一個人也在夜晚中無法靜心入睡。向卉越發頻繁地出入葉大衛家中，日子越久，她越是不想回去，漸漸地，就把這裡當成了自己的家。她希望自己的守護會有意義，而且冥冥中似乎有一種非常強烈的感覺在召喚她。

在她閉上眼睛之前，還說了跟之前同樣的話：「師父，如果你回來了，請一定要叫醒我！」

葉大衛正在吃飯，目光突然再一次落到了那把上鎖的門上，他盯著那個方向，似乎感覺有一種無形的力量正緊緊地吸引著他。他想起之前在那個房間裡似乎什麼都沒發現，原本打算繼續吃飯，但又隱隱約約聽到了人語聲，而且那個聲音正是從那扇門裡傳來的。不得不承認，葉大衛是個好奇心十足的人，上一次和這一次，他同樣是被這個聲音吸引了注意力的。他放下碗筷，盯著門鎖看著，那個聲音在耳朵裡越來越大，越來越嘈雜。終於，他站起來走了過去，把耳朵貼近門上。呼呼呼——他聽到了另外一個聲音，好像是什麼在轉動，有些類似於鼓風機一樣的東西。於是，他開啟了門。

第十章　兩個空間的交流

向卉躺在沙發上睡著，還傳來了輕微的鼾聲。這段時間，她太累了，110指揮中心異常忙碌，上班時像打仗似的，一個案子接一個案子，報案的電話沒停過，接線員也幾乎整天都沒停止過說話，以致她口乾舌燥，心力交瘁，躺下後不久就進入了夢鄉。

說來也是奇怪，自從上次她夢見葉大衛在鏡子裡跟自己說話以後，好幾天都沒再出現過同樣的夢境。但是就在今晚，她再一次做了相同的夢，那個夢跟上次一模一樣。

「師父、師父，你能看到我嗎？」她在鏡子裡看到了葉大衛的身影，於是大聲呼叫他的名字，可葉大衛似乎壓根兒聽不見她的聲音，只是自顧自地在鏡子裡面說著什麼。

向卉著急了，緊緊地貼近鏡子，雙手作環抱狀，似乎想把葉大衛給抱住，生怕他再次從眼前消失。

向卉被這個夢折騰得非常難過，雖然閉著眼睛，但她幾乎全身心投入了夢境裡，就在她急於想要抓住葉大衛時，突然不知從何處傳來一陣「沙沙」的響聲。

人在做夢時，眼睛雖然閉著，但眼球會隨著夢境的激烈程度而轉動。向卉眼球的轉動速度，自然是異常激烈的，她在夢裡大聲呼叫的時候，眼球就像要掙脫眼眶跳出來。可是，當那陣「沙沙」的聲音傳入她耳中時，她的夢境被打擾了，思維的活躍度也瞬間降低。

她睜開了眼睛，環視著身邊的每一個角落，得知自己剛剛只是做了個夢時，不禁長長地籲了口氣，臉上浮現出失落的表情。可是，就在她萬分失落，再次閉上眼睛，打算再睡會兒時，之前在夢境裡聽到的「沙沙」聲，再次在她耳邊響起，而且聲音越來越大，越來越激烈。

向卉側耳傾聽了一會兒，猛地睜大了眼睛，終於意識到這不是夢。她發現「沙沙」聲是從身後的鏡子裡發出來的，一開始還以為身後有人，或者是別的動物，翻身坐起來之後，順手抓起了沙發上的枕頭。雖然枕頭不能當武器，可人在感受自己可能受到威脅時，一定會抓住任何機會反擊。此時，向卉就是這樣的心態。

＊　＊　＊

葉大衛站在那張布滿了神祕符號的地圖前，用手指在標注上畫來畫去，希望能夠找到其中的規律。就在他按住其中一個點時，突然感覺眼前一片雪白，然後腦子開始眩暈。他不由自主地閉上了眼睛，可是當他睜開眼睛時，才發現牆上的地圖不知什麼時候竟然變得明亮起來，表面晃動著，如水一般的透澈。他慢慢地移開了手，光亮瞬間又消失。好奇心在他身體裡迅速蔓延，於是又把手指按了上去，而且還是之前的那個點，地圖表面瞬間又變得明亮起來。葉大衛這次沒有閉眼，而是迎著明亮的地圖看著，地圖表面的光亮明暗交替，時而又變得非常亮眼，彷彿有種無形的力量在操縱著。

這個偶然的發現，令葉大衛又驚又喜，他不知道發生了什麼，可好奇心驅使他鬆開一個標注點，又按下另一個標注點。這一次，地圖表面沒有亮，於是又換了另外幾個標注點按下去，同樣沒能發出光亮。

葉大衛的好奇心越來越重，最後將手指按下最初的標注點時，地圖表面再一次亮了起來。他本以為這個標注點就是開關，於是把臉貼到牆上，卻發現地圖是張貼上去的，後面沒有機關，而且也根本沒有連上任何電源。疑團在葉大衛心裡越滾越大。他退後幾步，抱著雙臂，試圖破解地圖發亮的祕密，這時才發現標注點正好位於江州區。他再次湊近了去看，發現江州區三個字不知什麼時候竟然變大。

「這是什麼情況，為什麼會這樣？」葉大衛嘀咕著。

同時，抱著枕頭的向卉也慢慢轉過了身去，當她的視線落到鏡子上時，不由得呆住了。她看到了葉大衛，和夢裡的情景一模一樣，葉大衛正在說著什麼，只不過她完全聽不見。

向卉還以為自己在做夢，用力捏了捏臉頰，直到真實地感覺到了疼痛，這才一躍而起，衝向鏡子，激動地大喊起來。

「師父、師父，你能看到我嗎？能聽到我說話嗎？」向卉邊喊邊揮手，激動得淚流滿面，「師父，是我啊，我是向卉，你在哪兒，我好想你啊。你能聽見我說話嗎？」

可是，無論向卉使出多大的力氣，鏡子裡面的葉大衛依然聽不見她說話，也看不見她。她好著急，急得直跺腳。突然，她好像想到了什麼，轉身去拿了一支筆，在紙板上寫下：「師父，我是向卉，你能看到我，聽見我講話嗎？」

葉大衛正面對著發亮的地圖發呆，突然從地圖上面飄出幾個字，他眼前一陣恍惚，還以為看花了眼，但是定睛一看，才終於確定那不是錯覺，而是實實在在的文字。

他此時的心情，實在是難以找到任何詞語形容，只是迫不及待地用手指在地圖上畫來畫去。向卉舉起紙板，對著鏡子，看到葉大衛開始用手指寫字時，便明白跟對方連繫上了。「向卉，真的是妳嗎？」葉大衛寫下的字，全都呈現在了鏡子表面。她緊緊地捂著嘴，淚水再一次像花瓣雨落下。

「師父，我是向卉啊，你到底在哪兒，我找你找得好辛苦。」向卉在紙板上寫下了這些字，舉到鏡子前，葉大衛看到這些飄出來的文字時，興奮得幾乎無法控制自己的情緒，緊握著拳頭，在原地大喊大叫起來。

向卉真真切切地看到了他興奮起舞的動作，自己的情緒也近乎崩潰到癲狂。葉大衛緊接著用手指寫道：「師父現在在另一個世界，師父還活著，活得好好的，只是還不知道怎樣回來。」

向卉邊抽泣邊寫道：「師父，你瘦了。我知道你還活著，你一定不會有事的，不管發生什麼事，你一定要回來，我會一直等著你。」

葉大衛回道：「妳真的可以看到我？」

「是的，我在你家裡，你在客廳的鏡子裡。」向卉的回答，令葉大衛措手不及，他完全無法理解發生了什麼事，兩個時空的人為何會用如此離奇的方式重新聯繫上，而且還能溝通交流。

他記得家裡的鏡子，並非什麼特殊的物品。向卉寫完這句話，又急切地說道：「師父，你不在以後，因為在現場沒找到你，所以我們都沒有放棄尋找你，大家都相信你還活著。」

葉大衛感激地笑了起來，回道：「我一直在努力尋找回來的辦法，可惜到現在為止還沒能找到回去的路。」

「師父，你不能放棄，我每天都在你屋子裡等著你，如果你不回來，我會一直一直守在這裡，永遠永遠不會離開。」向卉的話令葉大衛鼻尖一酸，他慢慢地伸出手，想要拉住她的手，她把手緊貼在鏡子表面，十指相對，雖說沒能真實地碰觸到對方，可彼此都無比真實地感受到了對方的存在。

他們都閉上了眼睛，用心感受著對方的呼吸和指尖的溫度，那一刻，彷彿全世界只剩下他們兩人。

很久很久以後，葉大衛睜開了眼睛，在地圖上寫下了幾個字：「向卉，我在這邊遇到了很多事，也認識了新朋友，但是現在遇到了麻煩，我正在想辦法解決，也許需要妳的幫忙，等我解決了麻煩，一定第一時間回來見妳。」

向卉聽說他遇到了麻煩，非常著急，寫道：「師父，你遇到了什麼麻煩，很嚴重嗎？能不能跟我說說。」

葉大衛想了想，為了不讓她過分擔心自己，還是決定暫時瞞住，於是寫道：「其實也不是什麼大事，所以暫時還是不告訴妳，等我需要妳幫忙的時候再說。」

向卉了解師父的性子，知道他不告訴自己，是有多重考慮，於是也不強求。

「對了，今天發生的事，妳絕不能跟外人提起半句。」葉大衛又叮囑道，向卉不解地問：「為什麼，就連我舅舅也不能說嗎？」

葉大衛明白她指的「舅舅」是誰，搖了搖頭，寫道：「是的，任何人都不能說。」

「其實就算我說了，也沒人會相信我。」向卉暗自在心裡說道，然後又在紙板上寫道：「師父，你說你在另一個世界，那個世界跟這個世界有什麼不一樣？」

「說來妳也許不會相信，我現在在三十年前的 1982 年。」葉大衛寫道，「其實在來到 1982 年之前，我還去了 1997 年，也就是被武東槍擊之後。」

向卉完全無法控制自己驚訝的表情了，她只在影視劇中看過穿越的橋段，沒想到現在卻真實地在自己身邊上演了。她在愣神的時候，葉大衛又發過來一段話：「不說我的事了，我離開之後，妳那邊都還順利嗎？」

向卉看到新的文字時，才緩過神來，拿筆寫道：「我差點忘了告訴你一件重要的事，在你離開後，武東被抓了，但是在前幾天，他又突然死亡。」

葉大衛連發兩個問號過來。「是的，武東死了，而且死在警察局的看守所裡，是被一個穿著警服，假扮警察的人殺死的。」葉大衛簡直不敢相信自己的眼睛，他看著那些如影似幻般的文字，愣了許久才問道：「有凶手的線索了嗎？」

「還沒有！」向卉寫道，「但是據推測，武東的仇家很多，也許是仇殺。」

「即使是仇家尋仇，那也不敢跑到警察局去行凶吧。」葉大衛寫道，「我怎麼感覺不像是復仇。」

向卉突然想到了吳永誌跟她說過的話，迅速寫下了以下字樣：「武東被抓後交代，他所在的組織叫『龍幫』，但他不是幕後大老闆，他背後還有人，他所做的一切，也都是受人指使。」

葉大衛看到「龍幫」二字時，立即有一種快要窒息的感覺，瞬間想起了身在 1997 年的另一個自己，愣在那兒半天沒出聲。

「師父，你怎麼啦？」向卉能清楚看到他臉上的表情，感受到了他複雜的情緒。

葉大衛決定把自己的遭遇如實告訴她，當她得知葉大衛離奇的遭遇後，像個木樁似的，愣了半天才寫道：「師父，我怎麼感覺像演電影……」

葉大衛苦笑道：「師父也不知道到底發生了什麼事，但師父經歷的一切，都是真實發生過的。沒想到這個叫龍幫的組織，居然存在了這麼多年，而且就在我們眼皮底下，實在是太匪夷所思了。」

「而且警方也查詢了資料，卻沒有關於龍幫的任何紀錄。」

「按理說，一個存在了幾十年的違法犯罪組織，怎麼也應該留下一些蛛絲馬跡的。」

「我聽舅舅說過，該組織在這幾十年裡非常活躍，只不過一直沒有以真面目示人，直到武東被抓，才漸漸浮出水面。」

「但是在 1997 年，警方曾跟龍幫有過交手，為何沒有任何紀錄？」

「我想也許是因為是兩個不同的空間，在每個空間發生的事情沒有交叉，所以沒有紀錄也不稀奇。」

葉大衛對向卉的話有所理解了，他沒想到一個小女孩，對他所經歷的事情的理解，竟然超過了自己。

「你的另一個他，真的跟你長得一模一樣？」向卉又好奇地問道。

「是的，幾乎就是一個人，除了比我更加年輕。」葉大衛寫道，「更奇怪的是，他也叫葉大衛，當時我出現在他的空間時，他正在被警方通緝，所以我一開始才會被警察誤解。」

「你走之後，他真的安全了嗎？」這也是葉大衛時常想起的問題，他不知道自己瞞天過海的替身計畫，是否真能幫小衛擺脫龍幫的追殺。

「師父，聽你說得越多，我怎麼越覺得你的經歷好有趣啊。」向卉終於笑了，「要是我也能跟你一起去體驗那些過程，那該多好啊。」

葉大衛像以前一樣，用手做了個摸她頭的動作，然後寫道：「沒想到武東也是龍幫的人，真不知道這是巧合還是偶然。」

「我認為應該不是巧合，也不是偶然，而是早就注定的。」向卉想了想，寫道，「我之前看過一些關於平行空間的電影，主角進入平行空間的方式可離奇了，有的是被雷劈，有的是經過隧道出來，還有的是進入了什麼黑洞或者蟲洞裡，雖然方法不同，但有一點是相同的，當主角從一個空間進入另一個空間時，遇到的事情一定會跟他在現實空間的某些事情扯上某種關係。」

葉大衛倒是沒想過這些，但他此時回想起自己在三個空間的經歷，也不得不認同了向卉的話。

「妳的意思是我在現實世界和龍幫的武東有了關係，所以來到另一個空間，跟身在龍幫的另一個我發生關係，這兩件事就成了必然的連繫？」

「這是我的理解，毫無根據的胡說八道。」向卉在這句話後面畫了個笑臉。

葉大衛其實是因為向卉的話，想起了自己被誣陷為殺人凶手的事，如果按照這個規律來推論，這件事跟現實空間會有什麼連繫？

向卉看他又在發呆，又發過去一行文字：

「師父，我那些話都是從電影裡學來的，你也別太當真。」葉大衛做了個 OK 的手勢，也發過去一串文字：「離開這麼久，今天是我最開心的一天！」

「師父，自從你離開後，我是吃喝不下，睡覺不香。今天終於見面了，而且你還好好的，這是一種多麼奇妙的感覺……所以今天也是我這麼久以來最高興的一天。」向卉在寫下這些文字的時候，自個兒先樂了起來。

葉大衛盯著這行字看了兩遍，彷彿也看到了正在偷笑的向卉。他做了個鬼臉，笑著寫道：「妳師父福大命大，這次也算是大難不死，妳就安心等我回來吧。」

「師父，還有件事，我想問你。」向卉在寫下這句話的時候，臉色變得有些緊張。

葉大衛攤開雙手，做了個等她提問的動作。

其實，向卉一開始得知他在進入了另外一個空間的時候，就想問這個問題了。

「我在電影裡看到，如果在我們這個世界之外，還存在另外一個平行的世界，那麼當一個人在這個世界裡死亡後，他可能還會存在於另外一個世界……」她慢慢寫下這些文字的時候，長長地籲了口氣。

葉大衛看著那些文字從地圖上跳出來，瞬間就明白了她的意思，沉吟了一會兒才寫道：「按道理應該是的，可是我沒辦法找到雲娜，也不知道應該去哪兒找她。或者說，她可能並不存在我來過的空間。」

「你說救過你的護理師，會跟雲娜姐有什麼關聯？」

「我不清楚，但陳護理師絕對不是雲娜。」葉大衛在寫下這幾個字的時候，腦子裡浮現出了陳迪芬的樣子，這會兒，她還被當成犯罪嫌疑人關押在警察局，韓國棟會怎樣待她？

兩人聊了許久，雖然夜已經很深，可仍然意猶未盡。

時間一分一秒地過去，他們從凌晨兩點一直聊到了四點。

「向卉，我明天還有很重要的事需要處理，以後我們要交流的話，仍然約在凌晨兩點。」葉大衛寫下這句話，向卉便知道今晚就要分手了，但她十分不捨，所以半天沒說話。

葉大衛猜到了她的心思，笑了笑，繼續寫道：「今晚我真的很開心，我知道妳為我付出的一切，等我將來回來，一定請妳吃大餐。」

向卉看到這些字眼的時候，又忍不住哭了，接著寫道：「我不要吃大餐，只要你平安回來！」

葉大衛重重地點了點頭，當向卉在紙板上再次寫出「我等你」三個字時，突然就瞪大了眼睛。她看到葉大衛身後出現一個人，而且是一個戴著頭套的人。她一下子就慌了神，想提醒葉大衛，卻已來不及。

葉大衛栽倒下去了。地圖上的光亮消失，鏡子裡葉大衛的身影也隨之消失。很快，一切都恢復了原樣。向卉非常清楚地看到了這一幕，頓時就被嚇得花容失色，厲聲尖叫起來：「師父、師父，你怎麼啦。師父、師父……」她慌了神，很快又在紙板上寫下：「師父，你怎麼啦？」

當她寫完這些字時，才明白已經跟葉大衛失去了連繫，想起他被人襲擊，腦子裡一片空白。她拿著寫滿了字的紙板，渾身無力地站在鏡子前面，顫抖著，任淚水淋溼了眼眶。

她一直在屋子裡等到天亮，雙眼停留在鏡子上，期待會有奇蹟發生。可結果卻令她失望了，直到太陽昇起，陽光灑進窗戶，她卻再也沒能見到葉大衛。

幾個小時過後，她的情緒稍稍平靜了些，把紙板上留下的文字再一一看了遍，又把葉大衛跟她說過的所有話在腦子裡過了一遍，突然覺得應該把今晚的事告訴馬正雲。

她太想幫葉大衛做點事情了。但是，她又想起了葉大衛對她的叮囑。大多時候感性的她，關鍵時刻保持了理性。她決定遵守對葉大衛的承諾，再耐心等待下一個夜晚的到來。

在此之前，她除了祈禱，什麼都做不了，也什麼都不想去做。當她的腦子慢慢清醒過來時，她掏出手機，在搜尋欄裡輸入了「平行空間」四個字。

＊＊＊

陳迪芬又度過了備受煎熬的一夜。天亮以後，被帶到審訊室，再次見到了韓國棟。韓國棟的髮油光可鑑，精神抖擻，兩眼發光，看上去像打了雞血。陳迪芬的狀態卻恰恰跟他相反，頂著兩隻熊貓眼，臉色黯淡無光。

韓國棟面前的桌上擺放著一疊資料，他雙手蓋在資料上，就這樣看著她，好像並不急於說話。陳迪芬精神不好，卻並不代表她腦子糊塗。昨晚雖然沒怎麼闔眼，但也趁機想了很多事情。幾分鐘過後，有人敲門進來，附在韓國棟耳邊低語了一陣，然後離開。「知道我為什麼一大清早找妳？」韓國棟終於開口了，聲音好像要從喉嚨裡跑出來，但又被他極力壓了回去。陳迪芬的目光朝下四十五度看著某個未知的點。

其實，她什麼都沒看，就如同她的心情，紛繁散亂。

「關於聚客飯莊的凶案，調查已經取得了實質性的進展。」韓國棟直著身子，往後仰了仰脖子，「還記得我跟妳說過的話？如果想到了什麼，現在就可以跟我說說。」

陳迪芬只是搖了搖頭。

「關於被妳收留的葉大衛，妳是否還有什麼可說的？」

她依然用搖頭作答。

「既然妳什麼都不想說，那我來說說。」他開啟了面前的資料，翻開第一頁，「這是我們警察局從凶案現場採集到的指紋，經過鑑定，除了妳，另外三名死者，生死未卜的胡明明的指紋，還有……」

他話未說完卻打住了。陳迪芬從他的口氣中似乎已經意識到什麼，抬起眼皮望著他，露出狐疑的表情。

韓國棟得意地笑了笑，接著說：「其實不用我多說，妳也應該猜到了。」

「不可能，他不可能出現在那裡，更不可能是殺人凶手。」陳迪芬在說這句話的時候，聲音並不高，而且顯得十分壓抑，但充滿了確定。

「證據，破案靠的是什麼，就是現場的證據。」韓國棟的目光在資料上掃描著，「證據確鑿，葉大衛的指紋確實出現在了凶案現場，這是不容置疑的事實。」

「不、不可能，他不可能殺人……」陳迪芬絮絮叨叨，眼裡閃爍著惶恐的光芒。

「我也不願相信他會是殺人凶手，雖然不能僅憑指紋就完全斷定他是凶手，但至少可以證明他曾經去過現場。那麼，要洗清他的嫌疑，只有一個辦法，那就是盡快找到他，讓他說清楚，證明自己不是凶手。」韓國棟合上了資料，又取出幾張照片，照片上是從現場取到的指紋。他把照片丟在陳迪芬面前，雙眼如刀鋒般，凌厲地落在她臉上，「自己看看吧，我們不會冤枉一個好人，也絕不會放過任何一個壞人。」

陳迪芬在醫院工作，自然清楚這些照片意味著什麼，她顫抖著拿起照片，但又很快放下，似乎很不情願接受這個事實。韓國棟嘆息道：「現在能幫葉大衛的就只有妳和他自己了，如果要證明妳不是凶手，證明他不是妳的幫凶，唯有他來自首。」

陳迪芬突然笑了，她笑的時候，眼神悽迷。

「妳笑什麼？」韓國棟問。

「他們都該死，全都該死。」陳迪芬突然咬牙切齒地罵道，「禽獸不如的東西，就是讓他死一萬遍我也不解恨。」

「妳應該恨蔣懷遠，但另外的人是無辜的。」韓國棟試圖提醒她，她卻冷笑道：「無辜？沒有誰是無辜的。」

她眼前再次浮現出那晚自己被蔣懷遠強姦的情景，禁不住又顫抖起來，惡狠狠地罵道：「蔣懷遠在強姦我的時候，我哭喊著求他放過我……王寶山、胡明明、李美麗，他們雖然都喝了酒，但我知道他們聽見了我呼救，可他們裝睡，裝作什麼都聽不見，什麼都看不見……我恨死他們了，所以他們全都該死。」

她瘋了似的狂笑起來。「是我殺了他們，他們全都該死。還有，我告訴你，那些畜生全都是我殺的，沒人幫我，是我一個人做的，你槍斃我，槍斃我好了……」

韓國棟試圖用自己的辦法刺激她，讓她說出真相，沒想到適得其反。此時，他回歸了理智，安靜地看著陳迪芬，看著她哭，看著她笑。陳迪芬重新坐了下去，兩行熱淚順著臉頰緩緩落下！

＊＊＊

一縷昏暗的光線從屋頂的縫隙中透進來，正好落到葉大衛臉上。此時的他，緊閉著雙眼，耷拉著腦袋，好像還在熟睡之中。其實，他並非睡著，只是還未從昏迷中醒來。他坐在一張木質結構的椅子上，雙手被反綁在身後。從他被打暈到現在，已經過去了數個小時，當一股刺鼻的味道鑽進他鼻孔時，他終於緩緩睜開了眼。

他環視著周圍的環境，這才發現自己被綁在椅子上，絲毫動彈不得。他用力扭動著身體，試圖解開捆綁自己的繩索，但無濟於事。之前聞到的那股味道越來越重，他抽動著鼻子，終於發現自己腳下和身上全都是汽油，而自己正處於汽油中央。

他實在想不明白究竟是誰綁架了自己，大喊大叫了兩聲，但叫天天不應，叫地地不靈，這才不得不安靜下來，仔細回想著自己被打暈時的情景，然後將全身之力聚集到雙手，試圖掙脫開去。

可是繩子的品質似乎不錯，任憑他使出了吃奶的力氣，臉色漲紅，卻仍然紋絲不動。他仰著頭，脖子上的青筋突兀在皮膚表面，看上去像要裂開。正待他打算繼續發力時，一陣輕微的腳步聲從門口傳來。

他將力氣憋回了肚子裡，裝作若無其事的樣子，看著門被開啟，一個身影推門而入。那是一張蒙著面孔的臉，戴著帽子，兩手空空，腳步沉穩。葉大衛盯著那雙眼睛，待那人慢慢靠近自己時，突然又有種似曾相識的感覺，卻又想不起究竟在哪裡見過。那人走到離葉大衛不到兩公尺的位置站定，卻什麼都不說，只是冷冷地盯著他。葉大衛聞到一股淡淡的菸草味。

「你是誰，為什麼要抓我？」葉大衛回應著那雙眼睛問道，可對方依然一言不發，突然又圍繞著他轉了個圈，然後背對著他，發出一陣冷笑。

葉大衛聽著那陣笑容，有種毛骨悚然的感覺。雖然他並不害怕，但對未知事物的恐懼，是人之常情。他再次暗中將氣力聚集到了手腕。

「你是誰，為什麼會出現在這裡？」那人終於開口說話了，他的聲音聽起來非常低沉，有點像刻意壓低，聽起來陰森森的。

葉大衛在腦海裡迅速搜尋著，但也似乎從未聽過這個聲音。

「快回答我的問題。」那個背影轉了過來，眼神中夾雜著一絲怒火。

「我不認識你，跟你無冤無仇，為什麼要抓我？」葉大衛回擊道，「你戴著面具，不敢示人，除非我們見過，難道你認識我？」

對方冷冷地哼了一聲，突然從口袋裡摸出一盒火柴，「咔嚓」一聲點燃，舉到眼前。

「你、你想幹什麼？」葉大衛明白了他的用意，「快放了我，我不認識你，跟你無冤無仇，你一定是抓錯人了。」

「是嗎？那你告訴我，你究竟是誰？」

「我、我叫葉大衛。」

「葉大衛！」那人從牙縫中蹦出這三個字，熄滅了火柴，意味深長地看著他，「我知道你叫葉大衛，但我想知道你從什麼地方來，是幹什麼的。」

「我是江州人，是本地人。」

「本地人？是嗎，我怎麼就那麼不相信呢？」他在手裡把玩著那盒火柴，眼裡泛起興奮的光芒，「你應該知道自己的處境吧，只要我輕輕一擦，手一抖，你馬上會被點燃。被大火燒死的滋味，可不怎麼好受哦。」

「是，是，我知道。」葉大衛故意裝出怕死的表情，「在燒死我之前，你是否應該讓我死個明白，我到底怎麼冒犯了你？」

「要想活，其實很簡單，不過你一定不能再騙我。」蒙面男子扭了扭脖子，瞇縫著眼睛說，「我再問你一遍，你到底來自哪裡，幹什麼的？」

「我、我真是本地人，無業遊民！」葉大衛裝作十分委屈的樣子，可對方突然怒吼道：「還敢撒謊，那我問你，你跟陳迪芬是什麼關係，你們是怎麼認識的？」

葉大衛沒想到他會突然提到陳迪芬，強烈的敏感性令他意識到了什麼，莫非眼前這人跟聚客飯莊的謀殺案有關？但他對此人一無所知，只能繼續裝瘋賣傻。

「我們就是萍水相逢，她救過我，是我的救命恩人。」

「就這麼簡單？」那人狐疑地盯著葉大衛，「我看不只這麼簡單吧。」

葉大衛做出很著急的樣子，連聲說道：「真是這樣，我沒說半句假話。」

「既然你就是本地人，那為什麼還要住在一個陌生女人家裡？」

葉大衛突然從這話裡嗅出一股異樣的味道，也因為這話而意識到此人可能已經暗中監視了自己許久，但他沒表露自己的心跡，而是說：「您別誤會，我跟她根本不是那種關係……」

「我可沒問你這個，但我知道你一定沒跟我說實話。」蒙面男子再次掏出一根火柴，做出要點燃的樣子，葉大衛裝作無比驚恐，閉上眼睛不敢再看。

突然，這人大笑起來。葉大衛睜開眼睛，露出可憐的表情，繼續假裝哀求道：「求你別殺我，我什麼都不知道，求求你……」

「我從沒見過你，你到底是誰？這是我給你的最後機會了！」

葉大衛停止了哀求，也收斂了可憐的表情，突然變了副表情，眼神肅穆地反問道：「你又是什麼人，跟陳迪芬是什麼關係？既然你那麼熟悉她，說明你們的關係不一般，而且暗中監視她的房子，說明你喜歡她，或者有別的什麼企圖。你到底是誰？對了，我感覺自己好像在哪裡見過你，你的眼神，我一定見過……」

他之所以改變策略，說出這番話，是因為他猜到了蒙面男子的軟肋，於是換了一種更加尖銳的方式。

果然，當他說出這番話語之後，蒙面男子的眼神變得更加凌厲，像刀鋒一樣死死地逼視著他，彷彿要用眼神把他給殺死似的。

「哈哈，既然被我猜中，那麼我就再大膽一些。」葉大衛輕蔑地回應著對方的目光，「如果你真的喜歡陳迪芬，那麼當你得知她家裡住了一個陌生男子後，所以怒火中燒，這才將我綁架。前幾天，她出門聚會，你跟蹤她，並且趁他們喝醉後，對她實施了不軌之事，為了防止有人報警，所以事後還殺了其他參加聚會的人，我說得沒錯吧？」

「你、你到底是什麼人？」蒙面男子往前邁了半步，「告訴我，你到底是誰，你是怎麼知道這些的？」

葉大衛冷笑道：「我是警察！」

他亮明自己的身分後，果然將男子嚇得面容失色，雖然他極力掩飾內心的膽怯，但從眼神裡流露出來的恐懼，壓根兒是掩飾不了的。

葉大衛明白自己這樣說，會引起他更大的恐慌，甚至會激怒他點燃汽油，但他還是這樣做了，因為他達到了目的，大致猜到而且證實了蒙面男子為什麼要綁架自己的原因。

「你說你是警察，為什麼會成了通緝犯？」這時候，此人的聲音微微有些變了，多了一絲懷疑。

「你別激動，雖然我是警察，但我不是這裡的警察，所以沒權抓你。」葉大衛為了不再激怒他，又退了一步，「你也看到了，現在滿大街都貼著對我的通緝令，所以我自身難保。兄弟，如果真是你殺的人，可不能把罪扣在我頭上啊。」

「我沒殺人，你才是殺人犯，警察變成殺人犯，實在是太有意思啦。現在警察局的通緝令都出來了，你還想抵賴嗎？」蒙面男子又恢復了先前的理直氣壯，畢竟他現在掌握了主動權，「你說你不是這裡的警察，那你是哪裡的警察？」

「實話告訴你吧，我來自另外一個空間，所以我並不是這個世界的人。」

「你說什麼？」

葉大衛從這個聲音裡聽見了極度的恐懼，還有懷疑。

「我說我來自另外一個世界。在那裡，我是警察，在這裡，我什麼都不是。」葉大衛仔細觀察著對方眼神的變化，發現他在自己說出這句話後，整個人變得痴呆了似的，像是在沉思著什麼，許久過後才問道：「你真的來自另外一個世界？告訴我，什麼時間，哪一年？你是怎麼來到這裡的？」

葉大衛看著他，說：「你跟常人的反應不一樣。你到底是誰？」他的意思是這人聽說他來自另一個世界時，跟其他人的反應太不相同了，除了驚訝，似乎還知道點什麼。

可對方只是愣了會兒，又冷笑道：「既然你犯下了命案，就應該去投案自首。你做過的事，絕不能牽連陳迪芬，你殺了人，就該自己承擔責任。」

「我當然明白，也正打算去警察局說清楚。你放了我，我這就聽你的去自首。」葉大衛裝作輕描淡寫地說，「或者，你還可以親手把我交給警察，說不定警察局還會頒給你見義勇為的獎金。」

他說出這句話後，蒙面男子愣了一下，隨即搖頭道：「不行，我不能把你交給警察，我要燒死你，不能放你活著離開這裡！」

葉大衛屏住呼吸，仰著頭，故意抬高聲音問道：「燒死我，對你有什麼好處，你一樣會被警察追捕，然後跟我一樣成為通緝犯，值得嗎？你這樣做，僅僅是因為陳迪芬？」

「管不了那麼多，你死了，陳迪芬就沒事了，一切就都結束了！」

蒙面男子說完，再次舉起了火柴，可他的手一直顫抖，連劃了幾次都沒能將火柴點燃。這時候，葉大衛早已凝聚全身之力，瞅準時機，突然起身，帶著椅子，向前猛地撞擊過去。

第十一章　第四具屍體

葉大衛將正在劃火柴的蒙面男子撞飛，男子手裡的火柴也撒了一地。可他慌忙從地上爬起來，號叫著撲向還被捆綁著雙手的葉大衛。葉大衛和他扭打在一起，一開始就處於劣勢，此時在蒙面男子的攻擊下，絲毫占不了便宜。蒙面男子被葉大衛一腳踹翻，但很快就爬了起來，突然拔出一把雪亮的刀，揮舞著，像獅子一樣發出陣陣狂怒，再次衝了過來。

葉大衛身後綁著椅子，行動非常不便，但他突然想到了什麼，趁著蒙面男子衝向自己的時候，藉著外力被推翻在了地上。他被刀鋒刺破了肩膀的皮膚。幸運的是，椅子碎了。蒙面男子剛才在衝向葉大衛的時候，也被葉大衛借力頂了回去，此時倒在離葉大衛不遠的地上，刀也掉落，按著被撞疼的腰部，半天沒動彈。隨著一聲脆響，破碎的椅子像炸開了似的，七零八落，胡亂地散落一地。

葉大衛忍著傷口的疼痛，迅速站了起來，正想解開繩子的時候，蒙面男子突然把目光轉向不遠處的火柴，轉身就撲了過去。

此時，葉大衛發現了蒙面男子的陰謀，很快將繩子從手腕上扯了下來。眼看著對方已經撿起了火柴盒，在這千鈞一髮之際，葉大衛三步並作兩步，箭一樣射了過去，一腳踢在對方臉上。

蒙面男子重重的身體沿著地面被踢了大約兩公尺出去，然後撞在門上。

葉大衛還想追過去，但蒙面男子已經開啟門，風一般消失得無影無蹤。

他喘息著，捂著被鮮血染紅的肩膀，回望著剛剛戰鬥、滿地狼藉的地方，突然號叫起來，內心的壓抑，也跟著他的怒吼，被瞬間排放了出去。

他走出這間屋子的時候，才發現天已經大亮。為了不引起外人懷疑，他在走路時還刻意裝作無比鎮定，在經過一戶人家門口時，順手扯下一件外套套在身上，擋住了受傷的肩膀。

這裡離陳迪芬的房屋並不遠，以他的速度，大約二十來分鐘的路程。他回到屋裡，第一時間是擔心自己被蒙面男子襲擊的時候，地圖的祕密被他給發現，然後被破壞。

當他看到地圖完好無損地掛在牆上時，才放了心，鬆了口氣，然後在椅子上坐了會兒，又去屋裡抽屜到處翻起來，看到一卷紗布，於是把傷口簡單清理了一下，用紗布纏了起來。

處理完傷口，他才又重新坐下來，腦子裡浮現出剛剛的驚魂旅程。

綁架自己的蒙面男子到底是什麼人？為什麼他聽說我來自另一個世界時，感覺好像知道點什麼？葉大衛冥思苦想，也不覺得在哪裡見過此人，按理說，只有為數不多的人知道他的來歷。莫非是來自另一個空間的自己？不可能是小衛，他沒必要綁架自己，更不可能和陳迪芬有什麼關係。那麼，這個人認識陳迪芬，只能是陳迪芬的熟人。葉大衛對陳迪芬的人際關係完全陌生，除了在照片上見過的幾名死者。想起死者，葉大衛腦袋裡突然閃過一道明亮的光，不是還有一個人不知所蹤嗎？難道是他？

＊＊＊

夕陽的餘暉灑落下來，將世界變成了金色。不遠處的幾棟荒廢破敗的民宅外，有一條淺淺的小河，河水潺潺流淌。民宅前面，幾個孩子在捉迷藏，他們歡快地奔跑，其中兩個孩子突然衝進了民宅，但是突然從民宅裡傳來一聲聲驚恐的慘叫。外面的孩子驚呆了，紛紛轉身望去，緊接著，只見剛剛進屋去的兩個孩子哭喊著跑了出來，嘴裡嚷著「死人，有死人……」

「哪有死人，哪有什麼死人啊？」

「興許是小孩子亂說呢。」

……

附近的大人得到消息，很快就圍了過來，議論了一會兒，幾個膽子大點的還真以為孩子撒謊，或者看錯了，可當他們鑽進屋子看了一眼之後，紛紛驚恐萬狀，逃也似的跑了出來。這下子，屋子裡有死人的事情確定無疑了。

忙碌了一天的韓國棟剛到家，洗了把臉準備坐下吃飯，屁股還沒坐熱，就有人騎著一輛三輪摩托警車急匆匆地衝進來。當聽說河邊屋子發現屍體時，驚得他一口飯沒吞下去，差點噎在喉嚨裡。

韓國棟在去現場時，前來接他的警察已經跟他大致彙報了情況，他嘆息道：「忙了一天，還打算好好睡一覺的，這下可好，全都泡湯啦。」

他有一種強烈的預感，死者很可能跟之前的凶殺案有關，而且很可能就是失蹤的另外一人——那個叫胡明明的男子。很可惜，他手上沒有胡明明的照片。屍體在屋子的其中一個房間裡，身上穿著衣服，因為天氣太熱，溫度太高，周圍已經散發出陣陣惡臭。韓國棟雖然沒吃幾口飯，但聞到這個味道時，還是差點吐出來。他走近屍體邊蹲下，盯著那張沒有半點血色的臉看了很久，然後命人保護現場，把圍觀人群全都驅散。

法醫在現場忙碌的時候，韓國棟親自去詢問了發現屍體的孩子，還有後來進入過屋子的成年人。他們的回答幾乎一致，只看到屍體就跑了，沒有動過屍體。

韓國棟知道這些目擊者都不敢去動屍體，但問題是他們的腳印全都留在了現場，這樣一來，就把現場給破壞了，會對現場勘察造成嚴重阻力。他點了一支菸，在現場附近轉悠了一圈，然後讓人去把陳迪芬帶來現場。

眨眼間，天就黑了下來，周圍沒有一絲燈光，加上剛剛死了人，感覺陰森森的。圍觀的百姓這會兒也全都散了，現場只有警察人員和法醫還在忙碌。

大約半小時後，陳迪芬到了現場。她戴著手銬，似乎有種不祥的預感，眼神看上去無比僵硬。

韓國棟朝著身後的屋子看了一眼，沉聲說：「這會兒把妳叫來，是因為幾個小時前，在這裡發現了一具屍體，因為之前的案子涉及另外一名失蹤者，所以希望妳進去看看⋯⋯」

他話未說完，陳迪芬已經捂住嘴，嚶嚶地抽泣起來。

「先別哭，興許不是胡明明呢。」韓國棟提醒道，「跟我進去吧。」

陳迪芬步履蹣跚地跟在韓國棟身後，低一腳淺一腳地走進屋子，每接近屍體一步，她的心便糾得越緊。韓國棟站在屍體前面，剛好擋住了陳迪芬的視線。他轉身面對陳迪芬，再次提醒道：「看仔細點。」

他閃開身後，陳迪芬的目光越過他的身體，看到了躺在地上的胡明明，只是一眼，僅僅只是一眼，她就失聲痛哭起來，但她哭著哭著就笑了起來。她的笑容，令這個還擺放著死人的地方，更顯得陰森恐怖。

韓國棟從她的哭聲和笑聲中已經明白結果，把她帶到外面，安慰了幾句，然後打算先帶她回到公安局。他親自駕駛三輪摩托警車，陳迪芬就坐在他右手邊的邊車裡。當他踩下油門時，摩托車轟叫著衝向黑暗。

韓國棟的心思聚集在案發現場，還有腳下顛簸不平的道路上，掀起的風兒把他捲曲的頭髮胡亂地吹散開去。突然感覺輪胎壓上了一塊凸起的石頭，整個車身往上竄起，然後又重重地跌落回去。

「坐穩了！」韓國棟大聲提醒著陳迪芬，陷入沉思中的陳迪芬，剛剛也差點被顛簸出去，此時聽見他的叫聲，眼裡突然現出一絲異樣的笑容。可是，因為夜色深沉，韓國棟沒能看到她的表情。回警察局的路要經過一道便橋，便橋下面便是之前那條蜿蜒的小河。其實便橋也並不高，和河面的垂直距離大約十公尺，但因為路面狹窄，而且不平整，韓國棟在駕駛摩托車時，幾乎使出渾身的力氣，才能將龍頭穩穩地把住。

摩托車在經過便橋正中間時，前面出現一個不大的坑，韓國棟沒注意，直接衝了上去。這下可好，摩托車的左邊車輪瞬間騰空，然後就見陳迪芬從邊車裡翻了出去，發出一聲尖叫，沿著側面山坡直接滾了下去。

韓國棟大驚，慌忙踩下煞車，車還沒停穩便大踏步跨了出去，然後緊貼著坡面，跟著陳迪芬滾落的方向追趕。陳迪芬躺在離河邊大約兩尺的位置，當韓國棟循著她的方向追過來時，突然看到她拔腿跑了起來。

「站住，妳給我站住！」韓國棟很快就明白了怎麼回事，在心裡罵起來，看著陳迪芬搖搖晃晃的身影，來不及多想，像坐滑步車，貼著坡面衝到了坡底。

陳迪芬慌不擇路，加上還戴著手銬，所以跑起來非常不俐落，很快就摔了一跤。當她爬起來，打算繼續奔跑的時候，韓國棟已經橫在面前。

「跑呀，怎麼不跑啦？」韓國棟氣喘吁吁，「妳這算什麼，畏罪潛逃？」陳迪芬好像放棄了反抗，舉起雙手，抹了一把臉，然後緊咬著嘴唇，默不作聲了。

＊＊＊

審訊室裡，燈光刺眼。韓國棟發現自己最近菸癮大了，也許是太過勞累的原因，剛坐下，又點了一支，但剛吸兩口就掐滅了。陳迪芬坐在他正對面，眼裡無光。

「妳到底跑什麼呀？」韓國棟問這話時，心裡好像還憋著一口氣，「妳想玩什麼，此地無銀三百兩？還是打算讓我相信妳就是殺人凶手，畏罪潛逃？」

陳迪芬依然斜眼盯著地上，彷彿壓根兒沒聽到他問什麼。

韓國棟吐了個長長的菸圈兒，瞇縫著眼睛，透過煙霧瞅著她，又帶著憤憤不平的情緒問：「妳想自殺，還是想潛逃？要是妳死了，這鍋誰給妳背？」

「沒人讓你背鍋，我就是殺人犯，你讓我死，一了百了！」陳迪芬倔強地回擊道。

韓國棟冷冷地哼了一聲：「既然妳說自己沒殺人，怎麼又尋死覓活的？」

「誰說我不是凶手？我已經報了仇，不想活了，反正該死的人全都死了，我也沒遺憾了！」陳迪芬在說這話時，眉頭微微抬起，韓國棟左邊手臂擦傷了，還滲出了血。他回來後先去用清水沖洗了一遍，這會兒微微感覺不舒服，於是把菸絲扯下來，貼在了傷口上。

陳迪芬在他做這事兒的時候，用餘光瞟了他一眼。「妳確定死者是胡明明？」韓國棟用菸絲敷好傷口後，問到了實質性的問題。陳迪芬沒有立即作答，而是延遲了大約幾秒鐘，本來已經面無表情的她，這會兒也許是聽到「胡明明」三個字，突然又大笑起來。

韓國棟自然是能理解陳迪芬的心情的，他做了這麼多年警察，雖然見過無數死者，但每次遇到死人的案子，死者雖說是永遠聽不見了，活著的人，尤其是受害者，卻往往比死人更痛苦。

「我相信妳沒看走眼，但有個問題，需要妳再次解釋。」韓國棟看著她，等她的情緒稍微緩和，臉上的笑容全都收斂之後，才繼續下去，「你們當晚聚會時一起有五個人，現在胡明明也死了，那麼剩下的就只有妳一個人……」

「我沒有殺人，不，是我殺了他們，他們都是我殺的。」陳迪芬突然又瘋了似的撕扯自己的頭髮，「都死了，為什麼，為什麼會這樣？不，他們全都該死，再死一千遍一萬遍都不解恨。」

韓國棟看著她，也在想，如果她真不是凶手，那麼現在一定非常懊悔當晚去參加那個聚會了。

「我知道妳一個女人，沒有能力殺那麼多人，所以接下來我得再問妳，幫凶是誰？」韓國棟已經不是第一次問這個問題，陳迪芬突然興奮地笑道：「你在說什麼呀？我記起來了，人是我殺的，是我殺了他們，因為他們該死，全都該死……」

「那妳說說看，到底是怎麼殺死他們的？」

「你忘了我是幹什麼的了？我是護理師，我趁著他們喝醉了酒，一個個掐死他們，然後用手術刀把他們臉上的肉一刀一刀地割下來。」陳迪芬說這話的時候，手上像拿著刀子在比劃，左右來回揮動著手腕，眼裡閃爍著凶狠的光。

韓國棟沒有制止她的行為，直到她好像累了，終於停下來的時候才說：「既然妳說自己殺了屋裡的人，那麼胡明明究竟是怎麼死的？」

陳迪芬似乎意識到自己犯了個錯，眼神瞬間有些失神，但好像又想起了什麼，突然冷笑道：「也許是他做了太多壞事，有別的孤魂野鬼要了他的命吧。」

韓國棟猛地一巴掌拍在桌上，怒喝道：「陳迪芬，妳少給我胡說八道，裝瘋賣傻，我不管妳出於什麼目的，但是別以為現在人都死了，就死無對證，我勸你最好老實交代問題，到底是什麼人在幫妳？」

陳迪芬的表情，此時看上去卻好像比任何時候都要平靜，她撥了撥披在眼睛前的頭髮，輕描淡寫地說：「我認罪了，你槍斃我吧，我殺了人，與其他任何人無關。」

韓國棟起身走了出去，在門口時又站住，轉身盯著她的背影說：「好好睡一覺吧，也許明天一早醒來，真正的凶手就已經被我抓住了。」

＊＊＊

向卉雙眼痠痛，上下眼皮開始打架，她感覺自己很快就要閉上眼睛的時候，突然眼前似乎有什麼東西閃過，緊接著便出現了她夢寐以求的場景。

「師父、師父你終於來啦！」她驚呼了一聲，瞌睡跑得無影無蹤。

葉大衛不知道向卉此刻是否在鏡子前面，他揮動著手臂，正準備寫字的時候，地圖前冒出了幾個字：「師父，我一直在等你！」

「妳是個好徒弟，從來沒讓師父失望過！」葉大衛欣慰地笑了起來，寫下這句誇獎的話後，又補充道，「師父這兩天遇到一些麻煩，對不起，讓妳擔心了！」

向卉立刻想起他被人襲擊的情景，隨即變了臉色，問道：「師父，那天晚上到底發生了什麼事，你還好嗎？」

「是的，妳也看到了，師父被人偷襲，不過現在師父已經沒事了。」葉大衛寫完這句話，又沉吟了一下，繼續說，「師父的處境越來越糟糕，如果不趕緊處理完身邊的麻煩，猜想師父也會有大麻煩。」

「師父，現在能跟我說說是什麼事嗎？」

「一起凶殺案，死了好幾個人，師父被人冤枉是凶手。」葉大衛嘆息了一聲，「我也不清楚到底發生了什麼事，現在警察正在到處找我，我必須想辦法證明自己的清白。」

向卉心裡一緊，忙寫道：「你快離開那兒回來吧。」

葉大衛苦笑了一下，寫道：「我何嘗不想回來，但一時半會兒沒有找到回來的路。」

「師父，我去找人問問，也許會想到辦法。」

「妳能找誰？很可能被人當成神經病，或者造成更大的麻煩。」

向卉承認了葉大衛的看法，但隨即又寫道：「師父，讓我幫你吧，一定能想到辦法的。」

「暫時也只能這樣了，我要找到凶殺案的真凶，才能證明自己的清白，然後再想辦法回來。」葉大衛頓了頓，「接下來妳要幫我做一些事情。在我房間裡有一臺筆記型電腦，妳先去取來，然後按照我所說的查詢一些資料。」

向卉很快從房間取來了電腦，當著葉大衛的面開啟。「首先，妳搜尋『陳迪芬』這個名字。」葉大衛指示道，向卉照做，出現一些亂七八糟的資料，但沒搜到任何有用的資訊。

「你再搜尋『陳迪芬和江州區』，再加上1982年。」

向卉迅速在搜尋欄裡按照葉大衛所言輸入了需要搜尋的詞，但是除了一些無關緊要的資訊，並無明確資料顯示是他要找的陳迪芬。

「再搜尋『陳迪芬』和『1982年』、『凶殺案』。」葉大衛不死心，他覺得三十幾年前發生的凶殺案，即使時間已經過了這麼久，也一定會留下蛛絲馬跡，即使是零碎的史料也好。

可是，結果卻令他失望了。不是失望，而是極度失望。因為與陳迪芬相關的謀殺案，居然沒有搜尋到任何資訊。

「太奇怪了，怎麼會這樣，按理說，這是不可能的。」葉大衛自言自語道，向卉發來信息：「師父，你說的被人冤枉殺人的案件，也與這個叫陳迪芬的人有關？」

「是的，她是唯一倖存者。」葉大衛回覆道，「但是她現在也被警方帶走，而我出現在警方的通緝令上。」

向卉合上電腦，安慰道：「師父，我明天一早就去找人，大學的教授、專家，或者是科學家，他們一定會有辦法幫你回來……」

「不要去。」葉大衛制止了她，「聽師父的話，師父會自己想辦法。」

「可要是你想不到辦法，該怎麼辦，難道就一輩子困在哪裡？」

「不會的，妳要相信師父，師父福大命大，吉人自有天相。」葉大衛還有心情開玩笑，向卉卻急得都快哭了，她在紙板上寫道：「我太沒用了，太笨了，一點兒忙都幫不上！」

「這件事與妳沒有半點關係，也許這件事發生在師父身上，都是命中注定的。」葉大衛寫下這句話後，又再次叮嚀道，「記住師父的話，一定不能去找任何人說起妳跟我聯繫的事情，一旦被人知道，很可能會被有險惡用心的人加以利用，到時候，還不知道會惹出多少麻煩。」

向卉明白了他的意思，寫道：「記住了！」

「對了，武東的死，調查有進展了嗎？」

「我昨天還問了，暫時沒有。」

「今晚就到這裡吧，你也趕緊休息，師父還有些事情要處理，有需要的時候我再聯繫妳，辛苦妳了。」

向卉在紙板上寫道：「師父，我已經請了假，每天二十四小時守在這裡，你有什麼需要，隨時聯繫我。」

葉大衛感激地向她鞠了個躬，又用手做了個「謝謝」姿勢。

＊＊＊

一大清早，街上霧濛濛的，感覺要變天。葉大衛走在外面，想起了自己小時候的情景，雖然記憶已經非常模糊，但觸景生情，埋藏在內心深處的記憶，再次被喚醒。

他再次看到了新的通緝令，通緝令上是他的照片和名字。布告欄前，站了好些個看熱鬧的人，他們正對著通緝令指指點點，議論紛紛。

「聽說昨晚在河東邊上的房子裡，又發現了一具屍體，那個慘啊！」

「可不是嗎？嚇得我半夜上茅廁都害怕！」

「這都是什麼事兒啊，也不知道是什麼深仇大恨，放著好好的日子不過，非得鬧出人命不可！」

葉大衛聽見這些言辭，背脊一陣發冷。他盯著通緝令上自己的素描畫像，感覺在眼裡越放越大，直到有人從他背後經過時不小心碰了他一下。他回過神來，轉身朝著另一個方向匆匆而去。

怎麼會再次出現死者？跟之前的案子有什麼關聯？葉大衛根據聽到的議論，找到了發現胡明明屍體的屋子。警察昨晚折騰了幾乎一整夜，這個時間，胡明明的屍體已經被運走，現場取證的警察也全都撤了。他小心翼翼地進入屋子，很快就聞到了一股怪味。他確信是屍體腐臭後殘留的味道，根據現場留下的痕跡，很快找到了屍體所在的位置。

周圍的空氣溼漉漉的，地上到處都是腳印，橫七豎八的，非常凌亂，想必基本上都是昨晚的辦案人員留下來的。他觀察著那些腳印，不禁嘆息起來，看來想要利用腳印查詢線索的計畫定然是失敗的。但是他相信警方現場取證後，一定會很快得出結論。

他站了起來，環視著這棟破敗的屋子，離城區中心較遠，平時沒什麼人過來，心想如果凶手把這裡作為殺人第一現場，其實也未嘗不可。但凶手在這裡殺了人，為何又不將屍體掩埋？這樣做，太不符合常理了！葉大衛假定自己是凶手，如果選擇在這裡殺人，為了不使自己曝光，一定會將屍體掩埋。

除非，除非是凶手抱著僥倖的心理。只能如此解釋了。葉大衛正在這樣想的時候，突然聽到身後不遠處傳來一聲細細的腳步聲，猛然回過頭去，卻又沒看到人。他搖了搖頭，以為自己聽覺出了問題。他在屋子裡轉了兩圈，突然再次聽見了腳步聲，這次他確定自己的聽覺沒出問題，外面真的有人，於是像陣風似的急忙追出去，但又沒見人影。

霧越來越大，大約兩百公尺的距離就看不見任何東西了。葉大衛離開屋子後，沒走出多遠，突然感覺似乎有一雙眼睛正盯著自己。他停下腳步，扭過頭去，只見不遠處的山坡上，赫然佇立著一個人影，那個人影好像包裹在濃霧中，若隱若現。

葉大衛拔腿便往山坡上追去，可轉眼之間，山坡上的人影便消失不見了，等他氣喘吁吁地追到近前時，卻已然失去了目標，只剩下滿目的濃霧。

第十二章　闖入解剖室的神祕人

葉大衛陷入了焦慮之中，他感覺自己的每一步行動都處於被監視狀態下，這是一件多麼可怕的事。想到可怕，他認為要弄清楚真相，自己必須親自去接觸一下那些屍體。可是，屍體全都存放在警察局的解剖室，想進去談何容易。

葉大衛是個行動派，當腦子裡冒出這個想法後，便一發不可收拾。雖然不能輕易進去，但辦法應該還是有的。他熟悉警察局的內部結構和辦事方法，三十年前和三十年後，處理流程大抵相同。所以，他在一瞬間就做出了決定，而且宜早不宜遲，就定在今晚行動。

夜幕降臨之後，悶熱了很久的天空，終於開始下雨，而且是傾盆大雨。葉大衛在警察局外面逗留了許久，看著警察下班，樓裡的人漸漸少了，最後沒留下幾盞燈。他一直沒見到韓國棟，不知是韓國棟一直沒離開，還是根本沒來局裡。但他不想這麼多了，決定等天色再晚點就行動。警察局的大樓一共有三層，而且房屋很舊。周圍有圍牆，進入大樓前還有片不大的空地，被圍牆包圍起來，像個四合院。

葉大衛在黑暗中等待了許久，萬籟俱寂之時，身手矯健地越過樹枝，翻過圍牆，進入了警察局位於二樓的廁所，然後再從二樓下到一樓，躡手躡腳地往解剖室方向走去。

他像隻貓，弓著腰，踮著腳，很快下到地下室，也不知是不是因為解剖室設在這裡，他很快便感覺溫度降了下來。他並不害怕，只是這種感覺讓他覺得有些異樣。這麼多年的警察生涯，讓他身上充滿了正氣。他相信鬼神遇到他，也要繞道走。何況是這些被殺害的人，靈魂恐怕都無處安放，更沒有能力出來嚇唬人了。

地下室有好幾個房間，每個房間都緊閉著。葉大衛找到了解剖室，站在門外，端詳著門牌，確定沒找錯地方後，輕輕推開了門。屋裡沒有亮燈，漆黑一片。但是他早有準備，取出從陳迪芬家裡帶來的手電筒，擰開開關，盡量將光線朝向地面。

他聞到了一股濃濃的藥水味，好像是福馬林的味道。他不喜歡這種味道，不禁抽了抽鼻子，然後藉著亮光，走向存放屍體的鐵皮盒子前。嚴格來說，那應該叫停屍間。只不過大夥兒平日裡叫它鐵皮盒子習慣了，所以葉大衛也這麼稱呼。就在葉大衛拿著手電筒觀察屋內的環境時，突然近前傳來一陣呻吟，把他嚇了一跳。他把手電筒光轉向呻吟傳來的方向，只見地上躺著個人。葉大衛瞪大了眼睛，看著躺在地上那張血肉模糊的臉，慌忙蹲下身去把他給扶了起來。

「韓隊，你怎麼啦？」葉大衛扶起的人，正是韓國棟。韓國棟看到他時，好像見了鬼似的，但隨即嚷道：「別、別動，斷了，哎喲，疼……」

「韓隊，你這是怎麼啦？」葉大衛幫他換了個舒服的姿勢靠邊坐好，韓國棟滿臉痛苦，唏噓了半天才說：「為什麼是你？」

葉大衛愣了一下，不解地問：「我不明白，你這是……剛剛發生什麼事了？」

「你少跟我來這套。」韓國棟的聲音陡然抬高，「你把我打成這樣，居然還敢回來？」

葉大衛更是莫名其妙，但是想起自己也是偷偷闖入者，立即就洩了氣。

「我問你，你到底想幹什麼？」韓國棟摸著胸口，痛苦地質問道，「你下手也太重了。我要是你的話，應該早就跑了。」

葉大衛從他的話語中，漸漸明白了什麼。「在我來這裡之前，是不是有人偷襲了你？」

「還想抵賴，就是你偷襲了我。」韓國棟指著他怒吼道，雖說是怒吼，但只是表情慍怒，聲音也並不大。葉大衛知道他誤會了自己，所以盡量心平氣和地說：「襲擊你的人不是我，我剛來……要真是我的話，你恐怕這會兒已經無法跟我說話了。」

「你覺得自己挺厲害是吧？了不起哦，不僅敢殺人，而且還一口氣殺了好幾個，現在連警察都敢打……」韓國棟剛剛頭上狠狠地捱了兩下，後腦勺還在疼，一口氣說了太多話，竟然有些喘了。

葉大衛連連被他冤枉，本想一走了之，但想起自己冒險潛入進來的目的，決定留下來。

「自首吧，葉大衛，雖然我暫時沒證據證明你是殺人凶手，但我保證不會冤枉一個好人，只要你沒做過，我就會還你清白！」韓國棟還在說這話的時候，葉大衛已經走向停屍間。

他用手電筒照了一遍，確定了死者身分，然後一一開啟。韓國棟在一邊看著，卻無法動彈，想站起來，腿卻在顫抖，不得不衝著葉大衛嚷道：「你幹什麼？」

葉大衛壓根兒不理會他，自顧自地檢視著屍體。四具屍體的面部，除了胡明明外，全都面目全非，慘不忍睹。他不禁閉上了眼睛，腦海裡彷彿浮現出了凶手行凶時的情景。

韓國棟見他站在屍體邊上半天沒動靜，掙扎著想站起來，在用力的時候，喉嚨裡發出一聲悶悶的、低沉的呼吸。葉大衛回過神來，將憋在心底的一口氣全吐出去之後，轉身盯著韓國棟，想說點什麼的時候，卻又感覺無法張口，完全不知說什麼才好了。

「你自己戴上吧，我知道你不會濫殺無辜，只要把事情講清楚，我會幫你求情。」韓國棟說著，把手銬扔在了他面前，他彎腰把手銬撿起來，突然啞然失笑。

「你笑什麼，別以為我受了傷，就對付不了你……」

「我笑你就這點能耐嗎？抓不到真凶，卻想拿無辜之人頂罪。」葉大衛收斂了笑容，「我再告訴你一遍，我沒有殺人，是被人冤枉的。」

「沒有證據，就沒法證明你不是凶手。」

「沒有證據，你也沒法證明我是凶手。」葉大衛激動地嚷了起來，針鋒相對，「我今晚進來，只是想看看這些屍體，找到真凶，還自己清白。可你為什麼要苦苦相逼，非要認定我就是殺人凶手？」

「那你就跟我去見陳迪芬，當面把事情說清楚。」韓國棟的口氣反而軟了下來，「不管你有什麼苦衷，只要你沒殺過人，我一定替你做主。」

「我信不過你，我要自己查明真相。」

「只要你肯說清楚，我就信你。」

葉大衛聽了這話，反唇相譏：「你信我？你當真會信我？我曾跟你說過我不是這個世界的人，你卻把我關進精神病院，把我當成神經病，你讓我還怎麼信你？」

「如果真把你當成神經病，你以為自己可以那麼容易就從精神病院逃出來？」韓國棟這話說得不假，葉大衛不屑地笑道：「我早就知道你的打算，知道什麼叫將計就計嗎？所以我甩掉了你派來的那些手下。」

「看來第一局，你我打成了平手。」韓國棟終於站了起來，他拉了把椅子坐下，又用手揉著被襲擊的後腦勺，「葉大衛，你下手應該沒這麼重吧？」

「我真要下手的話，你不死也只剩下半條命。」葉大衛揶揄道，韓國棟的記憶轉回到十幾分鐘以前。

他在辦公室加了會兒班，臨走前突然想到了什麼，於是隻身來到解剖室，想要重新看看停屍床上的幾具屍體，可他剛進門，還沒來得及開燈，便發現有些不對勁。

「我被襲擊了，腦袋上捱了一棍，當時就差點暈過去，這血……」韓國說起這個的時候，真後悔自己反應太慢，否則襲擊者應該就被他給逮住了。

他在和襲擊者扭打的時候，因為被襲擊，漸漸處了下風，於是拔出了槍來。

「沒想到槍被搶走了，而且他還拿槍指著我，要不是你來得及時，恐怕……」韓國棟在說這話的時候，葉大衛突然就意識到他從一開始就沒把自己當成真正的襲擊者。

果然，韓國棟又說：「那小子在逃跑的時候，被我發現了問題，他一條腿上有殘疾，這個是裝不來的。」

「所以你根本就知道不是我襲擊你，還故意……」葉大衛氣不打一處來，「韓國棟，你說我怎麼就來得那麼及時，真該晚點出現。」

「那你就再也見不著我了，這樣不更好嗎？以後也沒人會追著你不放，你自由啦！」韓國棟的聲音變得更加輕鬆起來，「一條腿殘疾的人，我怎麼一點印象都沒有？跟這個案子有什麼關係？」

葉大衛聽他嘀咕的時候，把手銬丟在他面前，做出要離開的樣子，韓國棟卻攔下了他：「先別急著走。」

「怎麼，都這個樣子了，還想抓我？」

「我猜你一定去過案發現場，說說你的看法吧。」韓國棟的話倒是沒讓葉大衛感覺有多驚訝，因為他確實去過現場。韓國棟也是一位有著幾十年豐富經驗的警察，葉大衛去沒去過現場，他用屁股都能猜到。

「沒什麼發現，但是有一件事，我覺得你應該知道。」葉大衛指的是自己兩次被襲擊，而且還差點被殺的事情。韓國棟果然很驚訝，沉吟了半晌才問：「如此說來，我們都遭到了襲擊，而且襲擊我們的人可能是同一個人？」

「也可能是一夥的。」葉大衛補充道。

「一夥的？你的意思是不止一個人？」

「這只是我的猜測。」葉大衛道，「你說襲擊你的人帶有殘疾，但是襲擊我的人好像並非殘疾。」

「有道理，這些人膽子也太大了，但我想不明白的是，他們為什麼要襲擊你跟我？」韓國棟皺著眉頭，微弱的燈光打在他臉上，露出了沉重的表情。

「他們為什麼襲擊你？是因為正好闖進來，被你給發現了。至於為什麼襲擊我，跟你為什麼要緊追我不放一樣，我也不明白。」葉大衛說，「你可以根據襲擊者腿有殘疾這條線查查，也許會有意想不到的收穫。對了，這些年來，你應該親手把很多人送進過監獄吧？」

「明白了，我馬上展開調查。」韓國棟在葉大衛的提示下，明白了怎麼去做，但他緊接著說：「我不會再追你，但你得幫我找到真凶，這樣做，也是為了還你自己清白。」

葉大衛正要離開的時候又停下了腳步，轉身看著他問：「你的配槍丟了，這可是非常嚴重的失職，你打算怎麼做？」

「幫幫我，只有你能幫我了。」韓國棟沒有半點哀求的口氣，反而像是命令。他在說這句話的時候，突然想起凶徒拿槍指著他時唯一說過的那句話：「你體會過被人打斷腿的滋味嗎？」

葉大衛盯著他的眼睛，片刻之後，說道：「如果要找我，可以去陳迪芬家裡。」

「你的通緝令，我馬上申請撤銷。」

「我想見見陳迪芬。」葉大衛提出這個要求時，被韓國棟暫時給拒絕了：「你先回去等消息，我會安排。」

葉大衛走出這扇門時，聽見韓國棟的聲音，臉上露出了一絲久違的笑容。

＊　＊　＊

韓國棟後腦勺因為裂開了傷口，不得不去醫院上藥，還用藥膏給貼上了。他想見陳迪芬，但沒把她帶到審訊室，而是直接去了拘留室。陳迪芬看到他這副模樣，頓時就有些愕然。她記得他當時從山坡上翻滾下去時並沒有傷著後腦勺。

「別看啦，不關妳的事。」韓國棟站在外面，「我現在問妳件事，妳要如實回答我。」

陳迪芬沒吭聲，表情冷淡地看著他。

「實話跟妳說吧，我已經見過葉大衛了。」韓國棟在說出這句話後，陳迪芬眼裡隱約流露出一絲光亮，但轉瞬即逝。

「他說想見妳，但是被我拒絕了。」韓國棟接著說，「他現在就住在妳家裡，而且我也相信他不是殺人凶手。那麼，接下來請妳告訴我，案發當晚，現場除了妳、四名死者，是否還有另外的人？」

陳迪芬沉思片刻，搖了搖頭。

「妳確定現場沒有另外的人？」

「如果你不信我，為什麼還要問我？」

韓國棟嘆息道：「我要是不信妳，就不會來問妳。」

「你不是從來都沒信過他嗎？」陳迪芬指的是葉大衛，韓國棟訕笑道：「現在的情況大不一樣了，我不僅信他，而且還打算跟他合作找出凶手。」

陳迪芬似乎愣了愣，但隨即問：「他答應你了？」

「當然，他沒有理由拒絕，因為他也要找出真凶，還他自己清白。」韓國棟說完這話，做出欲走的姿勢，但又補充道：「陳迪芬，如果妳也希望我像相信葉大衛一樣信任妳，妳必須拿出讓我相信妳的理由。」

「那你得告訴我，你為什麼會突然相信他了？」

「因為……不好意思，這是我跟他之間的祕密，無可奉告！」韓國棟不打算跟她透露太多，但緊接著詢問她是否知道死者家裡的情況，她冷冷地回了幾個字：「不清楚，不知道！」

韓國棟其實已經調查過死者家庭情況，獲知王寶山和李美麗是夫妻，沒有孩子，蔣懷遠獨身，胡明明有妻女，但是一直沒聯繫上。

他轉身離開後，陳迪芬凝視著他的背影，目光像是隨著他離開了。韓國棟從早上開始，已經在請監獄方面的同事幫忙調查過往的資料，尤其是自己曾經經手的案子，他要找到昨晚襲擊自己的凶手。他回到辦公室，從抽屜裡翻出一週前收到的恐嚇信，信的內容很簡單，只有幾個用剪報拼湊的字：「我回來了！」

韓國棟的目光凝聚在這幾個字上，他在想到底是誰有膽子恐嚇他，而且還是如此明目張膽。這些年，他親手抓過的犯人何止成百上千，有出獄後前來感謝他的，甚至還有請他吃飯的，唯獨沒見過恐嚇他的。他根本就沒把恐嚇信放在心上，所以當時看了一眼之後，隨手就丟進了抽屜。突然響起的電話鈴聲，把他的思緒拉回到了現實中，是監獄打來的。接完電話，他努力在腦子裡回憶，希望能想起那人的樣子。

「你體會過被人打斷腿的滋味嗎？」他腦子裡再次浮現出那句話，多年前的一幕清晰地躍然眼前。

「不許動，把刀放下……」韓國棟拿著槍，指著拿刀挾持孩子的凶手。凶手是孩子的父親，因為母親出軌，所以他先是砍傷了老婆，然後挾持了孩子。

韓國棟在離歹徒不到五公尺的距離，卻因為歹徒躲在孩子背後，他無法開槍。

「滾，都給我滾，再不滾我殺了他！」歹徒怒吼著，像紅了眼的獅子。韓國棟其實不相信他會傷害自己的孩子，但他不敢賭，只能勸說，希望用親情感化對方。

他費盡了口舌，也終於明白自己的說教蒼白無力，就在局勢變得異常緊張，歹徒的情緒快要失去控制，一隻手把孩子高高抱起時，他開槍了，子彈擊中歹徒右腿。

「孫立魁！」韓國棟從牙縫中蹦出的這個名字，正是剛剛監獄方面打電話來告知他的，同時也是多年前被他擊中右腿的歹徒。

當初把他送進監獄後，韓國棟中途還去監獄看過他一次，他對韓國棟並沒有表現出任何的恨意，反而說感謝韓國棟救了他，救了孩子。

「兩個星期以前，孫立魁因為在監獄改造期間，表現良好而提前半年出獄。」韓國棟耳邊迴響著監獄同仁在電話裡跟他說的話，所以他才認為孫立魁應該是改邪歸正了。

換句話說，他不相信剛剛出獄的孫立魁會找上他，如果僅僅是為了報仇，這個理由不成立。因為他親手抓的人太多了，所有人都想找他報仇的話，他可能早就死過無數次了。

但是凡事都有偶然，也許孫立魁在監獄服刑時的表現，全都是假象。

韓國棟不會憑直覺辦事，他要找到孫立魁，才能解除對此人的懷疑。

夜幕剛降臨沒多久，葉大衛卻感覺自己早已被黑暗縈繞，整個人陷入無邊的夜色之中，身體懸浮在浩瀚的宇宙，飄向另一個伸手不見五指的地方。

他安靜地坐在客廳，手裡拿著從陳迪芬房間裡搜出來的照片，還有在凶案現場找到的照片，凝視良久，又將照片平放在桌面，眼前浮現出在解剖室裡看到的屍體。

此時的他，已經沒有了時間和空間的概念，他完全不記得今天是幾月幾日了，更不清楚自己到底身在哪一個空間。

當然，這些對現在的他而言，似乎變得沒有任何意義。

但是，向卉就不一樣了。她的目光停留在牆上的時鐘上面，顯示時間為2019年4月10日。

她正對鏡子坐著想入非非，身後突然傳來說話聲，她還以為是自己的幻覺。當她慢慢回過頭去，看到正在直播的電視畫面時，隨即被驚得張大了嘴。

一開始，她還以為屋裡闖入了另外的人，但很快確定自己想多了，就在她失神時，主持人播報了一條消息。

「中原標準時間2019年4月10日晚9時許，包括本國在內，全球多地天文學家同步公布了黑洞『真容』。該黑洞位於處女座一個巨橢圓星系M87的中心，距離地球5,500萬光年，質量約為太陽的65億倍。

它的核心區域存在一個陰影，周圍環繞一個新月狀光環……」

向卉簡直不敢相信自己的眼睛，她再次把目光轉向時鐘，確定今天正是2019年4月10日。以前，她在科幻電影裡了解到黑洞理論，以為那僅僅只是科幻電影，沒想到多年以後，居然變成了事實。

此時，身在另一個空間的葉大衛，是否也是因為不小心闖入了黑洞，所以才成為時空旅行者？

向卉把想入非非的本領發揮到了極致。

電視裡還在播報與黑洞相關的新聞，講述了人類發現黑洞歷史，以及未來對黑洞的研究方向。

「在不遠的將來，黑洞旅行也許會成為人類出行的另一種方式，人類與外星人之間的距離，也可能會因為黑洞而成為事實……如果某天，你發現自己出現在另外一個陌生的地方，你不必驚訝，也許你不小心穿越了黑洞，進入了另一個平行空間。那麼，接下來你應該到處轉轉，也許能遇上另一個自己……」

向卉眼裡閃爍著興奮的光芒，此時此刻，她多想跟葉大衛聯繫，告訴他這個天大的好消息。

可是，葉大衛並沒有出現。

向卉在鏡子前面，舉著紙板，問他在不在，鏡子裡卻只現出她孤獨的身影。

＊＊＊

慵懶而深沉的夜色，籠罩著江州區。

在漆黑的江邊，一個人安靜地坐在石頭上。此人正是搶走韓國棟配槍的孫立魁。他已經在這裡坐了許久，但好像並不急於離開，雙眼一動不動地看著江面，好像在思考著什麼。

不久之後，又一個漆黑的人影從遠處慢慢走了過來，他戴著帽子，帽簷壓得很低，幾乎將整張臉都遮擋住，只露出了嘴。他然後跨過岩石，在孫立魁身邊站定。

「這是答應給你的報酬，你可以去吃點好的了。」這人說話時甕聲甕氣，把一個小紙袋遞了過去。

孫立魁接過紙袋，看都沒看一眼便裝進了口袋。

「雖然你沒完成我交給你的事情，但沒關係，盡力了就好。」他繼續說道，「這次給你的錢有多的，你還要幫我做一件事。」

孫立魁沒吱聲，卻遞給他一把槍。

「這、你這是幹什麼?」男子看到槍時，隨即露出了驚訝的表情。

「這是我從警察手裡搶來的。」孫立魁輕蔑地說，「我進去的時候被警察發現了，雖然沒能毀滅屍體，但我搶走了這把槍。」

男子這才將槍接了過來，在手裡掂量了幾下，嘴角邊流露出一絲得意的笑容，幸福地說：「我沒看錯人，以後跟著我好好幹，保證不會讓你餓肚子。」

＊　＊　＊

葉大衛在椅子上迷糊了很久，被敲門聲驚醒的時候，發現天已經大亮，起初還以為是早上，原來已經是下午時分。他開啟門，見到站在門外的韓國棟，先是微微愣了一下，但隨即請他進屋。

「怎麼，見到我，好像一點也不驚訝？」韓國棟進屋後問。

他掃了一眼客廳，站在中央，又將目光轉向葉大衛：「看樣子，昨晚睡得不錯。」

「意料之中，預料之外！」葉大衛冷不丁冒出這麼一句，韓國棟反問道：「什麼？哦，對了，你的通緝令已經取消。」

「謝謝。說吧，今天來找我什麼事？」葉大衛問。韓國棟似乎有點不悅：「你答應要幫我，這麼快就忘了？你不會是那種說話不算數的人吧？」

「我能幫你做點什麼？」葉大衛沒否認，「你找到搶走你配槍的人了？」

韓國棟似笑非笑地點了點頭，說：「我根據你的方法，調查了這些年來被我親手送進去的人，最後確定了嫌疑人。」

「效率不錯！」葉大衛帶著調侃的口吻，示意他可以隨便坐，「那麼，你現在應該去找他，而不是來找我。」

「你難道不想知道犯罪嫌疑人的身份？」

「好像與我沒有多大關係。」葉大衛直言不諱，韓國棟卻笑道：「他叫孫立魁，當年行凶，被我用槍打殘了一條腿，兩週前剛剛出獄。」

「看來你是被人報復了！」葉大衛道，「也就是在解剖室襲擊你的人？」

「是的。我還收到一封信，我猜應該是他寄來的。」

「什麼信？」

「一封威脅信，上面寫著『我回來了』四個字！」韓國棟輕描淡寫地說，「做了一輩子警察，抓的人太多了，但是頭一次被人寫信威脅。」

「你害怕了？」

「哈哈，害怕？當然害怕，我怕他不敢來找我。」韓國棟笑了笑，繼而轉移了話題，「這房子小是小了點，但住起來還算舒服吧？」

「還不錯，總比在外面風餐露宿要好。」葉大衛順著他的話說了下去，「韓隊，有件事我還想知道你的看法。」

「請說吧，這裡沒有別人。」

「你到底信不信我來自另一個世界？」

韓國棟聽他說這個，皺了皺眉頭，反問道：「我的答案對你很重要嗎？」

「這是我能跟你合作的基礎。」

韓國棟沉吟了片刻，緩緩點頭道：「說實話，我無法給你答案。但是，你說你在另一個世界也是警察，既然如此，我們都得講證據，對吧？」

葉大衛明白了他的意思，說：「好，我會給你證據的，但是在這之前，我還需要你幫我一個忙。」

「先等等。」韓國棟制止了他，「我已經幫你取消通緝令了，所以你現在欠我一個人情，想讓我繼續幫你，你必須先還我這個人情。我從來不喜歡欠人家，也不喜歡人家欠我。」

「沒問題，正好我也跟你一樣。」葉大衛訕笑道，「我會幫你先找到配槍。」

「那麼，從現在開始，你我就是同一條船上的人了。」韓國棟開了個玩笑，「走吧，跟我去見一個人。」

葉大衛並沒有問他今天要去見的人是誰，但可以確定的是，要麼與凶殺案有關，要麼與配槍丟失有關。他猜對了，因為韓國棟帶他見的人是胡明明的老婆孫海霞。行至半道，韓國棟停下了車，朝著山坡下廢棄的屋子望著。葉大衛知道他在瞅什麼。

「胡明明就是在回家的途中被人推進河裡淹死，然後拖到那棟屋子，可不知道凶手為什麼沒有毀屍滅跡？」韓國棟這話像是在對自己說，葉大衛接過話道：「你想說什麼就直說吧。」

韓國棟會心一笑：「沒什麼好說的，你也去過棄屍現場，說說你的看法吧。」

葉大衛沒有否認，緩緩說道：「熟人作案的可能性極大，至少凶手知道胡明明住在什麼地方。」

「嗯，有道理，還有呢？」

「暫時沒有了，先去見見他老婆再說吧。」葉大衛收回了視線，眼神變得虛無起來。

胡明明的家，坐落在半山腰，看上去搖搖欲墜，屋頂鋪滿了茅草，斑駁的泥土牆壁，裂開了無數道裂縫。

孫海霞坐在門檻上，頭髮微微捲曲，像是專門燙過的。她剛剛已經跟韓國棟聊過，對於胡明明的死，她臉上看不出半點憂傷。

葉大衛看著這個女人，覺得她跟這個城市其他的女人有些格格不入。胡明明的家很簡陋，兩人有個女兒，大約八歲的樣子，見到人就往後躲，看上去很認生。奇怪的是，小女孩總是盯著葉大衛看。葉大衛衝她笑了笑，她卻又躲在了母親身後。

韓國棟在屋子裡轉了轉，回到椅子上坐下，打量著孫海霞，沉聲說：「胡明明的事情我已經跟妳說過了，該問的妳也已經問了，現在有想到什麼嗎？」

孫海霞剛才半天沒說話，好像在思考，此時聽見韓國棟再次問話，依然以搖頭作答。

「你們到底還是不是一家人？」韓國棟有些上火，孫海霞不悅地說：「人倒是一家人，但我們母女倆已經很久沒回家了，直到最近聽說他死了，我們才回來看看，這不正要走，你們就來了。」

「那我問妳，這些年來，妳就沒回來過一次？」韓國棟繼續追問道，孫海霞不屑地笑道：「我早就跟這個人過不到一塊兒去了，還回來幹什麼？前些年吧，逢年過節還帶著女兒回來看看，但他每次都把我們母女倆打得半死，後來就乾脆不回來了。這次要不是聽說他被人殺了，可能我們這輩子都不會回來。」

「那要是我問妳胡明明有過什麼仇家，妳也一定不清楚吧。」

「誰知道，反正他的死不關我的事，我什麼都不知道，你們就放過我們母女倆吧。」孫海霞的話簡單直接，韓國棟明白今天算是白跑了一趟，於是朝葉大衛看去，意思是他還有什麼想問的。

葉大衛剛才一直在旁邊觀察著孫海霞的言行舉止，覺得她並沒有撒謊，但是好像隱瞞了什麼。韓國棟看出了他的心思，正要說什麼的時候，葉大衛向小女孩招了招手，小女孩卻滿臉慌亂和膽怯，用力扯著母親的衣服。

「小女孩，妳今年幾歲啦？」葉大衛盡量壓低聲音，小女孩卻不應答，也不露面。

葉大衛問孫海霞：「孩子叫什麼名字呀？」

「孫小琴！」孫海霞滿臉不悅地回道。葉大衛和韓國棟對視了一眼，韓國棟接過孫海霞的話問：「孩子怎麼不跟他爸姓呢？」

「孩子是我生的，憑啥跟他姓胡的姓？」孫海霞沒好氣地反駁道。葉大衛卻不顧她的不快，繼續問孩子：「孫小琴，好名字。叔叔可以叫妳琴兒吧？琴兒，叔叔問妳，妳喜歡爸爸嗎？」

「不喜歡！」孫小琴突然帶著哭腔喊道，「我不喜歡爸爸，他不是我爸，不是我爸……」

孫小琴喊著喊著就哭了起來，嗚咽著，抹著眼淚，看起來可憐兮兮。

「小琴，妳還記得上次見爸爸是什麼時候了嗎？」韓國棟看出了端倪，也在一邊追問起來，他同時觀察著孫海霞的表情。

「跟叔叔說說，叔叔……」葉大衛話未說完，孫海霞突然咆哮起來，還把兩人往外推，「別問了，你們走吧，快走吧，不要再問啦！」

因為孫海霞突然變化的態度，葉大衛和韓國棟瞬間都有些不知所措，但韓國棟聲色俱厲地制止了她，並說：「我們是來查案的，希望妳不要隱瞞與案情有關的任何事情。要是妳不想在這裡說，那就跟我回警察局說。」

孫海霞果然因為這話而不敢再造次，她把女兒摟在懷裡，猶豫了很久，才小心翼翼地說出一件事。

原來，胡明明是個偷窺狂，不僅喜歡偷窺女人洗澡，而且連自己的親生女兒都不放過。孫海霞說了他兩句，就遭到毒打，所以她才帶著女兒離家出走。

「其實這麼多年，我們一次也沒回來過，前不久聽說他死了，被人殺了，我才帶著女兒回來。那個畜生，不是人，連自己親生的女兒都不放過。」孫海霞眼裡噙著淚水，「警察先生，姓胡的該死，是老天要收他。不管是誰殺了他，求你們都不要再查下去了。」

葉大衛和韓國棟沒想到事情背後，居然還有這樣的隱情。在回去的路上，韓國棟說：「雖然孫海霞沒有殺人證據，但我倒是覺得她現在有了殺人動機。」

「你真覺得她殺了胡明明？」葉大衛問，韓國棟說：「不好說啊，這種事放在誰身上，誰都不會好過。」

「我覺得孫海霞與胡明明的死沒有關係。」

「你什麼意思？這麼武斷？」

「不是武斷，是感覺。」葉大衛一本正經地說道，「胡明明有那麼個嗜好，會不會跟他被殺有關？」

韓國棟想起了陳迪芬被侮辱的事情，如果胡明明真是偷窺狂，那麼葉大衛最後說的那句話，或許還真值得推敲。

他本想說出陳迪芬被侮辱的事情，但話到嘴邊又嚥了回去，然後突然問他：「餓嗎？我請你吃飯。」

第十三章　不明眞相的槍擊案

葉大衛很久沒吃東西，確實餓了，所以很爽快就接受了韓國棟的提議。

韓國棟把他帶到街邊一家不起眼的小飯館裡，點了兩個小菜，然後還問他喝不喝酒。

葉大衛很久都沒沾酒了，既然韓國棟問起，他選擇了啤酒。很快，服務生把兩瓶啤酒遞了上來，他看到啤酒瓶上的字，不禁笑了起來。

韓國棟詫異地看著他，問他笑什麼。

「我笑我這輩子居然還能喝到三十年前的啤酒，小時候只能看著大人喝。」葉大衛嘆息道，端詳著啤酒瓶，臉上卻又帶著笑意，「這款啤酒已經下架很多年了，早些年還聽說過，但後來卻停產了。」

「停產啦？這麼好喝的啤酒居然停產了，你在跟我開玩笑吧？」韓國棟自顧自地倒了一杯，一口氣喝乾。葉大衛也品了一口，很快，嘴裡就溢滿了啤酒的香味。

「是的，因為市場等各方面的原因，已經被別的啤酒品牌取代。」葉大衛在說這話的時候，突然想起在 1997 年的那個世界，喝的一種啤酒，又不由得想起了另一個自己。

韓國棟見他半天沒吭聲，還以為他在思考案子的事情。

「我想起了一個人。」葉大衛說，「在另外一個世界的人。」

「你自己的那個世界？」

「不是，是 1997 年的那個世界。」

「什麼？」韓國棟匪夷所思地盯著他，他忙說道：「不說了，吃飯吧。」

「等等！」韓國棟制止了他，他問道：「怎麼啦？」

「你剛才說 1997 年的那個世界？」

葉大衛點了點頭。

「但是我記得你好像說過你來自三十年後的世界。」韓國棟眉頭緊鎖，邊說邊嘀咕著，「也就是說，1997 年的世界，也不是你來的那個世界？」

葉大衛這時候才明白了韓國棟的意思，他本來不想再解釋更多的事，但禁不住韓國棟的再三糾纏，不得不簡單跟他講述了自己一路上的經歷。韓國棟全程瞪著眼睛，當葉大衛結束講述之後，過了許久，他才像做夢一樣醒過來，然後又像是喃喃自語道：「你，不是在跟我講故事吧？」

「愛信不信。」葉大衛已經喝了好幾杯啤酒，菜也吃了不少，此時想要起身，卻被韓國棟給按在了椅子上。

「天都黑了，該走了。」葉大衛重新坐下，面色微微有些不悅。

「先等等，我得再想想。」韓國棟的樣子，好像還陷入先前的故事當中，葉大衛又給自己倒了一杯啤酒，嘆息道：「既然不信我，又何苦要我講給你聽，浪費時間。」

「我不是這個意思，只是……」韓國棟欲言又止。

葉大衛舉起酒杯說：「韓隊，你我雖是萍水相逢，但如今能坐一塊兒喝酒，那也算是緣分。反正我說的事情，沒有半句假話，你愛信不信，不信拉倒！」

「那你得給我證據，我才能相信你呀。」韓國棟實在無話可說，只能憋出這麼一句。

「你想要什麼證據？難不成你想親眼看到我去另外一個世界，然後你才會相信我？」

「那倒不是，不過，如果真的可以，我……」葉大衛沒等他把話說完，人已經站了起來：「我會給你證據的，但不是現在！」

「哎，別急著走啊，你說說 1997 年的世界到底什麼樣子？」韓國棟邊喝邊嚷道，葉大衛頭也不回地說：「慢慢喝吧，我先走一步！」

韓國棟喝完杯中剩酒，追出去時，葉大衛已經走遠。

「溜得比兔子還快！」韓國棟嘀咕道，然後抹了抹嘴，慢慢悠悠地朝著回家的方向走去。

＊　＊　＊

葉大衛自從來到這個世界，還真沒閒心好好打量過這個城市，雖說三十年前的江州，遠遠趕不上三十年後的江州那麼發達，沒有燈紅酒綠，也沒有豪車聚集，喇叭鳴笛，更沒有高樓大廈，工廠林立，但街市的繁榮景象，一點也不比三十年後差，尤其是到了晚上，大街上到處是光著膀子，坐在街邊喝酒乘涼的人。

此刻，他的心情是輕鬆的，之前的壓抑感，已經因為通緝令的解除而蕩然無存。此時，他再次想到了該怎麼回去的問題。可是，城市就這麼大，該找的地方都已經找過，至今仍然沒有任何線索。在不遠處，有一棵大樹，樹下坐著不少居民，有兩位老人正在對弈，除了圍觀者，其餘人等則正在大聲吹噓。

葉大衛走過去，剛找了個空地坐下，耳邊便傳來了市民的討論。

「聽說聚客飯莊的殺人案，兇手已經落網啦。」

「瞎說，我可聽說兇手已經逃了，警察這會兒已經向全國發了通緝令……」

「兇手到底是誰呀，這個挨千刀的，害得我晚上睡覺都不安穩。」

葉大衛打了個呵欠，正要起身回去，可剛一抬頭，突然看到不遠處一個一瘸一拐的身影迅速走遠。他想起韓國棟說過，襲擊並搶走他配槍的人，正是個腿有殘疾的瘸子。葉大衛來不及多想，雖然不能確定目標是不是兇手，但身為警察的敏感性，促使他起身跟了過去。

他跟在目標身後大約一百公尺的距離，雖是晚上，街上的燈也不怎麼亮，但那個一瘸一拐的身影，在他眼裡卻越發清晰。目標戴著帽子，在街頭處向左轉去。葉大衛擔心丟失目標，緊走了幾步，卻仍然失去了目標。他站在拐角處向四周張望著，很快決定往另一個方向追去。果然，幾十秒後，他再次發現了目標。

他躲在牆角，探出頭去，看到目標好像回頭看了一眼，然後又朝著另一個方向走去。

葉大衛看到這一幕時，內心十分興奮，雖然他沒見過孫立魁，暫時也不能確定目標身分，但目標形跡十分可疑，即使不是孫立魁，猜想也不是什麼善類。

在他前面，出現一條長長的石板路，而且兩邊沒有任何掩體。葉大衛如果沿著石板路追上去，很可能會被發現，他發現了另外一條路，而且從那條路上，正好也可以看到目標。韓國棟和葉大衛分開後，並沒有立即回家，他來到另外一個街口，聽晚上出來納涼的市民談天說地，希望能從中發現一些線索。巧合的是，他也在同一時間發現了那個走路時一瘸一拐的身影，當孫立魁的樣子浮現在腦海中時，他不由自主地追了上去。

在下一個街口位置，韓國棟發現了葉大衛的身影，當他看出葉大衛也在跟蹤目標時，臉上現出一絲笑容，暗自讚嘆道：「好小子，看來我們還真都是幹警察的料。」

韓國棟沒有打擾葉大衛，他想做一隻黃雀，看看葉大衛這隻螳螂到底會怎麼處理那隻蟬。葉大衛全神貫注地盯著目標，自然是沒發現自己也被韓國棟跟蹤了。他對這個城市不熟悉，生怕稍有閃失就失去目標，所以繼續跟了一小段路程後，不知不覺間加快了腳步。

目標突然停下腳步，回頭向四周張望了一眼，然後壓了壓帽簷。葉大衛藉著昏暗的燈光，看到了那張臉的輪廓。他極力想看清楚的時候，目標好像發現了他，盯著他所在的方向看了好一會兒。他慌忙蹲下身去，可是等他再次探出頭去的時候，目標消失了。

葉大衛沒想到目標還真有兩下子，居然會反偵查。他在失去目標後，把心一橫，又加快了腳步。很快，他來到一棟兩層高的樓房前，站立在樓房前面的空地上，打量著四周深沉的黑夜，目光變得迷茫起來。

韓國棟也因為葉大衛加快腳步，一時間失去了葉大衛的蹤影，這會兒正在迷宮般的房屋中間來回小跑著。他擔心葉大衛失去目標，也擔心葉大衛的安危。

就在葉大衛不知目標去向何處時，突然身後的樓房裡傳來一陣疾走的腳步聲，像是有人在奔跑。

葉大衛心裡一緊，快步衝向倉庫，從右側的小門裡闖了進去。那陣腳步聲越來越快，也越來越清晰。葉大衛站在倉庫中央的空地上，循著腳步聲望去，終於判斷出腳步聲在頭頂方向。他在倉庫的左側位置發現了樓梯，正要上樓時，突然身後一冷。當他感覺不妙，想要回頭時，卻已經被人從後面打了一棍，幸好他下意識有個躲閃的動作，這才沒被擊中頭部。

他的肩膀被擊中後，趔趄著往前栽去，頭撞在牆上，一陣眩暈襲來，幸虧他靠著牆壁才沒有倒下。他倒抽了一口涼氣，忍住疼痛，轉身想反擊的時候，襲擊他的人卻突然消失不見。他在尋找襲擊者時，頭頂又傳來一陣疾走的腳步聲。葉大衛按住被襲擊的肩膀，順手抓起近前的木棍，沿著樓梯往上奔去。樓上有好些個房間，每個房間都沒有門。葉大衛緊走了幾步，然後放緩腳步，檢視每個房間。他一連檢視了好幾個房間，但每個房間別說有人，連隻老鼠都沒看到。

越接近後面，他越感覺目標就快要出現，於是屏住呼吸，盡量使自己的心情不那麼浮躁，可是一不小心踩在了近前的鋼管上，鋼管順著走廊往一邊兒滾去，發出清脆的響聲。

葉大衛放下木棍，彎腰將鋼管撿了起來，緊握著，做出隨時反擊的樣子，然後一步步走向下一個門口。他進入房間，可是房間裡依然不見人影。他握著鋼管一步步退了出來，正要走向下一個房間時，突然傳來一聲沉悶的槍響，把他驚得眼珠子幾乎要掉出來。

他沒有耽擱哪怕是一秒鐘，飛速衝向槍聲傳來的方向，在最後一個房間裡看到了躺在地上的人。同時，在屍體旁邊還躺著一把槍。他什麼都沒想，抓起槍，衝出門，四下搜尋了片刻，沒見到行凶者，很快又折返到了屋裡。

韓國棟正在倉庫外面的空地上焦急尋找葉大衛的身影，正後悔沒跟上來時，突然被槍聲吸引了注意力，三步並作兩步，飛一般闖進了倉庫，然後大聲叫喊著葉大衛的名字。葉大衛緊緊按著目標被槍擊的胸口位置，但血仍然汩汩地流出來。

「孫立魁，你是不是孫立魁？告訴我，誰向你開槍？」葉大衛憑經驗，判斷他活不了了，但想趁著他閉眼之前，問出凶手的身分。可是，孫立魁嘴裡已經開始吐血。他瞪著牛一般的眼睛，眼裡布滿了驚恐和絕望的表情，張了張嘴，好像想說什麼。葉大衛把耳朵貼近，卻只聽見血往外汩汩冒出來的聲音。

「你說什麼，誰向你開槍？」葉大衛沒聽清楚，再次問道。可是，孫立魁頭一歪，便閉上了眼睛。

＊＊＊

韓國棟趕來時，葉大衛剛放下孫立魁的屍體。韓國棟到達現場後，第一時間機警地到處望了望，目光很快停留在了他手裡的槍上，隨即大喊道：「把槍放下，快把槍放下！」

葉大衛這才反應過來，看著手裡的槍，以及韓國棟凌亂的眼神，突然間明白了什麼。

「你為什麼要殺了孫立魁？」韓國棟厲聲質問道，「把槍放下，跟我回警察局……」

「我沒有殺人！」葉大衛本來想放下槍的，但瞬間改變了主意，「我來的時候，就已經這樣了！」

「你看到殺人凶手了?」韓國棟也是因為沒看到其他人，所以才懷疑葉大衛開槍殺人，但他想不明白自己的槍怎麼會在葉大衛手裡。

葉大衛慢慢站了起來，退後兩步，緩緩說道：「韓隊，我不知道你為什麼會這麼巧出現在這裡，但我真沒殺人。」

此時，在倉庫外面不遠處的黑暗之中，一雙眼睛發出狼似的冷光，很快又消失在了茫茫夜色之中。

「把槍給我吧，那個笨拙的凶手，連嫁禍人的手段都如此低階。」韓國棟苦笑道，「我一直跟著你來到這裡，雖然沒親眼看到誰殺人，但那個人肯定不是你。」

葉大衛這才把槍還給了韓國棟，韓國棟發現槍裡的子彈少了一顆：「凶手用這把槍殺了孫立魁，目的是嫁禍於你，然後我也會因為丟失配槍而受到牽連，一箭雙鵰之計，非常高明。」

葉大衛剛剛被撞的額頭位置，突然疼痛起來。他咧開嘴，用手摸著額頭，說：「我聽到槍聲之後趕來，到現場的時候，人已經中彈了。」

韓國棟沒有追問在這之前的事，因為他一路跟著葉大衛。

「你跟著孫立魁到達這裡之前，難道已經有人先行等在這裡?」韓國棟狐疑地又問，葉大衛嘆息道：「我是聽到二樓的腳步聲才追上來的，除了孫立魁，沒見到其他人。」

「你怎麼受的傷?」

「在樓下被人偷襲。」葉大衛又揉著被擊中的肩膀，「對了，韓隊，這麼巧，你怎麼也來了?」

他在問這話時，眼神裡充滿了懷疑。

韓國棟似乎猜到他想問什麼，一邊檢查死者中彈的位置，一邊說：「喝完酒跟你分開後，我並沒有回家，而是在街上找了個人多的地方乘涼，沒想到會突然發現孫立魁，同時也發現你在跟蹤他……」

「所以你就一路跟著我來到了倉庫？」

「是的，我跟到外面的時候，就沒見到你了，緊接著就聽到了槍聲。」韓國棟直言不諱，「你別誤會，我沒打擾你，是擔心影響你盯梢。」

葉大衛沒有多想，而是說：「打死孫立魁的槍，就是你丟失的配槍，意味著你丟槍的事情敗露了，打算怎麼處理這件事？」

韓國棟微微一愣，答非所問道：「孫立魁死了，我們的線索又斷了。」

「殺死孫立魁的那個人，也許就是我們要找的人。」韓國棟突然緊鎖著眉頭，沉思了片刻才嘀咕起來：「孫立魁當晚搶走了我的槍，為什麼現在卻又死在這把槍下？」

葉大衛其實也在思考這個問題，這時候聽了韓國棟的話，說：「我追上去的時候，除了腳步聲，並沒有聽到有任何搏鬥的聲音，現場也沒有任何打鬥的跡象……」

韓國棟看他的眼神，有些異樣。

「你不會還懷疑我？」葉大衛似乎明白了他的意思，他嘆息道：「我在這之前，也沒有發現有第三個人存在，所以你的嫌疑依然存在。」

葉大衛乾脆把事情擺明了，韓國棟沒理會他的話，而是說道：「你一直追著孫立魁來到了這個倉庫，然後他在一樓襲擊了你，你追到這裡，你們發生打鬥，結果他拔出了槍，誰知被你反搶過去，最後槍支走火，他死了……」

葉大衛聽見他的分析，不由得笑出了聲。

「當然，我只是根據現場所見進行的猜測，並無證據。」韓國棟的話再次引起葉大衛不屑的笑，他說：「韓隊，我非常理解你此刻的想法，換作是我，可能也會做出類似的猜想。不過，你可能忽略了一點，我說過我也是警察，如果真像你說的那樣，我在跟孫立魁打鬥時，槍走火殺了他，那麼我怎麼還會繼續留在現場？」

「這我可得問你了。走吧，如果凶手膽子夠大，還敢回現場的話，那我們就再給他演一場戲。」韓國棟給葉大衛戴上手銬離開了現場。

孫立魁的臉變成了蒼白，鮮血緩緩流了一地，把身體下的地面都染紅了。

韓國棟押解著葉大衛走出倉庫，同時還故意對其他警察大聲說道：「你們繼續，我先帶犯罪嫌疑人回去審問。」

回到警察局，韓國棟立刻幫他解開了手銬。

「別呀韓隊，再讓我戴會兒吧。」葉大衛開玩笑道，「我是犯罪嫌疑人，你可不能假公濟私啊。」

「我剛剛不說那都是我的猜想嗎?沒有證據就抓人，可不是我的風格。」

「你在現場就只看到我跟死者，這不擺明我就是犯罪嫌疑人？」葉大衛添油加醋地說，「你可以馬上以犯罪嫌疑人的身分逮捕我，這樣也好跟你的上級交代。」

「我不需要跟任何人交代。」韓國棟擺了擺手道，「葉大衛，你少跟我抬槓，我說過已經相信你的身分，所以這次我依然選擇信你，雖然你有嫌疑。」

葉大衛沉吟了片刻，說：「看來我現在已經沒有選擇了，只能幫你找到真凶，才能還自己清白。」

「是的，你早就沒有選擇了。言歸正傳吧，如果你說的都是事實，那麼只能說明一點，死者跟槍殺他的人很熟，在這之前，或者就在剛剛，孫立魁把槍給了對方，結果沒想到對方開槍打死了他。」

「難道他們早就約在那裡見面？」葉大衛問。

「很有可能。還有一點，槍殺孫立魁的凶手，可能一開始並沒有想殺死他，但是在發現他被人跟蹤後，為了避免自己暴露，於是殺人滅口。」韓國棟說這話的時候，心事重重的樣子。

「警察丟槍可是大事。」葉大衛看穿了他的擔憂，沉重地說，「我們得加快腳步了，從這次陷害我殺人的行為來看，凶手非常狡猾，說不定接下來還會出什麼事。」

這也是韓國棟最為擔心的事。

「先等解剖屍體再說吧。」韓國棟說，葉大衛道：「如果他們從孫立魁身體裡找到彈頭，很快就會知道你丟了槍。」

「這個，我會想辦法的，在找到凶手之前，不會有人把這件事曝光。」韓國棟想到了法醫老鐵頭，到時候他會親自去找老鐵頭，讓他不要把事情聲張出去。

葉大衛相信他有辦法處理好丟槍的事情，但接下來，孫立魁死了，究竟誰才是孫立魁背後那個人，這才是最令他頭痛的事。

韓國棟猶豫再三，還是決定把陳迪芬被侮辱的事告知葉大衛，包括時間、地點及對象。

「我之前本來就打算告訴你的，但一直不知道怎麼跟你開口。」韓國棟看著葉大衛憤怒的表情，「所以你現在應該明白我為什麼會認定陳迪芬有最大的殺人嫌疑了吧？」

「可她是個弱女子，沒能力一次殺那麼多人。」葉大衛在說這話時，感覺胸膛裡像憋著一股子火，而且火焰正在熊熊燃燒，很快就會竄到頭頂。

「弱女子如果想要殺人，有千萬種辦法。」韓國棟拍了拍他肩膀，「所以只有找到真凶，才能幫她脫掉嫌疑。」

葉大衛沉吟了很久，再次提出了要見陳迪芬的要求，韓國棟考慮再三，雖然明白這是違紀的，但為了破案，還是答應了他。

＊　＊　＊

第二天上午，陳迪芬被押往審訊室，本以為韓國棟要再次提審她，沒想到會見到葉大衛。當她看到葉大衛的那一瞬間，眼裡的光芒只燃燒了非常短暫的時刻，很快就熄滅了。

她朝著葉大衛露出了一絲久違的笑容。葉大衛明白她的笑容很難得，看著她日漸憔悴的面容，想起第一次見到她時的模樣，也訕訕地笑了笑，尷尬地擠出一句話說：「妳好！」

陳迪芬眼皮微微低垂，算是回應了他。

「不好意思，今天才來看妳。」葉大衛本想解釋為什麼今天才來看她，但他又覺得太過多餘，所以才簡單而直接表達了自己的心情。

陳迪芬悠悠地回了句「謝謝」，然後又問：「他們沒把你怎麼樣吧？為什麼會允許你來……見我？」其實她本來是想問「為什麼會允許你來看我」的。

「為什麼這麼問？」葉大衛其實能大致猜到原因，但還是想聽她親口告訴他答案。陳迪芬似乎在隱忍什麼，葉大衛看在眼裡，忙又解釋道：「我今天來看妳，是得到韓隊長允許的。」

陳迪芬明白了他的意思，緩緩點了點頭，又問：「聚會的那天晚上，死了好幾個人，他們懷疑是我殺人，而且你還是我的幫凶。」

葉大衛不禁笑道：「是的，警察局之前還下發了對我的通緝令，但韓隊現在相信我了，還答應讓我一起破案。」

陳迪芬聽到這裡，眼裡的火焰又燃燒起來，她想起葉大衛跟她提起過自己的職業，不禁欣喜地說：「太好了，你要盡快抓到凶手……我沒有殺人，你信嗎？」

「我當然信妳，就好像妳信我一樣。」葉大衛斬釘截鐵地說，「但是警察局要證據，而妳是凶殺案的最大犯罪嫌疑人，所以……所以暫時還要委屈妳先待在這裡。相信我，真凶一定跑不了。」

陳迪芬只能用點頭表達自己內心的感激，她垂下了臉，眼裡閃爍著晶瑩的淚光。葉大衛看在眼裡，想起自己這次來見她，還帶著別的任務，於是又說道：「陳護理師，感謝妳當初收留了我，現在我無處可去，只能依然借住在妳家裡。」

「沒事，你願住多久就住多久。」她擦去了淚水，笑容可掬。

「這次來，還有幾個重要的問題，需要當面跟妳問問。」葉大衛在說這話時，看著她厚厚的眼袋，想起她被惡人侮辱的事，不禁捏緊了拳頭。

「你問吧，我知道什麼，會全都告訴你。」陳迪芬聲音平淡地說。

葉大衛遲疑起來，過了好一會兒都不知道該怎麼開口。他擔心再提起那件事，會在她傷口上撒鹽。

「我知道你想問什麼。」陳迪芬突然主動開口了，「聚會的那天晚上，蔣懷遠那個畜生……」

葉大衛內心猛烈地顫抖起來，他看著她近乎平靜的那張臉，卻看到了她埋藏在心底深處的痛苦。

「我真不知道該怎麼……」葉大衛欲言又止，重新組織了一下語言，「我也是剛剛聽韓隊說的。」

「我知道你會替我難過，但是我已經走出來了。」陳迪芬咬了咬嘴唇，「那天早上，你見到我的時候，我連死的心都有，但我後來得知那些混蛋都死了，所以我才決定好好活下去，不再去想那些不開心的事。」

「妳當晚離開的時候，他們都還活著？」

陳迪芬沉默了片刻才點頭：「是的，都活著。在回去的路上，我詛咒他們都不得好死，沒想到老天有眼，居然真的替我報仇了……」

她說著說著就笑了起來，雖然笑容看上去很悽迷。

「除了妳之外，當晚聚會的四個人都死了。」葉大衛緊接著問，「這些妳應該都知道了吧？」

她點了點頭。

「妳認識一個叫孫立魁的男人嗎？」這話是韓國棟委託葉大衛幫忙問的。陳迪芬聽到這個名字時，想都沒想便否認了。葉大衛看出她沒撒謊。

「這個人怎麼了？跟案子有關？」陳迪芬突然想起了什麼似的，「是他幫我殺了那些畜生？」

葉大衛道：「現在還不能確認他跟案子究竟有沒有關聯，但是有一點可以肯定的是，他昨晚被殺了。」

陳迪芬聽見又死了人，也不由自主地瞪大了眼睛。

「妳再好好想想，真不認識這個人？或者說有沒有接觸過？」陳迪芬依然很快就給出了否定答案。葉大衛明白了，緊接著要問出他此行最想知道的另外一個問題的答案。

「胡明明是最後死的，而且是死在外面另外一個地點，他回家路過的一棟廢棄的屋子。」葉大衛說到這裡，微微頓了頓，「當晚，他也參加了聚會，現在我們非常疑惑的是，凶手既然現場殺了三人，為什麼會讓胡明明走掉？」

「我不知道。我離開的時候，他還活著，我非常確定！」陳迪芬清楚記得胡明明酒醉後的樣子。

「這不是我最關心的問題，我最關心的是，他有沒有對妳……」陳迪芬瞬間就明白了葉大衛的意思，但她隨即給出了否定的答案。

葉大衛重重地籲了口氣，再次問道：「妳確定？」

她再次重複了之前的答案。葉大衛於是把去胡明明家裡了解到的情況跟她說了：「胡明明有偷窺的嗜好，我想知道的是，他有沒有偷窺過妳？」

「你還是在懷疑我？」陳迪芬略微顯得有些激動，她的反問令葉大衛有些為難，但葉大衛隨即解釋道：「我想知道確切的答案，是為了找到行凶者的動機。比如說，凶手殺了那些侮辱過妳，或者袖手旁觀的人，那麼是否說明凶手喜歡妳，或者說暗戀妳，這樣我們就能確定凶手的作案動機。」

陳迪芬聽他這麼說，放平了心態，突然眼前閃過一些往事，陷入了深沉的回憶中。

「妳是否想到了什麼？」葉大衛追問道。

「你這樣一說，我還真想到了一些事情。」陳迪芬撥了撥頭髮，「記得多年前，我們還在孤兒院，有好幾次洗澡時，感覺有人在偷看，但是都不敢告訴別人……」

葉大衛眼前一亮，重重地說：「這個人也許就是胡明明。」

緊接著，他把兩張照片放在了桌上，說：「不好意思，我沒經過妳的允許，亂翻了妳的私人物品。但是，我這樣做，都是為了找證據，找到殺人真凶。」

陳迪芬看到照片時，先是露出了驚訝的表情，但隨即說：「你想問這兩張照片是在什麼地方照的，對吧？」

葉大衛點了點頭。

「就是我們從小長大的孤兒院。」她說，「這上面的人，都是我們在孤兒院一起長大的……」

「孤兒院？」葉大衛很驚詫，「原來你們都是同一家孤兒院的孤兒，那麼蔣懷遠呢？」

「他是院長！」陳迪芬說，「所以那天晚上的聚會，也是他召集的。」

葉大衛點了點頭，像是明白了什麼。

「這張照片是韓隊長給你的？」陳迪芬又問，他說：「是我在聚客飯莊找到的，當晚我潛入殺人現場時，發現有人跟蹤，等我追出去時，看到有人遺落下了這張照片。」

陳迪芬眼裡流露出疑惑的表情。「妳還記得當年有哪些人手裡有這張照片？」

陳迪芬搖頭道：「我不清楚，當時好像照了合影，也照了單人的，但是就連我都沒有合影照。」

「這個人是誰，為什麼合影上沒有她？」他指的是單獨跟陳迪芬合影的女孩。

陳迪芬嘆息道：「也是孤兒院的朋友，是我最好的朋友，她叫伍月華，但是很多年前她就失蹤了，之後一直沒見過。」

「失蹤？」葉大衛不解地問，她說：「我也不確定，也不記得是多久前，有人把她從孤兒院帶走，也許是被收養了。」

葉大衛明白了她的意思，正要離開的時候，她問：「現在你還認為我殺了人嗎？」

「我從來沒這樣認為。」

「可是韓隊……」

「放心吧，我答應妳，在我離開這裡之前，一定會還妳清白！」葉大衛臨走前，意味深長地說道，「希望再見面的時候，不是在這裡，而是外面！」

他剛走到門口又折了回來，把自己被蒙面男子綁架的事情一一道了出來。

「你沒見過他的臉？」陳迪芬追問道，葉大衛說：「這不是重點，重點是他好像跟妳很熟，而且還很介意我住在妳家裡，說明他對妳有意。妳好好想想，身邊有這麼個人嗎？」

陳迪芬想都沒想便搖頭道：「我不知道，但是至少我認識的人中，好像沒有！」

「妳確定？」

陳迪芬點了點頭。

在那一刻，葉大衛突然想起蒙面男子好像還對自己來自什麼地方，而且具體到哪一年都非常感興趣。你到底是誰？就算掘地三尺，我也要把你給挖出來。葉大衛暗自發誓。

韓國棟在外面等待葉大衛出來，把他帶到自己辦公室，還親自沏了一杯茶水。

有幾個人認出了葉大衛，紛紛好奇地打量著他。他旁若無人地環視著辦公室的每一張臉，用眼神跟他們打招呼。他看著簡陋的擺設，自然又想起了自己的辦公桌，心想自己消失了這麼久，要不就是滿桌子塵土，要不就是已經安排了新人。

「不好意思啊，兔崽子們看到你出現在這裡，難免有些好奇。」韓國棟訕笑道，「跟陳迪芬聊了那麼久，也渴了吧，先喝口茶。」

葉大衛嗅著茶香，輕飲了小口，然後把自己跟陳迪芬見面後的聊天內容和盤托出。韓國棟認真傾聽著，當他聽說照片的事情時，好奇地問他什麼照片。葉大衛把照片遞給了韓國棟，韓國棟凝視著照片，若有所思地說：「沒錯，背景是孤兒院的大樓。忘了跟你說，我去過那裡，但是沒什麼發現。你在什麼地方拿到這兩張照片？」

「一張是在陳護理師家裡，另外一張是在凶案現場。」

韓國棟聽說葉大衛在凶案現場曾被人跟蹤，而且意外獲得這張照片時，不禁陷入沉思中。他端詳著照片，片刻之後才說：「你真相信照片是跟蹤監視你的人不小心留下來的？」

葉大衛愣了愣，反問道：「你的意思是很可能是對方故意留下來的？目的是什麼？」

「很可能是引導你追查真凶。」韓國棟隨口說道，「當然，這只是猜測，想到什麼就說了，你如果有別的想法，也可以說出來，我們一塊兒討論討論。」

葉大衛邊喝茶邊說：「事情變得越來越撲朔迷離了，凶手隱藏得太深，最可怕的是，我們至今都無法弄清楚凶手殺人的目的。」

「你說得對，這起案子是我這輩子遇到過的最棘手的案子，死了好幾個人，我們卻連凶手的真正意圖都沒弄明白，太可怕了。」韓國棟感慨不已，但又說道，「作為一名老警察，說句不好聽的話，這輩子如果能遇到這種案子，而且還能將真凶抓捕歸案，也不算浪費了這身警服。」

「師父，你為什麼要當警察啊？」葉大衛想起向卉曾經問過他的問題。

「因為師父喜歡穿這身衣服，妳不覺得師父天生就是幹這個的嗎？」

葉大衛想起自己的玩笑話，不禁露出了笑容。

「你笑什麼？」韓國棟不解地問，他說：「跟你接觸得越多，越來越發現我們是同一類人了。」

第十四章　被盜竊的照片

天已經黑了，韓國棟依然待在辦公室，他靠在椅子上，雙腳平放在辦公桌，仰著頭，閉上眼睛假寐。他此刻還在等老鐵頭的電話，一刻也不敢離開。電話一響，他像蚱蜢一樣彈了起來，一結束通話，飛似的跑出辦公室，向著位於地下一樓的解剖室奔去。

「喂，我說你火急火燎的，有這麼著急嗎？」老鐵頭見韓國棟氣喘吁吁的樣子，頭也不抬地問。韓國棟哪能不著急，但他隨即按捺住性子，賠著笑臉問：「老鐵，找到了嗎？」

「自己看去。」老鐵頭往右手邊的臺子方向使了個眼色，韓國棟急忙過去用鑷子夾起彈頭，一眼就認出這顆子彈絕對是從自己那把配槍裡射出來的。他趕緊包起來，正要放進口袋，老鐵頭卻阻止了他。

「別呀老鐵，我不是早跟你說過了嗎？為了破案，彈頭我先帶走，這事兒你就假裝不知道，有人問起，你就說被我拿走了。」韓國棟極力掩飾著，老鐵頭怪異地看了他一眼，說：「韓國棟，你到底想搞什麼？你也是老警察了，還能犯這種錯誤？」

「我、我犯什麼錯誤了？」韓國棟心裡一緊，老鐵頭不屑地說：「你那點小把戲還能瞞過我？我可警告你，小心行事，千萬別玩火。」

「玩什麼火啊。老鐵，我得走了，記住我說的話，回頭請你喝酒。」韓國棟叮囑了他幾句，迅速轉身離去。他跟葉大衛約好了，晚上去陳迪芬家裡見面。

他帶著彈頭，緊緊地抓在手心，像揣著個寶貝似的，生怕在路上不小心給弄丟了。

葉大衛聽見敲門聲，馬上去開了門。

「不好意思，來晚了點兒，剛剛處理了一點小事。」韓國棟說的小事，其實對他而言是天大的事。

葉大衛卻突然問道：「彈頭取出來了？」

韓國棟頓了頓，笑道：「什麼都瞞不過你。」

他把彈頭遞到葉大衛手中。

葉大衛沒伸手去接，只是問道：「確定是你槍裡射出來的嗎？」

韓國棟點了點頭，憤然罵道：「真是見了鬼，要是被我逮到是誰用我的配槍殺人，我非宰了他不可。」

「這是同一起案子，找到開槍的人，殺人案也就破了。」葉大衛輕描淡寫地說，「韓隊，你也別太著急，以我的經驗來看，拿走你配槍的人，這會兒恐怕比你還著急。」

「你什麼意思？」

「你想想看，他現在用你那把警槍殺了人，目的就是嫁禍於我，那麼他接下來一定會極力掩飾自己的行蹤。」

「你說得對，但我覺得他應該躲在某個角落偷著樂。」韓國棟道，葉大衛笑道：「是啊，他也許親眼看到了我被你抓走，成為殺死孫立魁的犯罪嫌疑人，他的替罪羊。多麼完美的結局。」

葉大衛邀約韓國棟今晚來家裡，其實是打算讓他見識一下自己跟向卉溝通的場景，因為只有這樣，才能徹底消除韓國棟對自己的不信任。可他在想起這件事的時候，卻又遺憾之前跟陳迪芬見面時，忘了詢問地圖的來歷。

「大衛，你邀我晚上過來，不只是為了跟我聊聊天吧？」韓國棟把彈頭裝好後問道，葉大衛說：「我知道跟你之間的信任能達到這一步已經很不容易。我說過我來自另外一個世界，你嘴上說相信了我，但其實內心還是存在不信任，用我們的行話來說，因為沒有證據。」

韓國棟莫名其妙地看著他，反問道：「你到底想說什麼？」

「今晚就是徹底攤牌的時候了。」葉大衛攤開雙手，「為了完全信任，我們必須向彼此完全敞開心扉。」

韓國棟依然看著他，好像並不明白他想做什麼。

葉大衛繼續說道：「我希望你能理解我，我這樣做的目的，不僅僅是得到你的信任，而是希望你能幫我，我想回到自己的世界。」

「好吧，我已經信任你了，但我需要怎樣幫你？」韓國棟不置可否地問，「從解除你的通緝令開始，我就已經開始相信你，雖然你沒有給我任何證據，證明你來自另外一個世界。那天喝酒的時候，你跟我聊了很多關於你那個世界的事，那些對我而言都太遙遠了，就算是你瞎編，我也不得不相信你是個人才。哦，對了，應該是作家，至少你編造故事的本領是一流的。」

葉大衛哭笑不得，他沒想到韓國棟會這樣調侃他。

「可是，這還是不信任！」葉大衛無奈地嘆息道，「算啦，反正馬上就要揭開謎底，你準備好了嗎？」

韓國棟聽他這樣一說，神情也變得緊張起來。葉大衛看出了他的心思，訕笑道：「別擔心，不會有任何事情發生，只是為了證明我沒有騙你，讓你以後徹徹底底地相信我。」

緊接著，他把韓國棟帶到了那間掛著地圖的房間，韓國棟面對近乎空蕩的屋子，不解地看了他一眼。

「你看看這張地圖，有什麼發現？」葉大衛面對地圖問道，韓國棟盯著地圖看了半天，也沒看出個所以然，只好搖頭說：「沒什麼發現，除了一些奇怪的標注之外。你到底想說什麼？」

葉大衛沒有吱聲，慢慢伸出手指，按在了其中一個點上。韓國棟疑惑地看著他的一舉一動，眼都不敢眨，希望看清他到底在幹什麼。葉大衛本以為向卉會很快發來信息，可直到他手指發麻，地圖上也沒有任何動靜。

「怎麼回事？出了什麼問題？」他在心裡嘀咕道，可他不死心，又堅持了十幾秒鐘，最後終於不得不收回手指，回頭衝韓國棟尷尬地笑道：「不好意思，可能……中間出了一些問題，不過沒關係，我們先休息一會兒，很快，應該很快……」

「你到底在幹什麼？」韓國棟打斷了他的話。葉大衛無法用言語解釋清楚，他料到自己解釋得越多，便越會被認為是辯解，於是乾脆就閉口不提這事兒了，然後招呼他回到客廳。他在想向卉這會兒可能正巧有事出去了，應該很快就會回來。

「大衛，我覺得你沒必要再做任何事來換取我的信任，因為我已經很相信你了。」韓國棟再次表露了自己的心跡，「如果沒什麼事，我想我應該回去了，明兒一早還有個重要的會議。」

葉大衛慌忙攔住了他：「韓隊，先別急著走，再坐會兒吧，我保證你不會後悔留下來。」

韓國棟頓了頓，緩緩點頭道：「好吧，我倒也想看看你到底在搞什麼鬼。」

葉大衛輕笑道：「這就對了，你如果剛才離開，這輩子一定會後悔沒留下來。」

韓國棟也笑了起來。在等待的間隙，兩人你一言我一語地聊了起來。

葉大衛再次問起孤兒院的事情，韓國棟說：「說實話，我從來沒去過那裡，多年前，聽說那裡曾發生一起大火，還死了不少人，後來孤兒院就搬走了。」

「大火？天災還是人禍？」葉大衛問。

「這個不清楚，因為我沒經手那起案子，準確來說，我當年在別的部門，所以只是知道那件事，並未參與調查。」韓國棟道，「後來好像是認定為天災，也無從尋找火災源頭，不了了之。」

「死了多少人？」

「不記得了，其中還有好些個孩子。」韓國棟回道，「這件案子之後，我又重新查閱了那起案子的案卷，可遺憾的是，因為時間太久，警察局又搬了兩次家，資料太多，實在難以查起。」

他說完這話，緊接著又道：「對了，還有些事情，我覺得你應該知道，是關於陳迪芬的。」

「陳護理師？」

「是的，聚客飯莊發生凶殺案之後，我分別調查了所有死者和陳迪芬的身分，原來他們都是在同一家孤兒院長大的。」

「這件事我已經知道。」

「但是還有一件事是你不了解的。」韓國棟憂心忡忡地說，「孤兒院發生火災時，之前的院長在大火中被燒死，蔣懷遠其實並非院長，只不過一直在孤兒院打雜，負責孤兒的生活，火災後他申請留了下來，說是年紀大了，不捨得離開那裡。」

葉大衛腦子有些短路。

「怎麼，不明白？」韓國棟進一步解釋道，「其實，蔣懷遠並沒有當過孤兒院的院長，只不過在那裡工作時間久，和生活在那裡的孤兒接觸時間長，所以在火災發生後，跟他走得最近的幾個孤兒，也常常跟他保持聯繫，慢慢地，可能都有種同病相憐的感覺，就以院長稱呼了。」

葉大衛雖說是明白了韓國棟話裡的字面意思，可他感覺話裡還有其他深意。

「我查了蔣懷遠的背景，一片空白，沒有任何紀錄，當然也沒查到他有任何親人。」韓國棟接著說，「總之，我感覺這些人身上都隱藏了太多太多的祕密，不只是蔣懷遠，還有那些孤兒。只可惜他們都死了，唯一的活口，卻又什麼都不說。」

葉大衛知道他指的是陳迪芬。他聽韓國棟說起「祕密」二字，想起了房間裡那張奇怪的地圖，估摸著向卉這會兒可能應該回來了，於是再次返回屋裡。

向卉確實是離開了一會兒，頂多一個小時，出去買了點感冒藥，此時剛回來坐到鏡子前面，葉大衛的身影就出現了。

她本來因為感冒加重才出去買藥的，現在吃了藥，仍然有些頭暈眼花，全身提不起精神，但此時一見到葉大衛，好像所有的感冒症狀都瞬間消失了。

「師父，對不起，我剛剛出去了一會兒。」向卉在紙板上寫下來的文字，從地圖上溢了出來，葉大衛用手指在地圖上寫道：「是發生什麼事情了嗎？」

韓國棟像被定在了原地，看著從地圖上飄出來的文字，還有葉大衛在地圖上寫寫畫畫，目瞪口呆。

「沒什麼，有點感冒，已經吃了藥，現在看到師父你，已經沒事了。」向卉很開心，這時候才想起站在葉大衛身後的人，問他是誰。

葉大衛把身體僵硬的韓國棟拉到自己身邊，介紹道：「這位是警察局的韓隊長，他是來幫我的。」

「韓隊，您好！」向卉發來這句話後，韓國棟好像從夢中醒來一般，支支吾吾地問：「大衛，這是什麼情況？我是不是在……」

「韓隊，你沒做夢，我不是告訴過你，我來自另一個世界嗎？現在在另外一邊跟我聊天的，是我在警察局的徒弟向卉，她能看到我們，也能跟我們對話。」葉大衛解釋道，「現在你該相信我了吧？」

韓國棟小心翼翼地伸出手，問：「我寫字她能看到嗎？」

「試試！」葉大衛這樣說，其實是因為他也沒底，不知道向卉究竟能否看到除他之外的人寫的字。韓國棟狐疑地點了點頭，在地圖上寫道：「妳好，我是韓國棟。」

向卉看到了正在寫字的韓國棟，也看到了他寫的字出現在鏡子上，於是迅速回道：「韓隊您好，我是向卉，很高興認識您。」

韓國棟看到向卉的回話時，驚訝而又興奮地叫嚷道：「太神奇了，你們到底是怎樣做到的？」

「說實話，我也不知道到底怎麼回事，只是偶然發現可以透過這種方式交流。」葉大衛苦笑道，「向卉離我們現在的世界，是在三十年後，而且她能透過鏡子看到我們，我們寫出來的字，也全都出現在鏡子上。」

韓國棟因為太過驚訝，而變得滿臉通紅，他試圖再寫幾個字，伸出手去，卻忘了寫什麼才好。

葉大衛笑道：「隨便寫點什麼吧。」

韓國棟想了想，於是寫道：「以前我誤會了大衛，但是從現在起，我已經完全相信他了。」

「沒關係。韓隊，我們算認識了，以後還請多多關照我師父，他是個好人，拜託您了。」向卉的回話讓葉大衛無比感動，韓國棟回頭衝他笑了笑，回道：「放心吧，我會把妳師父照顧好的。」

葉大衛朝向卉伸了個大拇指，然後寫道：「其實妳不用整天守在鏡子前面，白天可以去上班，晚上再過來。」

「不了師父，我不是說過已經請假了嗎？我還是二十四小時守在這裡吧，萬一你有事找不到我可怎麼辦。」向卉直言道，「韓隊，雖然我不清楚這輩子有沒有機會見面，但我仍然希望可以當面感謝您。」

韓國棟對葉大衛開玩笑道：「你別說，有機會的話，還真想見見你的這個徒弟，去你的世界，或者來我的世界。」

「一定有機會的。」葉大衛嘴上這麼說，心裡卻在想，總有一天他會離開這裡，雖然跟韓國棟不打不相識，但如今也續寫了一段難得的兄弟和同袍情義，分開的那天，他真不知該如何去說再見。

那時候的再見，其實是再也不見！誰知向卉看到了葉大衛和韓國棟在說話，又問他們剛剛在聊什麼。葉大衛和韓國棟相視而笑，回道：「韓隊說我葉大衛有妳這樣的徒弟，是八輩子修來的福氣。」

「哈哈，沒想到師父也會說肉麻的玩笑話了。」向卉其實內心喜滋滋的，葉大衛又發來文字：「我和韓隊還有些事情急著去處理，今天就到此為止吧，妳要記得吃藥，晚上一定要睡覺，別整夜守著。」

「師父，你不用管我，我沒事。我會一直守在這裡，直到你回來。」向卉發完這些文字，向著鏡子揮了揮手。

「再見！」葉大衛說道，然後和韓國棟一起朝著另一個世界的向卉揮手。

＊＊＊

雙雙走出房屋後，韓國棟突然握著葉大衛的手說：「大衛兄弟，感謝你對我的信任，放心吧，今天我看到的事情，絕不會有另外的人知道。」

「謝謝，這也是我打算對你說的，不過既然你都已經主動跟我做了保證，我相信你。」葉大衛說，「那麼現在，可以把我的身分證還給我了吧？」

「哦，當然。」韓國棟忙不迭地說，「不過，那支模擬槍……」

「我不要了，你留著。」葉大衛搶白道，「有了你的信任，我想我回去的路程應該變得更短了。」

韓國棟沉吟了片刻，向他保證道：「放心，我一定幫你回去。」

接下來，韓國棟好像仍然沒有想要離開的打算，而是再次提起向卉，用一種玩笑的口吻說：「你那個女徒弟，對你還真是挺忠心的。」

「是啊，自從我離開原來的世界後，一晃已經過去數日，但她跟我聯繫上之後，得知我還活著，便沒日沒夜地守在我家裡，隨時跟我溝通。」葉大衛說，「其實，我還請她幫我查詢了這起凶殺案，可惜沒有找到任何與之相關的資料。」

「沒關係，我們自己查，我就不信一個殺人凶手，會跟空氣一樣消失得無影無蹤。」韓國棟在說這話的時候，葉大衛突然眼前一片恍惚，腦子裡瞬間冒出一些奇奇怪怪的畫面，緊接著，畫面定格在一張照片上。他好像受到某種刺激，按著額頭坐了下來。

韓國棟慌忙攙扶著他，問他發生了什麼事。

「突然有點頭暈，也許是沒怎麼休息好的原因。」葉大衛揉著太陽穴，眩暈感稍微減退。他想起剛才闖入腦子裡的那些畫面，還有在案發現場找到的那張照片，緩緩地說，「韓隊，我給你的那張照片還記得嗎？」

「當然，我鎖在證物櫃裡了。」韓國棟道。

「有件事我突然想了起來。」葉大衛若有所思地說，「之前忘了告訴你，第一次在看了照片上的蔣懷遠之後，突然有種在什麼地方見過的感覺。」

韓國棟不解地看著他：「你會不會弄錯了，你從三十年後來到這裡，之前怎麼可能見過他，如果有，也只可能是長得相似的人。」

葉大衛卻說：「之前我也這樣告訴自己，但後來我又想了想，一直想了很多次，還是覺得在什麼地方見過那個人。」

「好了，今晚就別想案子的事情了。」韓國棟說，「既然你都把所有的祕密都對我敞開了，接下來，我是否應該幫你做點事？」

葉大衛不解地看著他。

「你不想回去了？」韓國棟這樣問道，葉大衛才明白他的意思，嘆息道：「想，當然想啦，做夢都想，可我在這裡已經把可能的地方都找了個遍，卻毫無頭緒。」

韓國棟笑道：「那是因為你對這裡不熟悉。」

「是啊，本來我是打算找陳護理師幫忙，誰知她……」

「我明白，那麼接下來，讓我幫你好了。」韓國棟主動提出幫助，葉大衛求之不得，其實這也是他打算幫忙破案後再說的事情，既然韓國棟在這個時候提出來，他決定趁此機會好好聊聊。

「我記得那天喝酒時，你跟我提起曾去過 1997 年，對吧？」

葉大衛點頭道：「然後在朋友的幫助下，本來打算回去，沒想到卻陰差陽錯來到了更遠的這裡。」

「但你一直沒跟我說兩次去到兩個不同的世界，究竟用的是什麼法子。」

「槍擊！」葉大衛說出這兩個字時，韓國棟似乎愣了一下，但隨即說：「能否說得更簡單明瞭一些？」

「第一次，是我在追捕一夥逃犯時，遭到伏擊，結果去到了 1997 年的世界。在那裡，我遇到了另外一個自己……」韓國棟伸手制止了他，狐疑地問：「另一個自己，什麼意思？」

「另一個自己，就是我在 1997 年那個世界的自己，跟我長得一模一樣，只不過年齡比我小十來歲。」

葉大衛解釋道，「在他的幫助下，我再次遭到槍擊，然後就來到了這裡。」

「你先等等，等我緩緩！」韓國棟瞇縫著眼睛，「你說的另一個自己，到底是什麼人？」

「其實……我也是糊塗的。」葉大衛說，「我跟他見面也是偶然，他是個混混，然後我被警察誤會成了他，所以後來我千方百計找到他，打算在他的幫助下回去。」

「混混？」韓國棟更加驚訝，「你說另一個你，在 1997 年的你，居然是個混混？」

「是的，而且他招惹了幫派，遭到追殺，是我幫他解決了麻煩。」葉大衛腦子裡浮現出跟另一個自己在一起的時候發生的事，「其實他才十八九歲，他也意識到了自己的錯誤，主動答應改正錯誤，做一個好人。」

說完這話，他在心裡默默地想，小衛現在過得怎麼樣，是不是已經擺脫了龍幫的追殺？他有沒有聽自己的話，從今以後做個好人？

「好吧，我明白了。」韓國棟說，「你的意思是想回去，必須要被槍擊？」

葉大衛愁眉苦臉的樣子，引起了韓國棟的大笑。

「這也太扯了吧。萬一，我說是萬一，要是沒成功，那你豈不是……」韓國棟笑得前俯後仰，但是當他發現葉大衛沒跟自己開玩笑後，收斂了笑容，一本正經地說，「我的意思是，這也太危險了，很可能連命都搭進去。」

「所以風險很大，但是為了回去，又不得不冒險。」葉大衛無可奈何地說，「韓隊，既然今晚提到了這個話題，我不得不把這件事拜託給你，將來我幫你破了案，如果要你幫我回去，你可不許吝惜子彈。」

這下輪到韓國棟愁眉苦臉了，他心痛地說：「我下不了手！」

「下不了手也得下手。韓隊，如果我回不去，或者死在你手裡，我都認了！」葉大衛帶著近乎哀求的口吻，「但你一定要幫幫我，我讓你開槍的時候，一定要照準了打，千萬不要吝惜子彈。」

他把「不要吝惜子彈」的話又說了一遍。

韓國棟已經很久沒有感動過了，他這個年紀的男人，很難會因為某件事而眼紅，甚至是流淚，可是今天，就在今晚，他面對跟自己同樣是男人的葉大衛，這個當了一輩子警察的人，眼圈突然紅了。

他別過臉去，假裝找水喝，從座椅上站了起來。葉大衛看著他的背影，也因為這個男人的舉動，內心深處最柔軟的地方，似乎被針尖觸痛了。韓國棟離開後，葉大衛突然後悔沒找他把照片拿回來，也許向卉看過照片後能查到些什麼。

「我查了蔣懷遠的背景，一片空白，沒有任何紀錄，當然也沒查到他有任何親人。」向卉把查到的結果說了出來。

「總之，我感覺這些人身上都隱藏了太多太多的祕密……」葉大衛回味著韓國棟跟他說過的那些話，決定明天去找韓國棟拿回照片，讓向卉幫忙調查之後，再親自前往孤兒院一探究竟。

他閉上眼睛，腦子裡裝滿了事情，翻來覆去地想了很久，也不知什麼時候才睡著。他做了個噩夢，夢見孫立魁舉起尖刀，狠狠地插進自己胸口，然後一次又一次地拔出來，又插進去。

葉大衛看見鮮血從胸口噴射而出，他慘叫著，掙扎著，感覺自己快要停止呼吸了，終於睜開了眼睛。他摸著被刀插入的位置，發現並沒有受傷，這才明白自己剛剛只是做了個夢。

葉大衛全身都被汗水溼透了，他大口喘著粗氣，跑去廚房，把臉埋進冷水裡，再次體會到了那種難以呼吸的感覺。這個可怕的夢，把他的瞌睡全趕走了。雖然僅僅只是個夢，但他卻感覺如此真實。他把臉從水裡抬起，捂著胸口位置，似乎還在隱隱作痛。

他從鏡子裡看著自己的臉，摸著早就鑽出皮膚的鬍鬚和頭髮，突然感覺極不真實。他已經很久沒這樣安靜地端詳自己的面孔了，發現自己的臉頰瘦削了很多。

那還是我自己嗎？他找來剪刀，自己動手，將鬍鬚和頭髮分別胡亂地剪了去，雖然很不整齊，但整個人看上去精神多了。第二天一早，葉大衛便去警察局找韓國棟，把照片借了出來。

從警察局回陳迪芬家，要穿過一條街道，然後經過一家小型菜市場前面的馬路。在此之前，葉大衛多麼希望這座菜市場便是他苦苦尋找的城西菜市場，所以每次都會停下腳步，在菜市場前面的馬路上張望片刻。

他去跟買菜的生意人打聽過，大多數人不知道菜市場處於江州區什麼位置，除了幾位年齡稍長的老人，他們大致了解菜市場的歷史，但其他的事情也是一問三不知。

葉大衛站在菜市場前面的馬路上發呆，他在想自己去過那麼多地方，卻都感覺不是自己想要找的地方。人在這個時候，不管曾經多麼強大，就好比獨自身在浩瀚的沙漠，一眼望去全是茫茫黃沙，他的內心，可想而知是多麼絕望。

突然，他感覺被人從旁邊撞了一下肩膀，他回過頭去看了一眼，撞他的人不僅沒停下腳步，甚至連看都沒看他一眼，然後便急匆匆地離開了。他盯著那人的背影，輕輕嘆息了一聲，自顧自地朝著陳迪芬家的方向走去。他進屋後，直接奔向地圖前面，打算跟向卉聯繫。可是，當他的手伸進口袋時，卻傻了眼。他沒有摸到照片，一時間還以為自己記憶出了問題，但很快就確定自己確實從韓國棟手裡接過照片，而且放進了口袋。

照片不見了，是自己不小心丟失，還是……他想到這裡，思緒猛然轉到了菜市場，在那裡，曾有行人撞上自己，也許，就在那時候，照片被人偷走！

葉大衛來不及多想，慌不擇路地衝回菜市場，面對來來往往的路人，感覺自己陷入了一個巨大無比的泥沼，無論是前進還是後退，都將把自己陷入泥沼之中。

就是那個人，他從我口袋裡偷走了照片。

葉大衛沿著菜市場前面的馬路走來走去，希望還能再次找到那個人的身影，可結果卻讓他失望了。他坐在馬路邊，心情無比沮喪，感覺自己從來沒那麼失敗過。

葉大衛啊葉大衛，你可是警察啊，怎麼會那麼不小心，居然被人從口袋裡盜去了照片，卻還渾然不知？

那兩張照片，於他而言，重要性就不言而喻了，現在丟失，該如何繼續讓向卉幫忙查詢？

他全身無力地往回走，腳下軟綿綿的。

「韓隊，對不起，我真沒想到會丟了照片，該怎麼跟你交代？」他理解韓國棟私下把照片還給他，是給了他多大的面子，冒了多大的風險。他雖然不知道在這個世界，韓國棟的行為如果被發現，會受到什麼懲罰，但在2019年的世界，如果警察弄丟證物的行為被發現，必定會受到重罰。

第十五章　恐嚇信

葉大衛回到陳迪芬家裡，沒想到會在進門處發現一封信。他很疑惑，迅速出門，抬眼四周望了望，但沒發現人影。他關上門，撿起牛皮信封，取出信函，只見上面寫了一行小字：「我已經放過你一馬，如果不想死，最好從哪裡來，滾回哪裡去。」葉大衛把這行小字看了一遍又一遍，已經意識到什麼人給他送的恐嚇信了。但是，他的目光重重地落到了「從哪裡來，滾回哪裡去」這幾個字上，表面意思很簡單明瞭，但是再細一看，卻發現了端倪。

「送信的人，好像知道我不是這個世界的人……」葉大衛合上信函，默默自語道。他的思維停留在曾經綁架自己的蒙面男子臉上，那雙閃爍著冷光的眼睛讓他難以忘記。

「你真的來自另外一個世界？告訴我，什麼時間，哪一年？你是怎麼來到這裡的？」葉大衛想起了蒙面男子曾問過自己的話，他對自己的身世之謎太感興趣了，絕對超過了正常人的反應。

也就是在這一刻，他突然意識到另外一個嚴重的問題，蒙面男子在得知他來自另一個世界時，表現出來的驚訝，並不僅僅是對他的身世，還有他究竟是透過何種方式來到這個世界的。

「他想知道我是怎麼來到這個世界的，也就是說，他關心的並不僅僅是我的身世，更加在於我是如何來到這個世界的……」葉大衛自言自語道，這個人身上到底藏著怎樣的祕密？他一定知道什麼，找到他，或許會有意想不到的收穫。

葉大衛在想究竟要不要把這封信讓韓國棟看看時，外面突然傳來敲門聲。他收回了思緒，走到門後問：「誰？」

「是我！」韓國棟的聲音，讓葉大衛微微愣了一下，他沒想到正想著韓國棟，韓國棟就登門拜訪來了。可是，當他開啟門時，卻呆住了。

「陳護理師，妳……怎麼會是妳？」葉大衛看見站在韓國棟身邊的陳迪芬時，實在是又驚又喜，一時間幾乎忘了這原本就是她的家，而自己只是借住而已，只趕緊招呼她進屋。

陳迪芬露出了笑容，高興地說：「我回來了！」

「快，快進來！」葉大衛手足無措地讓開了路，韓國棟笑道：「怎麼，不敢相信自己的眼睛？」

「是啊，真沒想到陳護理師會突然回來。」葉大衛感慨萬千，「韓隊，怎麼也沒提前跟我說一聲，我好去接她呀！」

「這也是早上開會時才做出的決定，陳護理師畢竟只是犯罪嫌疑人，在沒有證據之前，拘留時間一般不得超過十四天，最長也不能超過三十七天。這不，差不多二十天了，上級開會時經過討論，決定先讓她回家。」

葉大衛欣慰地看著陳迪芬瘦了一圈的臉，忙說：「家裡一切都好，還是妳離開時的樣子。」陳迪芬反而感謝他幫忙照看家，然後進屋換衣服去了。韓國棟壓低聲音說：「大衛，現在我把人給妳送回來了，應該還算是毫髮無損吧。你跟她單獨相處的時候，如果她說出了與案件有關的事情，請務必告訴我。」

「放心吧韓隊，我知道該怎麼做。」葉大衛說完這話，隨即想起丟失的照片，做出一副欲言又止的樣子。韓國棟看出他有心思，問：「你不會是有什麼事情瞞著我吧？」

葉大衛看了陳迪芬關著的房門一眼，不好意思地說：「確實有件事，本來想瞞著你，但我知道一定瞞不住你，所以……」

「什麼事，別婆婆媽媽的。」韓國棟打斷了他，他才不得不說出實情。韓國棟瞪著眼睛，卻又不敢大聲，質問道：「你怎麼回事？那麼重要的證物都給弄丟了，你讓我怎麼跟上面交代？」

葉大衛把早上被人偷走照片的事情說出來後，韓國棟憤然罵道：「混蛋玩意兒，狗膽包天。不過葉大衛，你讓我怎麼說你？你不是警察嗎？警惕性也太低了吧。」

「是是是，都怪我太大意。」葉大衛趕緊承認錯誤，「韓隊，你別太著急，偷走照片的人，八成就與綁架我、槍殺孫立魁的人有關。對了，給你看一樣東西！」他把剛剛收到的威脅信遞給韓國棟，韓國棟看了一眼，然後問道：「剛剛收到的？」

「嗯，有人從門縫裡塞進來。」

「恕我直言，寫信的人，好像知道你並非這個世界的人。」韓國棟的話引起了葉大衛的共鳴，葉大衛忙不迭地說：「你跟我想到一起去了，我也感覺寫信的人好像知道點什麼。」

「還有，我感覺寫信的人貌似對你很了解，或者說一直在暗中調查你。」韓國棟若有所思地說，「你有什麼看法？」

「我把來到這裡後發生的所有事情重新串了起來，這個寫信的人，有可能就是綁架我、槍殺孫立魁的人。」葉大衛分析道，「韓隊，這個傢伙身上藏著太多祕密了，我發現他所做的每一件事，似乎都是為了接近我。」

「如果他就是數起凶殺案的真凶，那麼他殺人是為了什麼？」

「這個我暫時還沒弄明白，但是自從我入局後，我敢斷定，他所做的每一件事，似乎都與我有關。」

葉大衛正說著，陳迪芬出來了。她換了一身乾淨衣服，頭髮從後面高高地盤起。她用來盤頭髮的簪子是銀製的，是她最喜歡的髮簪。髮簪配上一頭烏黑的頭髮，精神面貌也煥然一新。葉大衛看見她的時候，微微愣了一下，但很快轉移了視線。韓國棟看在眼裡，也只是笑了笑。

「韓隊，我去做飯，你留下來吃完飯了再走。」陳迪芬邀請道。

「哦，我還有事得先走一步，飯就不吃了，有什麼事我們再聯繫。」韓國棟準備告辭的時候，陳迪芬又叫住了他：「韓隊，謝謝你幫我。」

「唉，別這麼說，抓妳和放妳，都是我的工作，希望妳不要多想。」韓國棟道，「如果想起了什麼，或者對破案有幫助，請及時告訴我。」

他臨走前，還意味深長地看了葉大衛一眼，葉大衛送他到門外，他回頭說：「大衛，陳護理師這段日子的情緒不算好，你多陪陪她，寬慰寬慰她，興許她心情一好，就能想起些什麼。」

葉大衛心領神會，朝他揮了揮手說：「你快回去忙吧，有什麼事我會找你。」

「這麼著急趕我走？」韓國棟這話裡有話，葉大衛頓了頓，忽然就明白了他的意思，笑著說：「別開玩笑了，再見！」

他返回屋裡時，陳迪芬正站在客廳中央看著他。他有些拘謹地說：「陳護理師，這段日子，妳受苦了！」

陳迪芬微微笑著，搖了搖頭，說：「最辛苦的應該是你，我知道你在外面為了破案，還我清白，承受了很大的壓力。」

「對不起，真凶還沒抓到。」

「我相信你早晚會抓到他的。」陳迪芬說，「其實，我剛才在屋裡偶然聽到了你們的談話……但我不是故意的……」

葉大衛明白她知道自己弄丟了照片的事，愧疚地說：「都怪我太不小心。」

「沒關係，不就是照片嗎？應該也沒什麼大用了。」陳迪芬反過來安慰葉大衛，葉大衛卻說：「但是已經成為證物，韓隊私下給我帶回來，我卻給他捅了婁子。」

「你把照片交給了韓隊？」

「是的，但是我突然想起一件事，想試試看能否對破案有幫助……」葉大衛在說這話時，帶陳迪芬來到了懸掛地圖的房間，指著牆上的地圖說：「不好意思，我沒有經過妳允許，私下進入了這個房間。」

陳迪芬見他一直盯著地圖，不解地問：「地圖，是有什麼問題嗎？」

「我想知道這幅地圖的來歷。」

陳迪芬匪夷所思地看了他一眼，幽幽地說：「沒什麼特殊的來歷呀。房屋是我多年前從他人手裡購買的，記得當時主人留下了這幅地圖，而且一直掛在這裡，我從來沒動過。」

葉大衛沒想到會得到這樣的解釋，他有些發矇：「陳護理師，妳再好好想想，當真是這棟房屋的前主人留下來的？」

「是的，我非常確定。」陳迪芬說，「之後我一直把這間小屋子作為儲物間，而且還上了鎖，地圖一開始就是掛在這個位置，我真的從來沒移動過。」

「也從來沒有取下來看過？」

「沒有。」陳迪芬說完這話，疑惑地問他，「大衛，到底發生了什麼事，為什麼你會問這麼奇怪的問題？」

「因為……」他欲言又止，但還是決定告訴她真相，「這幅地圖確實非常特別，難道妳從來沒想過地圖上這些標注是什麼意思？」

她搖了搖頭，說：「你是我之後，第二個見過這幅地圖的人，所以你也是第一個跟我說地圖很奇怪的人。如果你覺得掛在這裡不舒服，那就扯下來唄。」

葉大衛啞然失笑，阻止了她。

「可不就是一幅地圖嘛，到底有什麼好奇怪的？」陳迪芬盯著地圖看了又看，也沒發現有什麼特別之處，「這些標注確實有些奇怪，但是，這跟案子有什麼關聯？」

葉大衛差點被問住，但隨即說：「恕我直言，目前為止，可能與案子沒有什麼特別大的關聯，但是……」

「但是什麼？」

他微微嘆了口氣：「但是我已經透過這幅地圖，聯繫到了我原來所在世界的人。」

「什麼？」陳迪芬驚訝地看了他一眼，又很快轉向地圖，「我、我沒怎麼明白你的意思。」

「這就是地圖的奇怪之處。」葉大衛簡單講述自己如何利用地圖跟向卉聯繫上的事情，換來的果然是她的無比驚恐。她不可思議地盯著地圖，似乎想把地圖給看穿，嘴裡還喃喃自語道：「怎麼可能，怎麼可能！」

葉大衛理解她得知真相後的反應，他接著又問：「妳知道屋子的前主人搬去什麼地方了嗎？」

「是兩位八十多歲的老人，記得他們說自己搬去外地了，之後便再也沒回來過。」陳迪芬依然雙目失神地盯著地圖，「我怎麼感覺你說的話不像真的呢？」

「那妳還記得兩位老人，有什麼特別，或者說奇怪的地方？」

她搖頭否認了。

葉大衛抽了抽鼻子，笑著說：「我知道妳不會輕易就相信我的話，畢竟一開始我也持懷疑態度，就算已經跟三十年後的世界聯繫上，我也感覺太不真實了，還以為自己得了妄想症，以為自己在做夢。可是，那是真實的，在此之前，我已經跟三十年後的世界進行過幾次溝通。對了，韓隊已經親眼見識過，而且他還跟我在三十年後的世界的同事對過話，之後就完全相信了我，所以才解除對我的通緝。」

陳迪芬聽他這樣解釋，才終於把目光從地圖上緩緩移到他臉上，張了張嘴，猶豫了片刻才問：「那我能不能也……」

「當然沒問題，我帶妳進來，正是要讓妳親眼見證我沒有騙人。」葉大衛說，「妳是我的救命恩人，而且這是妳的房子，所以我認為妳是最有權利了解真相的人。」

＊　＊　＊

向卉在鏡子裡見到了陳迪芬，雖然她的穿著不華麗，嚴格來說還土裡土氣的，但從她同樣身為女人的眼光出發，陳迪芬身上也有一種特別的美。

「她叫陳迪芬，護理師，也是我的救命恩人。」葉大衛跟向卉這樣介紹道，向卉畢竟是女人，而且是對葉大衛死心塌地的女人，現在看到葉大衛跟一個如此養眼的女人站在一起，心裡難免有些不舒服，但她是個識大體的女人，所以很快回道：「妳好，我叫向卉，很高興認識妳，多謝妳救了我師父。」

陳迪芬看到從地圖上顯現的文字時，跟每個人第一次見到這種場景的人的表情都一模一樣。她緊緊地捂著嘴，希望自己不會因為太過驚訝而叫出聲。

「現在妳該相信我了吧，對方是我徒弟，跟妳差不多年齡，妳現在有什麼想跟她說的，可以寫出來。」葉大衛笑著說，「她能看到的，而且她那邊是一面鏡子，能從鏡子裡看到妳跟我的樣子。」

「太神奇了，這到底是怎麼回事，是怎麼做到的？」陳迪芬說話時的聲調都變了，像被壓扁了似的，各種複雜的心情也都透過她的聲音表現了出來。

葉大衛笑容可掬地說：「其實我也不清楚到底是怎麼回事，無從解釋。」

向卉在鏡子裡看著葉大衛和陳迪芬，心裡突然酸酸的，瞬間萌生出許多不同的念頭：「他會不會愛上那個護理師？他會不會不想回到這裡了？」

同時，她又在心底默默祈禱：「師父，你不會是那種人的，對吧。雖然她救過你，但也不至於讓你以身相許啊。不會的，師父，我好想你啊，快回來吧……」

這時候，陳迪芬開始在地圖上寫字。她的動作小心翼翼，好像生怕出現差錯。「妳好，我叫陳迪芬，我也很高興認識妳。」

向卉看到了她寫下的文字，回道：「非常感謝妳把我師父照顧得這麼好，可是我很久沒見他，非常非常地想他，妳能幫忙把他送回來嗎？」

葉大衛和陳迪芬看到這些文字的時候，幾乎同時都愣住了，但他隨即帶著玩笑的口吻說：「我這個徒弟，就像是個沒長大的孩子。」

陳迪芬意味深長地看了他一眼，在地圖上寫道：「妳放心，大衛一定會回到妳身邊。」

向卉看到她居然直接稱呼他「大衛」，心裡又不舒服了，但她出於禮貌，還是回道：「拜託妳了。師父，你找到回來的辦法了嗎？」

「暫時還沒有，但是接下來我會加快速度，有了陳護理師和韓隊長的幫忙，我相信很快就會有辦法。」葉大衛回道，「向卉，家裡一切都還好嗎？」

「很好。只不過所有人都以為你回不來了，大家都很想你。但是同事們都沒有放棄尋找你，他們希望你還活著。」向卉寫道，「昨天馬局長還問起你，說什麼活要見人，死要見屍，我差點沒忍住告訴他真相。但是你讓我不要對任何人說你的事，所以我忍住了。」

葉大衛感謝不已，寫道：「對不起，讓大家擔心了。妳做得很好，現在是關鍵時刻，千萬不能把我還活著的事情說出去，更不能讓除妳之外的第二個人知道我在另外的世界。這樣對妳、對我來說，都是好事。」

他一口氣寫下了這麼多文字，寫完之後，長長地籲了口氣。「我知道，但你要答應我，一定要安全，一定要盡快回來。」向卉回道。

陳迪芬在一邊靜靜地看著葉大衛和向卉交流，目光如水般清澈明亮。葉大衛結束了和向卉的溝通後，回過頭來，發現陳迪芬像是在發呆，拿手在她眼前晃了晃，她才回過神，不好意思地笑了笑。而此時，向卉也在發呆，她面對一片空白的鏡子，腦子裡全是葉大衛和陳迪芬在一起時的情景，心裡頓時五味雜陳。她是在擔心葉大衛一不小心會愛上曾經救過他的護理師，然後會不捨得回來了。她回到沙發上躺下，拉過抱枕蒙在自己臉上，滿臉的不開心。

陳迪芬跟隨著葉大衛走出房間，突然發出銀鈴般的笑聲。

「妳，笑什麼？」葉大衛問。

「我笑你這個徒弟太好玩了。」陳迪芬說。

「怎麼個好玩法？」

「我也是女人，雖然沒見過她，但在跟她交流時，能感覺她好像並不開心。」

葉大衛傻傻地說：「我怎麼沒感覺到，她很開心呀。」

「她叫什麼名字？哦，對了，向卉，她喜歡你。」陳迪芬這話讓葉大衛措手不及，他眼神慌亂得四處游離。

「別騙自己了，雖然你說她是你徒弟，但她喜歡你這件事是千真萬確的，你就不要再否認啦。女人的直覺是很準的。」陳迪芬的話也惹笑了葉大衛，他沒再否認，說：「太可怕了，你們女人好像與生俱來就有第六感，不管是三十年前還是三十年後的女人，天生就嗅覺靈敏。」

「那就是說，我猜對了？」陳迪芬開心不已。

「我以為妳追蹤的重點不會是這個！」葉大衛笑著說，陳迪芬道：「我很開心你把我介紹給你朋友，也讓我更加相信你了。你也不知道為什麼可以跟三十年後的世界溝通，如果我再問你這個問題，有什麼意義呢？」

葉大衛沒想到她會是這種想法，但也讓他重新認識了陳迪芬。

「大衛，其實我也覺得你應該早點離開這裡，回到原本屬於你的世界。」陳迪芬換了副口氣，「這裡不屬於你，你沒必要繼續留下來。」

「我也想啊，但目前有兩個問題還沒解決。」葉大衛聳了聳肩，無奈地說，「一是案子沒破，沒能還妳清白；二是我還沒辦法找到回去的路。」

「如果案子一輩子破不了，你打算怎麼辦？」陳迪芬垂下眼皮問道。

葉大衛嘆了口氣，幽幽地說：「邊走邊看吧，天網恢恢，疏而不漏，何況是這麼大的案子。我感覺凶手就在離我們不遠的地方，我們的一舉一動都在他的監視中……」他又自責地說：「只可惜照片丟了，要不然讓向卉幫忙查查，也許會發現新的線索。」

「你需要誰的照片？是所有人，還是其中的某一個人？」陳迪芬突然問，葉大衛說出了「蔣懷遠」的名字。

「我能畫出來！」陳迪芬這話一說出口，葉大衛就瞪圓了眼睛，詫異地問：「妳真能畫出來？」

「對呀，以前畫大字報的時候學會的，好多年沒畫過了，沒想到還能派上用場。」她自嘲地笑了起來，「你得陪我去醫院拿一些畫畫的工具。」

「太好啦，真是老天有眼啊。」葉大衛興奮不已，「走，這就走，我陪妳去醫院！」

到達醫院後，葉大衛留在外面等待。所有見到陳迪芬的人都紛紛問她這段時間怎麼不上班，她都只是一笑而過，然後匆匆忙忙往辦公室方向而去。

葉大衛想起自己剛到這裡時的情景，還能準確判斷出自己住的病房。正當他從視窗收回眼神時，目光突然瞟見右邊大約兩百公尺的位置，有個人影迅速閃過。

雖然只是短短的幾秒鐘時間，可他非常確信自己沒看花眼，剛剛躲在那裡的人正盯著自己，而且可能從陳迪芬住處一直尾隨他們來到了醫院。他死死地盯著那個位置，直到陳迪芬在背後叫他。陳迪芬手裡多了個袋子，袋子裡裝的是畫畫的用具。

葉大衛裝作漫不經心的樣子，兩隻眼睛到處瞄來瞄去，但他的小動作還是被陳迪芬給發現了。「你，怎麼啦？」陳迪芬問，葉大衛慌忙收回目光，裝傻道：「哦，沒什麼。」

「你的臉色好像有點……看起來不舒服！」陳迪芬是護理師，一眼就看出他臉色不對勁。

葉大衛訕笑道：「妳的職業病又犯了吧。」陳迪芬於是沒再說什麼，回到家裡，便開始在紙上畫蔣懷遠。葉大衛在一邊看著，偶爾還給她提點建議，指出哪裡畫得太高，哪些地方陰影偏重了一點。陳迪芬畫了大約十來張，才終於達到最滿意的結果。

「好了，這個最像啦！」葉大衛拿著蔣懷遠的畫像，嘖嘖稱讚起來，「沒想到妳的畫工還真不賴，太像啦，要是再上點顏色，簡直就是照片。」

陳迪芬被讚得不好意思，自責道：「很久沒畫過，要不然也不會畫了這麼多張，才找到一張最滿意的。」

「已經夠好啦，妳你自己要求太高。」

「因為我跟蔣懷遠很熟，所以要畫出最接近他的樣子。」陳迪芬這話還蠻有道理，葉大衛又讚嘆道：「如果妳不做護理師，興許可以成為很厲害的畫家。」

「你太高看我了。」陳迪芬說，「別誇我了，趕緊去找向卉，把畫像給她看看。」陳迪芬這一提醒，葉大衛才反應過來，剛才一直端著畫像在看，這會兒立刻進屋聯繫向卉去了。

向卉剛從悶氣中緩過來不久，沒想到葉大衛這麼快又聯繫自己。她在鏡子裡只看到他一人，心裡舒服多了。

「在嗎？」葉大衛舉著畫像，很急迫的樣子。向卉看到畫像中的人，便明白了他想讓自己幹什麼，立即回道：「師父，你是想讓我查詢畫中人像？」

葉大衛向她伸出了大拇指，寫道：「這人叫蔣懷遠，妳請同事們幫忙在資料庫裡搜尋一下，看看能否找到這人的資料。」

「這人是誰？」向卉問道，他說：「你先用手機拍下來，然後馬上去查詢，之後再告訴妳詳細的情況。對了，千萬別把我給拍下來了。」

「她呢？」她給畫像拍照後又問。葉大衛愣了愣，露出傻傻的笑容，看了身後一眼，寫道：「我說妳能不能別想歪了。」

「孤男寡女，獨處一室，我很擔心你啊師父。」向卉直言不諱，實在是擔心自己心愛的人被別的女人搶走。她還沒等葉大衛回答，又說，「你可要把持住，別陷進去，到時候萬一都不想回家了，我可怎麼辦。」

葉大衛憋著笑，寫道：「放心吧，師父怎麼可能不回家？如果師父真陷進去，那就把她一塊兒帶回來！」

「你敢！」向卉憋著一肚子氣寫下了這兩個字，突然又感覺自己的言辭太過分，改寫道，「師父，我的意思是她根本就不是我們這個世界的人，所以不能跟你回來，你如果一定要帶她回來，我擔心你是在害她。就像你也不是那個世界的人，所以你一定要回到自己的世界。」

葉大衛終於沒忍住笑出了聲，寫道：「謬論，就算師父不是這個世界的人，現在不也好好的嗎？」

「可是師父……」向卉話還未寫完，葉大衛緊跟著就又發來了一句話：「好了向卉，別使小性子了，師父答應妳，一定會盡快回來，畢竟那裡才是我的家。」

向卉開心地笑了。

葉大衛結束溝通，回過頭去，只見陳迪芬正站在門口望著他。他把畫像收回來，笑著說：「都搞定了，向卉會馬上安排查詢，應該很快就會有結果。」陳迪芬點了點頭，接過畫說：「你們的辦事效率可真高。」

「還行吧，要是妳能去到三十年後的世界……」他話未說完，突然想起剛才跟向卉開玩笑時說的話，又不知陳迪芬是否聽見，於是打住了。

陳迪芬卻說：「太遙遠了，三十年後，我都五十多歲了，如果我去到你那個世界，會不會馬上就變成老太婆？」

「怎麼會呀，如果照妳這麼說，那我現在豈不是應該是個嬰兒。」葉大衛笑著笑著，突然收斂了笑容，因為他想到一件事。

既然在上一個空間可以遇到另一個自己，那麼這個世界呢？是否也應該存在另外一個自己？如果也存在一個跟自己同名同姓，而且長得一模一樣的人，他此刻應該在什麼地方？

葉大衛正想入非非，突然聽見一聲什麼東西落到地上發出的脆響，同時剛剛進入廚房的陳迪芬也尖叫起來。他慌忙衝進廚房，只見陳迪芬一臉驚恐，在她面前，是碎掉的瓷碗。

「怎麼了，發生什麼事了？」葉大衛緊張地問，陳迪芬結結巴巴地看著窗外方向，語無倫次地說：「人，有人！」

「什麼人，哪裡有人？」葉大衛提高了警惕，順著她的目光望去，卻什麼都沒看到。陳迪芬戰戰兢兢的樣子，看起來好像受到了非常嚴重的驚嚇，被葉大衛扶到外面椅子上坐下，仍然驚魂未定。葉大衛再次回到廚房，隔著窗戶往外望去，窗外是幾棟低矮的房子，但是不見一個人影。

他重新回到陳迪芬身邊，待她的情緒稍稍穩定後，才問：「妳是不是看花眼了？」

「有人在外面，他蒙著面罩，戴著帽子……有人在偷看，沒錯，就是在偷看我！」陳迪芬哭喪著聲音，「我看得清清楚楚，那人還向我招手……」

她說著說著，便掩面失聲痛哭起來。

葉大衛突然就想起他們去醫院時，發現有人在不遠處監視自己的情形，心裡瞬間就涼透了。

「我看到的和她看到的，應該是同一個人。」葉大衛在心裡思忖道，「看來我們已經被監控了，不可能是警察，韓國棟不會那樣做。但是除了警察，還有誰會做這些無聊的事？」

他正想著，臉色蒼白的陳迪芬突然抓住他的手，連連搖頭道：「我害怕。我擔心那人是殺人犯，他殺了那麼多人，現在還想來殺我，我該怎麼辦，該怎麼辦啊。求求你，救我、救救我！」

「沒事的，沒事的，有我在呢。」葉大衛輕撫著她的手背，望著被淚水打溼臉龐的她，不經意間，竟然好像看到了申雲娜。他緩緩伸出手去，想要替她擦乾臉上的淚痕。她凝視著他的雙眼，沒有躲閃。他的手碰到了她冰冷的臉，用寬厚的手掌擦去了她的淚水，她突然捉住他的手，緊緊地貼在自己臉上，閉上了眼睛……葉大衛看著她，滿腦子卻是申雲娜的影子，忍不住問道：「妳知道我為什麼會來到這裡嗎？」

她沒吭聲。

「我從來沒告訴過別人。」他說，「因為一個女孩！」

陳迪芬慢慢抬起了頭。

「她叫申雲娜，是我的搭檔。」葉大衛第一次跟人講起申雲娜的事情，心裡悶悶的。他每次想起申雲娜犧牲時的情景，便如同遭到二次創傷，陷入悲傷，不可自拔，「有天夜裡，我累了，她發現了罪犯，獨自追過去，結果被殺害。我頹廢了很久，把自己關在屋裡一個多月，差點就憂鬱症了，是向卉每天來陪我說話，我才終於走出陰霾。不久之後，我找到了殺害她的凶手，打算替她報仇，沒想到再一次進入他們的圈套。在一座廢棄停車場，我遭到了那夥罪犯的槍擊，然後才進入了另外一個空間。」

陳迪芬的情緒在他的講述中慢慢恢復，她凝視著他深情而又悲傷的目光，心痛地說：「對不起，都是我不好，我不該……」

「不，與妳無關，是我主動想告訴妳。」葉大衛極力掩飾著自己內心的痛苦，「那天晚上，要是我沒有睡著，她也不會獨自一人出門。陳護理師，我沒能保護好我的搭檔，讓她永遠離開了我。妳放心，我不會再犯錯，絕不會讓妳再受到半點傷害……」

陳迪芬突然又沒忍住，淚水奪眶而出。

「好了，別哭了。我知道妳在警察局的這段日子，晚上都沒怎麼睡著。妳應該很久沒睡個安穩覺了，今晚有我陪著妳，好好睡吧。」葉大衛安慰道。

淚水從她臉上梨花般滑落。

第十六章　離奇的綁架事件

葉大衛在客廳坐了整整一夜，一直處於半睡半醒之間，稍有風吹草動，他都會驚醒。因為被監視的事，在他心裡烙下了病。

天似乎快要亮了，隱隱約約有一絲光線從窗戶射進來。葉大衛打了個呵欠，這個時間，是人最疲倦的時候。他瞅了一眼陳迪芬臥室緊閉的房門，又舒心地閉上了眼睛。

咚咚咚……突然，一陣輕微而又節奏的敲門聲響起，把葉大衛驚得睡意全無。他像彈簧一樣站了起來，雙眼死死地盯著門口。可是，敲門聲突然又消失了！他很警覺地走到門後，低聲問道：「誰？」

沒人回答他，好像剛剛那陣敲門聲是他的幻覺。他頓了頓，又問道：「是韓隊嗎？」雖然他知道韓國棟即使找他，應該也不會在天還未亮時。

葉大衛退了回去，坐在椅子上，瞌睡蟲已經全都被趕走。他的目光仍然沒離開過門，果然如他所料，很快，同樣節奏的敲門聲再次響起。

葉大衛這一次沒像之前那樣被嚇到，他順手抓起手邊的水杯，躡手躡腳地走近門口，貼著耳朵傾聽了片刻，突然傳來一陣清晰的腳步聲。他猛地拉開門，看見一個身影正在向不遠處飛奔而去。他沒有忍住，大吼一聲：「站住！」

然後追了過去。

因為天還未亮，加上那個身影速度極快，葉大衛追到離房屋大約一百多公尺的位置，突然就失去了目標。他站在那兒，兩眼警惕地在黑暗中搜索著。

他轉身回屋，在進門的位置，再次停下腳步，轉身打量著周圍，夜色平靜如水，好像還在沉睡中的嬰兒。可是，他關上門後，很快就發現不對勁，因為陳迪芬的房門大開。他一個箭步衝到室內，只見床上空空蕩蕩，根本不見她的人影。在那一瞬間，他彷彿明白了一件事，剛剛那陣敲門聲，只不過是暗夜中的人為了把他引出房屋，而使出的調虎離山之計。

他從房屋裡出來，走到之前曾經為甩掉警察而逃離的窗戶，望著窗外茫茫夜色，不禁抱頭號叫起來。「怎麼會這樣，怎麼會這樣……」他頭痛欲裂，搖搖晃晃幾乎摔倒。

當他再次回來，面對空無一人的房間，想起自己跟陳迪芬的承諾，很久沒掉過眼淚的他，眼圈瞬間就紅了。他想不明白自己剛才為何會如此衝動，居然會丟下陳迪芬獨自追出去。在床的左邊，他突然看到一個信封，忙撿了起來。信封跟上次的一樣，也是牛皮紙張，而且裡面的紙張也和上次的紙張一模一樣，只見上面寫著：「不想你的女人死，最好停止一切活動。」

葉大衛舉著信紙，把上面的字瀏覽了一遍又一遍，他確定這兩封信都出自同一人之手。他有種快要窒息的感覺，癱坐在床頭，雙目痴呆。這是他這輩子再一次感覺自己有心無力，面對犯罪嫌疑人赤裸裸的挑戰，完全不知該從何處下手。

上一次，是面對申雲娜的犧牲。天邊終於露出了魚肚白，昏黃的晨光投射進房屋裡，落在他臉上，使心力交瘁、臉色蒼白的他，臉上終於有了一絲表情。他決定去找韓國棟，這是他目前唯一能做的事。

韓國棟昨晚居然在辦公室將就了一夜，一大早被叫醒，睜開眼睛，看見面無表情的葉大衛站在面前，用力揉了揉眼睛，疑惑地問：「這麼早，你怎麼來了？」

葉大衛把兩封信遞到他面前，他快速瀏覽了一遍，瞪著眼睛問：「怎麼回事？」

「這是同一個人送來的，要我停止對命案的調查，否則就會對陳護理師不客氣。」葉大衛有氣無力，感覺自己就是一個十足的失敗者，頹然地坐下，滿臉喪氣。

「你、你說什麼？」韓國棟似乎沒聽明白他的意思，「陳迪芬她……她怎麼啦？」

「被綁架了！」葉大衛艱難地吐出這四個字，韓國棟大驚道：「你們昨晚不是在一起嗎？她怎麼會被綁架？」

葉大衛無力地搖頭道：「都怪我，我沒能看好她。」

他把事情簡單說了一遍，韓國棟立即像火燒眉毛，在屋裡來回左右地轉圈，然後走到葉大衛面前，抖動著信函，帶著責怪的口吻說：「葉大衛啊葉大衛，你……你讓我怎麼說你好呢？一個大活人，就在你眼皮底下被人綁走，而且你連人都沒見，還被耍得團團轉，我……你讓我怎麼說你才好。」

葉大衛悶聲嘆息道：「都怪我太大意了。韓隊，綁架陳護理師的人，也許就是那幾起命案的凶手，我擔心她……」

「現在擔心也沒用。你讓我怎麼救她？就憑這兩封信，其他線索全都斷了，現在陳迪芬被綁架，我、我……」韓國棟也因為太過著急和氣憤而無言以對。

葉大衛面對犯罪分子，從來沒有過想要放棄的打算，這一次也一樣，他來找韓國棟，只是為了尋求幫助，然後親自去找陳迪芬。但是，此時聽了韓國棟的話，他不得不慢慢站了起來，然後轉身往外走去。

「你給我站住。」韓國棟一聲怒喝，令他停下了腳步，「你想去哪兒，想幹什麼？」

「你不救人，我要救人。」葉大衛緊咬著牙關，「就算拚了這條命，我也得把人給找到，給救出來。」

韓國棟冷冷地罵道：「你對這裡很熟嗎？如果能輕易被你找到，我們還能如此被動？這個對手非常狡猾，應該算是我這輩子遇到過的最難對付的傢伙。其實，今天就算陳迪芬沒有被綁架，你沒有來找我，我也會來找你。」

葉大衛有些犯糊塗，不解地看著韓國棟，只見韓國棟從抽屜裡拿出一沓資料丟在他面前的桌上，說：「自己看看吧！」

葉大衛急忙翻開資料，快速瀏覽起來。

「這是我請同事這幾天收集整理出來的資料。」韓國棟說，「對於幾年前發生在孤兒院的火災，我認為另有隱情。」

葉大衛的目光落到「天災」兩個字上，想起韓國棟曾經跟他說過的話，孤兒院的火災當時確實是以「天災」結案。

韓國棟繼續說道：「在火災發生之前，警察局曾接到過幾次匿名舉報，聲稱蔣懷遠性侵孤兒院的兒童，但是因為沒有任何證據，警察局派人前去孤兒院調查，也沒人敢出來指證，最後不了了之。」

葉大衛眼前浮現出蔣懷遠的樣子。

「就在警察局派人去孤兒院調查不久，孤兒院又發生一起兒童失蹤案，一位八歲的女孩突然失蹤。警察局同樣派人前去調查，最後還是沒能找到孩子，只能以失蹤結案。」韓國棟的聲音，變得越來越凝重，「也就在兩個月後，孤兒院發生火災，院長被燒死，同時還死了好幾個孩子。這裡面有一份關於蔣懷遠的口供報告。」

葉大衛剛好翻到這一頁，只見上面寫著：「火災發生的時候，我正好在上廁所，回來時發現大火已經燒了起來，火勢很猛……」

「這是蔣懷遠單方面的口供，你不覺得有什麼問題嗎？」韓國棟問，葉大衛脫口而出：「太巧合了。」

「是的，確實是太過巧合，但是當時辦案的員警還是沒能找到火災發生的原因，於是就有了你現在看到的這個結果。」韓國棟重重地嚥了口唾沫，「之前因為條件有限，沒能繼續調查下去。」

「那麼，你現在到底想說什麼？」葉大衛從資料中抬起頭來，韓國棟重重地說：「我認為本案中還存在諸多疑點，想重新調查這個案子。」

葉大衛遲疑了一下，反問道：「你的意思是，之前發生的凶殺案，以及陳迪芬被綁架案，其實都是有關聯的？」

「非常正確，我認為這三個案子可以同時展開調查，雖然暫時不能併案，但我有一種非常強烈的預感，這三起案子，絕對有千絲萬縷的關係。」

葉大衛沉思了片刻，緩緩說道：「三起案子，其中一件已經結案，成為過去式，另外一件人也死了，正在調查之中，陳護理師被綁架案剛剛發生。韓隊，我認為就從綁架案開始調查。」

「我們想到一起去了，陳迪芬被綁架案，嚴格來說，與凶殺案是可以併案處理的，所以接下來，我們就要從綁架案開啟缺口。」韓國棟說，「我會安排人手繼續調查，收集資料。至於你那邊，暫時不要有任何行動，最好以靜制動。」

＊＊＊

陳迪芬醒來的時候，不知道自己已經昏睡了多久。她發現自己正躺在地上，而所處的地方，是一間不大的房子。

她從地上爬起來，想知道究竟發生了何事，是怎麼來到這裡的，對之前的事，卻全無記憶了。「開門，快開門，我要出去，快放我出去！」她用力拍打著門，直到精疲力竭，也無人應答。

她無力地癱坐在地上，慢慢變得安靜下來，腦子裡突然冒出發生在聚客飯莊的凶殺案，跟她一起吃飯的人都死了，唯獨她活了下來。想到這裡，她不禁一陣顫抖，頭皮發麻。她用力揪扯著頭髮，想著自己可能再也無法從這裡活著出去，便陷入了絕望之中。而此時，在門外，一個戴著面罩的男人，正貼在門口偷聽。他那雙冷酷的雙眼，像刀鋒一樣凌厲。

陳迪芬沒有再呼叫，她雖然陷入了絕望之中，但突然想起了葉大衛，想著他這會兒應該正在焦急地找她。她內心升騰起一絲希望，告訴自己一定要想辦法活下去。

她和葉大衛萍水相逢，從最初的不打不相識，到後來因為命案而牽連到一起，然後接觸越來越多，她身體裡那顆少女心，也因為來自三十年後的葉大衛開始悸動。

到底是感激、喜歡，還是愛，她也無法分辨，但是那晚她看到葉大衛和向卉的聊天，心裡分明是苦澀的。後來她不停地告訴自己，他們不是一個世界的人，他終將會離開……所以，她強迫自己接受現實，不能自私地把他留下來，留在這個不屬於他的世界。

所以，她不想他為自己冒險了，於是決定自己想辦法，就算是冒著付出生命的危險，也要從這裡離開。

外面的蒙面男子回到座位上，在他身邊，放著一把長筒的自制獵槍，面前的桌上，還有一把寒光閃閃的尖刀。

他雙腳平放在桌上，閉上眼睛，像睡著了似的。

也不知過了多久，他突然又聽見了砸門聲。睜開眼，發現天已經暗下來，夜幕很快就要降臨。他極不耐煩地站了起來，走向關押陳迪芬的房門。

「我肚子疼，疼死我了。哎喲，求求你，我快不行啦！」陳迪芬趴在門後，有氣無力地拍打著門，蒙面男子一開始本來不打算理會的，但想了想，整理了一下面罩，還是開啟了門。

陳迪芬終於盼到了這一刻，她半彎著腰，兩手按著肚子，滿臉難受的樣子。

「救我，快救救我，我不行了……」她發出痛苦的呻吟，但蒙面男子卻不搭腔，轉過身去，想去找藥，可就在這時，說時遲那時快，陳迪芬拔出盤頭髮的銀製簪子，突然就衝著蒙面男子背後刺了過去。

蒙面男子沒料到會遭到偷襲，在毫無準備的情況下，被刺中了後背，頓時就痛得慘叫起來，但隨即反身一拳，把陳迪芬打倒在地。

陳迪芬見自己刺中了蒙面男子，她被打倒在地上後，很快就爬了起來，趁著蒙面男子伸出手去想拔掉背後的簪子時，往右側的通道方向小跑過去。

可是，她很快就發現自己錯了，因為在通道盡頭，是一扇鐵門，鐵門緊鎖著，根本打不開。

蒙面男子終於把簪子拔了出來，齜牙咧嘴的痛苦表情，全部從那雙凶狠的眼睛裡流露了出來。陳迪芬轉身回來，又想去找另外的通道時，蒙面男子朝自己走了過來。她看到近前有一塊磚，於是抓了起來，準備攻擊對方，可對方似乎並不怕她，面對她手裡的磚頭，毫不畏懼，也不躲閃，直接迎了上來。

「你別過來，別過來！」陳迪芬不停地揮舞著磚頭，趁此機會，她離開了鐵門，轉向另外的方向逃跑。可是，另外的方向並無出口。她不得不停下腳步，轉身面對一步步走向自己的蒙面男子，揚起磚頭，哭喪著嚷道：「求求你放過我，我不認識你，你為什麼要抓我？」

蒙面男子走到離她大約一公尺的位置站住了，冷冷地盯著她，卻依然一言不發。

「你是誰，你到底是誰？」陳迪芬似乎打算停止反抗，「我知道你殺了人，你肯定認得我，你為什麼要殺他們？是為了幫我嗎？對了，你不會傷害我的，我肯定認識你，你摘下面罩，我要好好感謝你幫我殺了那些畜生……」

可是，蒙面男子好像對她的話無動於衷，依然只是冷冷地看著她，而且朝前邁了一小步。陳迪芬見狀，又舉起了磚頭，惶恐地說：「你別碰我，別碰我。」

「噓！」蒙面男子做了個制止她繼續說話的動作，她突然握著磚頭，朝對方腦門上拍了下去，誰知蒙面男子絲毫沒有躲閃，磚頭拍在他頭上，他連動都沒動一下。

血從他額頭上細小的口子裡滲出來，然後順著眼睛落下。陳迪芬被嚇到了，又想拍第二下，但隨即被蒙面男子抓住手臂，磚頭也被奪了過去。蒙面男子把磚頭扔在地上，又抹了一把臉上的血，然後一手掐住她脖子，滿臉憤怒，似乎要把她給生吞活剝了似的。

陳迪芬面對著蒙面男子滿是血的臉，呼吸越來越困難，臉色也由血紅慢慢變得蒼白，她感覺自己快要死了，本來還揮舞的手臂，也漸漸沉了下去。

蒙面男子終於鬆開了手，冷冷地盯著她，然後又一把抓起她，拖到了之前關押她的房間。陳迪芬趴在地上，緊緊地捂著脖子，大張著嘴，快速吞吐著氣息，直到氣流重新進入肺部，呼吸才變得順暢起來。

她明白自己逃跑的計畫已經徹底破滅，她失去了唯一可以逃生的機會。絕望的心情，在每個時刻都不一樣。不一樣的時間點，不一樣的處境，絕望的類型也不一樣。陳迪芬原本對自己能活著出去是抱有希望的，可在逃跑失敗之後，她的心境變了，變成了另一種絕望。

「如果我死在這裡，沒人會知道發生了什麼，就連我的屍體可能都無法找到，我會變成孤魂野鬼嗎？」她哀怨地想著各種悲慘的結局，全身虛脫了一般。

第十七章　孤兒院的祕密

孤兒院矗立在夜空之下，月光灑落在斑駁的牆壁上，時光留下的印痕影影綽綽。如果不是因為多年前的那場大火，興許這棟樓房如今依然還有人氣。可現在看來，它就像一位布滿皺紋的孤寂老人，獨自守候著這片空曠的土地。

在大樓的周圍，是成片的樹林，密密麻麻的綠樹，像森嚴的士兵逐一排開，將大樓圍得嚴嚴實實。葉大衛身在叢林之中，像一頭安靜的獵犬，兩隻眼裡閃爍著暗色光芒。此時，他已經在叢林裡蹲守了許久，這個位置正好可以看到整棟大樓。大樓裡沒有一絲燈光，更不見一個人影。

不遠處，傳來一陣犬吠聲。

葉大衛收回視線，決定進入大樓。

他像幽靈一般，三步並作兩步就到了大樓近前，然後穿越臺階，很快就看到了左右兩邊的走廊，以及被圍成圓形的類似四合院的空曠地帶。喵——突然不知從何處傳來一聲貓叫，宛如黑暗中一顆驚雷，令葉大衛全身的汗毛都豎了起來。他倒不是害怕，主要還是因為貓叫聲太過淒厲，如嬰兒啼哭。這讓他想起了孤兒院發生大火時曾燒死過不少孩子的事。

他屏住呼吸，沿著樓梯上到二樓，正好左側第一間房的門是開啟的，於是闖了進去。房間裡很暗，要不是今晚月光皎潔，恐怕什麼都看不見。葉大衛面對漆黑的牆壁，看著火燒時留下來的清晰的痕跡，能想像當時的大火究竟有多恐怖。他站在房間中央，彷彿聽見了孩子們在大火中的慘叫聲，那些聲音如同一把把尖刀，深深地插進他身體裡，令他不忍再聽下去。

他強迫自己鎖上耳朵，從房間裡出來，沿著長長的走廊繼續往前走去。走廊很長，一眼也望不到盡頭。看不盡的黑暗，陰森森的，彷彿透露著一股怪異的氣息。

他看到一扇關閉的門，沒有被燒的痕跡，推開門一看，只見房間裡擺放著多張木質的床板。這裡應該是部分孩子睡覺的地方吧。他這樣想著，又看到牆壁上有一些凌亂稚嫩的圖畫，各式各樣，有動物，也有房子，還有綠樹。

他的目光停留在其中一幅畫面上，只見一棟花花綠綠的房屋前，孩子拉著爸爸媽媽的手，臉上布滿了天真無邪的笑容。

葉大衛對於自己童年的記憶彷彿瞬間被喚醒，雖然已經非常模糊。他不記得父母的樣子，好像自己從來都沒有過父母，偶爾有人詢問他的家人時，他都會陷入尷尬之中。長大後的他，曾經一度還以為自己是從石頭縫裡蹦出來的。至於成年之前的記憶，彷彿被人抹去了，一片空白。

他常常想，自己的童年到底去了哪裡，為什麼一點記憶都沒有？他試圖尋找過，卻毫無線索。後來，在警察局的檔案裡，他只能在父母那欄裡寫道：「失蹤。」

這一刻，面對此情此景，他的內心受到了碰撞，不敢再在房間裡待下去，離開後，直接從旁邊的樓梯上了三樓。這也是孤兒院的頂樓，月光灑滿了走廊。他從三樓望下去，只見到處都是樹林，除了大樓前一條不算寬的通往外界的石板路。大火在三樓留下的痕跡比一、二樓都要深。這不難解釋，因為火勢是往上面蔓延的。同時也說明，起火點應該在一樓。

葉大衛看到一扇被燒得漆黑的門，門上的牌子居然還在，而且隱約可以看到沒有完全毀掉的字跡。他認出是「院長辦公室」幾個字，於是打算闖進去。

他輕輕一推門，沒想到門碎了，就像是灰燼似的，瞬間就全都落在了地上。房間裡有一張不大不小的桌子，桌子被燒了一半，另外一半也被煙熏成了黑色。

葉大衛想起被大火燒死的孤兒院院長，曾經就在這裡辦公，如今卻人已不在，他在孤兒院的痕跡，恐怕也僅剩下這間沒有被完全燒毀的辦公室和辦公桌了吧。

他從房間裡退出來後，又進過好幾個房間，同樣沒有任何發現，於是沿著另外的樓梯下樓。

突然，他聽見身後傳來一陣稀疏的腳步聲，慌忙停下腳步，那陣聲音卻又消失了。

葉大衛自嘲地搖了搖頭，微微嘆息了一聲，然後輕手輕腳地下到了一樓。

按道理說，蔣懷遠在當年火災之後獨自留了下來，他應該有自己單獨的房間。可他找了一圈，幾乎把每個房間都看了一遍，結果卻令他失望了。

他決定先離開孤兒院，可就在他前腳即將踏出大門的時候，用餘光瞟了一眼走廊右側的盡頭，當他看到掩映在黑暗中的人影時，一開始還以為眼花，但隨即就確信自己沒看錯，那裡確實站著一個人，而且好像正在朝他這邊張望。

葉大衛慌忙閃身躲進拐角處，可當他再次探出頭去時，卻發現剛剛站在那兒的人影消失不見了。他揉了揉眼睛，再次確認剛剛看到的那一幕並非幻覺，於是起身跟了過去。

月光照不到的地方，就像無盡的深淵，一片漆黑。葉大衛站在這個位置，看著深不可測的前方，心底隱隱生出一絲不安。你還是警察嗎？不管是人是鬼，你都不應該被嚇到。他在心裡罵著自己，於是闖入了黑暗之中。

夜色很濃，其間還夾雜著淡淡的煙熏味。葉大衛盡量放低腳步，每走一步都非常小心，終於適應了黑暗中的環境，不遠處出現了一道正對著他的門。門是關著的，而且沒有被燒過的痕跡。他盯著門看了許久，雖然看不見門後到底是什麼，可彷彿有一股巨大的力量正牽引著他走過去。他躡手躡腳地走到門口，輕輕一推門便開了。他走進屋裡，警惕地打量著這個乾淨整潔的房間，突然又聞到一股似曾相識的菸草味。

他抽了抽鼻子，確信之前也聞到過這種味道。當他想起差點被蒙面男子燒死的那一幕時，便確定這股淡淡的菸草味，跟之前綁架過他的蒙面男子身上散發出來的味道一模一樣。

這一刻，他瞪大了眼睛，當他把這種看似巧合的兩件事完全合併起來時，呼吸越來越急促。不可能，怎麼會這樣?他希望是巧合，也希望不是巧合。但是不管是不是巧合，事情都變得太恐怖。他有一種快要失控的感覺。當然，這種感覺，並非完全是他情緒的失控，而是擔心案件的失控。

作為一名破案無數的資深警察，葉大衛簡直不敢相信自己的猜測，他寧願是自己的妄想。但是，事實擺在面前，無論他想怎樣給這種巧合附加一個合理的解釋，也都是枉然。

房間裡沒多少物品，一張床，床上的被子疊得整整齊齊。床下並排擺放著兩雙膠鞋。一張桌子，桌子上擺放著兩個開水瓶。在牆角，還有一個架子，架子上掛著兩條毛巾，最上面一層和下面第二層分別放著一個臉盆。

葉大衛目光所及之處，能見到的就這麼多。他走到桌前，開啟抽屜，隨意翻動起來。抽屜裡是些亂七八糟的東西，而且亂糟糟地隨意擺放著。他關上抽屜，突然外面又傳來一陣腳步聲，他正豎起耳朵傾聽時，發現那陣腳步聲正由近及遠而去，正打算走出房間，循著那個聲音追去時，突然門「啪」一聲就關上了。

他想要開啟門，卻發現門被人從外面給鎖上，怎麼拉也拉不開。他後退了兩步，然後飛身一腳踢去，隨著一聲巨響，整塊門板轟然倒塌。葉大衛追出門去，門外空空蕩蕩的，什麼都沒有，更別提有人了。就在他徬徨不知所措時，腳步聲又出現了，而且好像就在離自己不遠的地方。他循著腳步聲追了好幾公尺，突然感覺自己迷了路，雖然那個腳步聲還在繼續，可就像是行走在空曠的原野裡，到處都是回音。

他分辨不出腳步聲的方位，只能又停下來觀望。

「咚咚咚……」就在這時候，突然又傳來另外一種好像是鋼管敲擊的聲音，這個聲音取代了腳步聲，而且在如此安靜的暗夜裡，顯得尤為刺耳。

但是很快，敲擊的聲音消失，腳步聲再次響起。

葉大衛緊走了幾步，發現跟錯了方向，於是又折了回來。他感覺那個腳步聲並非跟自己在同一個平面，好像一會兒在頭頂，一會兒又到了腳下。他剛打算上樓去時，走到一半，腳步聲突然又消失了。

他不得不停下腳步，站在樓道中間，豎起耳朵，謹慎地觀望著四周。

所有的聲音都同時消失了。

葉大衛不得不走下樓梯，回到一樓。

他感覺自己被戲弄，來到剛剛發現的那個房間，將房內所有物品都掀翻在地，發出一陣支離破碎的聲響，好像有人正在發生激烈的爭鬥。

「我不管你是人是鬼，有膽量就站出來，像縮頭烏龜一樣，算什麼本事。」葉大衛回到走廊上，衝著夜色發出了憤怒的咆哮。他話音剛落，之前的腳步聲果然再次響起。

這一次，他確定了腳步聲的方位，循聲望去，果然又看到了之前的那個身影，雖然依然掩映在黑暗中，只能看到輪廓，但他此時什麼都不再想，大步流星地追了過去。

月光落在葉大衛狂奔的身影上，他像一陣疾風，穿透黑暗。

一扇虛掩的門，擋住了葉大衛的去路。

他剛剛親眼看到目標消失在這扇門裡，於是小心翼翼地，緩緩地推開門，眼前露出半截樓梯。葉大衛站在樓梯口，感覺黑暗如血盆大嘴，正等待獵物進入口中。腳步聲再次消失在這段樓梯下面。他舔了舔嘴唇，邁開腳步，朝著樓梯下面緩緩移動下去。樓梯似乎很長，一時半會兒也到不了底。他小心翼翼地往下摸索，好不容易下到樓底，才發現是一個地下室。

奇怪的是，地下室裡亮著燈。燈光不算太亮，但正好可以讓他看清這裡的一切。葉大衛的目光緩緩掃視著這裡的每一個位置，首先入眼的，自然是頭頂那盞燈。火災發生後，整棟大樓的電線應該都被燒毀，可為什麼這裡還有電？葉大衛這樣想的時候，又往前走了兩步，突然間，一條長長的鏽跡斑斑的鐵鏈闖入了他視線，他的目光沿著鐵鏈移動，在鐵鏈的盡頭看到了連著的鐵籠，鐵籠被放置在牆角，看上去容積不小，而且鐵籠前面，還倒著一個不大不小的盆子，盆子邊緣和地上，遺落著已經發了霉的飯菜。

葉大衛看到這幅場景，雙眼似乎被刺痛了，不得不緊緊地閉上了眼睛。但是緊接著，一陣眩暈襲來，一個熟悉的場景瞬間闖入了腦海。那個場景多麼遙遠，卻又多麼近，好像就在眼前。

他強迫自己睜開眼睛，目光落在鐵鏈和鐵籠上面，那些熟悉的畫面好像越來越清晰。他看到了一個孩子，一個被鐵鏈拴住的孩子，孩子在地上爬著，鐵鏈和地面摩擦時發出的聲響，尖銳而又刺耳。

他抱住腦袋，暈眩感越來越強烈，幾乎快要控制不住而倒下。

緊接著，他慢慢地蹲了下去，想閉上眼睛，可這裡的一切，似乎對他有一種奇特的魔力，吸引著他的目光。他的目光再次落到了牆角邊上的鐵籠上。這時候，一個女人的身影占據了他的思維，那個女人跪在鐵籠裡，蓬頭垢面，只露出兩隻眼睛，兩隻手抓起鐵盆裡像豬食一樣的飯菜，然後胡亂地塞進嘴裡。

「啊！」葉大衛感覺全身的血液都停止了流動，彷彿受到了更為強烈的刺激，抱著頭，齜牙咧嘴地慘叫起來。

可是，一聲聲孩子啼哭的聲音不知從何處傳來，葉大衛慢慢鬆開了頭，目光所及之處，居然看到皮鞭落在了孩子和女人身上，女人一聲不吭地趴在地上，目光痴呆，好像皮鞭根本不是打在她身上似的。

那人打完了女人，又朝著孩子揮起了皮鞭，嘴裡還罵罵咧咧道地：「讓你哭，我讓你哭，看我不打死你……」

孩子在皮鞭下發出淒厲的慘叫和哭聲，他孱弱的身軀在地上爬來爬去，想躲開皮鞭，無奈身上拴著鐵鏈，無論他往哪兒躲，都無力躲開皮鞭的鞭笞。

葉大衛眼裡噙滿了淚水，想看清打人者的面孔，眼前卻一片虛無。

「別打孩子，別打孩子，打我吧，打死我吧！」女人發出了低沉的哀求，男人轉身回到她面前，開啟鐵籠，抓著她的頭髮，一把把她從鐵籠裡提出來扔在地上，冷笑道：「想死可沒這麼容易。妳死了，我該怎麼辦，你忍心把我一個人留在這個世界上嗎？」

男人舉起皮鞭繼續抽打著女子，她任憑皮鞭雨點般落在自己身上，卻仍然艱難地向孩子爬了過去。可她好像終於爬不動了，趴在地上，雙眼變成死灰色，流露著絕望的表情。

「爬呀，妳給我爬呀，怎麼不爬了。快爬，不然我打死他！」

女子在男人的威脅和皮鞭之下，繼續爬向孩子。她伸出手，終於快要碰到孩子時，卻又被男人抓起腿，惡狠狠地拖了回去。

「不要，求求你，讓我抱抱我的孩子，讓我抱抱……」女子哀號著，可男人卻在一邊像看戲似的，發出陰森恐怖的笑聲，還一邊怒喝道：「爬，繼續爬，不許停，再給我爬！」

女子繼續朝著孩子的方向爬了過去，男人突然一邊抽她，一邊狂笑著……

葉大衛不忍再看下去，感覺皮鞭像是落在自己身上，他終於又被迫再次閉上了眼睛，可是耳邊充斥著孩子和女子的慘叫聲和哭聲，他實在難以忍受，頃刻間頭痛欲裂，抱著腦袋蹲在了地上。

「別打了，求求你別打了，要死人了，要打死人了！」葉大衛喃喃自語，用力搖晃著腦袋，呼吸也變得越來越急促，越來越沉重，彷彿只有出的氣，沒了進的氣。

「不要停，我讓妳不要停，妳敢不聽我的話，看我不打死妳，打死妳！」男人越打越痛快，手上的力氣也越來越大，滿臉的獰笑，開心、得意，像在欣賞一場精采絕倫的演出。

葉大衛眼前依然晃動著男人抽打女子的情景，耳邊充斥著女子有氣無力的呻吟。「別打了，我求求你，別打了。」葉大衛像在做夢，呢喃著，哀求著，淚水像斷了線似的打溼了他的臉。「砰！」他感覺後腦勺捱了重擊，頭腦一陣昏沉，在倒下的瞬間，彷彿再次聞到了淡淡的菸草味。

葉大衛夢見自己像一隻螞蟻，在沒有燈光的長路上緩慢爬行，在他身後，甚至連腳印也沒能留下。他走了很遠很遠，看不清前路，也找不到歸路了。四面茫然的黑暗，終於現出一縷光亮，光亮之下，一個女人，牽著一個孩子的手，彷彿正在向他揮手。可是，他們的身影卻如此渺小。

他加快了爬行的步伐，累得氣喘吁吁，卻已然無法到達他們近前，突然間，一陣狂風吹過，把他高高地捲起，然後像樹葉似的飛了起來。他已經暈了，毫無方向感，眼睛也無法睜開。他在狂風中打著旋兒，越飛越高，然後又緩緩降落，最後重重地摔在地上，四分五裂，血漿飛濺。

這時，他感覺喉嚨裡升起一股酸澀的味道，然後哇一聲吐了出來。終於，他睜開了眼睛，環顧著四周，發現自己還活著時，一股熱流從心底湧遍全身。可是，他很快就明白了自己的處境，用力掙扎著，想要解開捆綁著自己身體的繩索。毫無疑問，捆綁他的人並沒打算讓他掙脫開來，所以他在白白浪費時間。一陣寒意襲來，葉大衛的腦子瞬間清醒多了。這是什麼地方？冰庫？當他腦子裡冒出這個念頭的時候，目光落到了房屋邊上的停屍床上。對，他沒看錯，那就是停屍床。

他突然想到了太平間。可他想不明白自己為什麼會被關在太平間。葉大衛腦子裡瞬間浮現出各式各樣的怪異想法。他不知道自己在這裡多長時間了，只是感覺全身的血液都快要凝固，四肢發麻，腦子裡開始缺氧。難道凶手打算在太平間殺了我，然後省去搬運的麻煩？他揣測著對方的身分，可能是醫生。但在他的印象中，除了陳迪芬跟醫生的工作有關連之外，並無其他人可以和醫生連繫起來。

緊接著，葉大衛動了動脖子，才發現脖子也快僵硬了，而且後腦勺也痛得厲害。他回想起了自己昏迷之前發生的事，可能因為痛感關聯著神經系統，受到重擊的位置突然像被針灸一般，使得他不由自主地縮回了脖子。

「有人嗎？有人在嗎？」他不知道自己的呼叫能否發揮作用，但仍然叫了兩聲。他的聲音夾雜著嘶啞和痛感，低沉而又無力。

「我不知道你到底想怎麼樣，但你現在可以出來，我們談談。」葉大衛舔了舔乾枯的嘴唇，「我認識你嗎？你是不是一直在跟蹤我的那個人？」

可是無人應答他的問題。他已經無力再繼續說話了，微微閉上眼睛，將所有的力氣都聚集到頭部，感覺血液開始慢慢地重新流向大腦。他用力地揚起雙腳，盡量讓身體後仰，然後整個身體連同椅子轟然倒地。椅子沒有像他預料的那樣破碎，反而撞上手臂，他好像聽見了骨頭碎裂的聲音。

他掙扎著想要爬起來，可雙手綁在椅子上，就算他拼盡了全力，最終還是失敗了。

他側身躺在地上，身子蜷著，就像是母體中的嬰兒。他的半邊臉完全貼在冰冷的地上，鼻孔裡全都是不知來處的腥味。

終於，他放棄了掙扎，雙眼久久地凝視著門口方向，感覺門外似乎有一雙眼睛正盯著自己。

「我知道是你，上次沒弄死我，心裡不爽是吧。」葉大衛開始挑釁，狂笑著，「雖然我沒見過你的真面目，可我是太了解你這種人了，你有一顆變態的心，覺得這個世界對你不公平，總是想要毀滅所有你認為不公平的東西，有時候甚至想殺死自己……」

他嚥了口唾沫，見依然沒人進來，於是又繼續說道：「你蒙著面，從來不敢以真面目示人，說明你膽小、自卑、懦弱，要不就是天生長著一張醜陋不堪的臉，要不就是藏著太多的祕密，擔心被人發現。哈哈，你兩次抓我，真的是為了陳護理師嗎？她對你如果有那麼重要，你為什麼不敢跟她表白，只敢背著她，躲在黑暗中對付自己假想的情敵。太可悲了，作為男人，我真為你感到可憐。我要是你，絕不會像一隻不敢見光的老鼠……」

就在這時候，躲在門外的蒙面男子，眼裡射出了一道道寒光，他雙拳緊握，全身顫抖著，恨不得立刻衝進去將葉大衛碎屍萬段。

「你到底是誰？我們是不是認識？對了，不久前發生在聚客飯莊的凶殺案你應該有所了解吧？死了好幾個人，陳護理師也被人侮辱了……」葉大衛說到這裡，重重地吐了口氣，「如果我猜得沒錯，當時你應該也在現場，跟現在一樣，正躲在黑暗中窺探這一切，可你當時並沒有勇氣去救自己喜歡的女人，只敢事後把侮辱她的人全都殺了。我說得對嗎？膽小鬼，懦弱自私的傢伙，你還有什麼顏面活在這個世界上？雖然你抓了我，抓了陳護理師，就算我們現在都死在你手裡，你這輩子都休想從噩夢中醒來，你注定孤獨終老，老無所依。」

門外的蒙面男子終於忍無可忍，一腳踢開門，向著葉大衛衝了過去。他一手提著自制獵槍，一手抓住他的下顎，怒吼道：「你錯了，我不是膽小鬼，我也不會孤獨終老。但有一件事你猜對了，這一次你絕對別想從我手裡活著走出去，我要你死，而且會死得很慘。」

葉大衛達到了目的，慘笑著，想要說話，卻被掐著下顎，根本無法開口。

蒙面男子似乎把全身的力氣都聚集到了手上，惡狠狠地罵道：「我早讓你別多管閒事，可你不聽，非要插上一腳。你為什麼不聽話，為什麼非要多管閒事？本來我打算放你走，你卻偏要自己送上門來……」

他終於鬆開了葉大衛，拿槍指著葉大衛的腦袋，冷笑著問：「怕嗎？」葉大衛微微仰起頭，直視著他手裡的獵槍。

「我問你怕死嗎？」他的手在顫抖，可葉大衛依然無動於衷地看著他，似乎一點也不害怕。

「死亡並不可怕，可怕的是你知道自己什麼時候會死，而且會以什麼樣的方式死去。」他這番話好像是說給葉大衛聽，可當他說完，自己眼中卻流露出一絲異樣。

葉大衛冷笑道：「你這個膽小鬼，以為這樣我就會怕你？」

「怕？我從來沒要求你怕過我。」蒙面男子道，「但是，很快你就會體會到什麼叫害怕，而且是發自內心的害怕！」

葉大衛面無表情地回應著他充滿笑意的目光。他的目光，極其殘酷，殺氣騰騰。

「韓國棟丟槍的時候，應該很著急吧？我好心，把槍還給了他。」蒙面男子看著自己手上的獵槍，轉換了話題，「不過那都是因為你，他應該感謝你，要不是為了陷害你，他這輩子都別想找到丟失的槍支了。」

「原來韓隊長的配槍真是被你拿走了。這麼說來，孫立魁也是你殺死的吧？」葉大衛言語中充滿了不屑，「其實我早猜到了，那天在倉庫，你殺了孫立魁，還想嫁禍給我，本以為韓國棟會將我抓捕歸案，可沒想到你的計畫失敗了，韓國棟並不是傻子。當時你殺了孫立魁後，一定躲在某個角落裡沾沾自喜，可你發現事情並沒有朝著你希望的方向發展下去，你又被激怒了，然後跟蹤我……」

他停了下來，蒙面男子卻徘徊著槍口，威脅道：「說，繼續說下去。」

「沒想到你會看到陳護理師跟我在一起，所以這時候的你，一半是開心，一半是失落。」葉大衛緩緩道來，「開心的是，陳護理師被警察釋放。對了，我忘了很關鍵的環節。當時你在聚客飯莊殺了人後，本來沒想嫁禍給陳護理師，卻沒想到弄巧成拙，她被警察給抓了。你一開始是打算陷害我的，對吧？但沒想到我跑了，所以警察在沒有證據的情況下，只能將陳護理師暫時收監。你很不舒服，覺得自己的計畫又失敗了，所以才遷怒於我，想方設法抓了我，沒想到第一次被我逃跑了，現在又抓了我，是因為你寫了信給我，威脅我不要繼續調查，認為我沒有聽你的勸告，這才想要置我於死地，是這樣嗎？」

「哈哈，我太低估你了，沒想到你比姓韓的聰明一千倍一萬倍。」蒙面男子陰笑著，在葉大衛面前走來走去，「雖然你很聰明，但你卻算錯了一件事。」

「你是指你的真實身分？」葉大衛打斷了他，「雖然我還沒能完全確定，但你認為我真就沒有掌握一絲線索？」

＊＊＊

第二天，黑夜過去，陰霾仍在。

韓國棟處理完手頭的事情，趁著空閒的時間，打算去陳迪芬家中跟葉大衛見一面。

當他來到家門口時，敲門後卻沒有回音，輕輕一推，發現門沒鎖，心裡頓時就咯噔跳動了一下。他推門進去後，又大喊了兩聲，仍然沒人回答，這才隱約感覺葉大衛也可能出了事。

他在屋子裡轉悠了一圈，目光突然落到那扇門上，推開門，面對空無一人的房間，他的視線很快落在了桌上的信封裡，抽出信件，快速閱讀起來。

「韓隊你好，當你看到這封信的時候，我可能已經出事，但你放心，我不會死，最大的可能性是被抓了。我在寫信給你之後，獨自去了孤兒院。陳護理師已經失蹤了兩天，我懷疑她的失蹤跟綁架我的是同一個人，所以我要在離開之前找到她。

「接下來，你要幫我做一件事。我來之前，已經請向卉在幫我查詢一些東西，相信這時候應該已經有了答案。當然，如果我能安全回來，會自己跟向卉聯繫，如果你看到這封信的時候，我還沒回來，這時候就要麻煩你跟向卉取得聯繫，用我教你的方法，她會把資料查詢的結果告訴給你。記住，千萬不能讓向卉知道我出了事。你跟她取得聯繫後，可以去孤兒院找我。大衛親筆！」

韓國棟一字一句地讀完這封信時，很久都沒喘過氣來，他重新恢復知覺時，發現自己後背已經被汗水溼透了。雖然溫度並不高，已經過了炎熱的季節。韓國棟拿著信，又快速瀏覽了一遍，這才想起葉大衛要他盡快幫忙做的事情。他放下信函，按照葉大衛教他的方法，打算跟向卉聯繫，可是當他抬起手臂，想要觸碰地圖時，卻又遲疑了。他有一絲緊張，或者是焦慮。畢竟是第一次做這種事，他感覺自己的心懸浮著，輕飄飄的。

可是，他很快就意識到了自己的錯，多耽擱一秒，葉大衛和陳迪芬的危險就多加一分。他鼓起勇氣，閉上眼睛，終於把手指按在了那個點。

向卉確實已經等待得太久，她拿到結果後，恨不得立即飛到葉大衛身邊，親口把這件事告訴他。她回到葉大衛的房子裡，跟他聯繫了好幾次，可依然沒有回音。她心裡便隱約有一絲不祥的感覺。當鏡子裡出現人像時，向卉眼前也豁然開朗，可她第一眼沒見到葉大衛時，便瞪著眼睛四處尋找起來。韓國棟不知道是否已經跟向卉聯繫上，他招了招手，然後等待回音。向卉沒見到葉大衛，又見韓國棟朝自己揮手，於是寫道：「韓隊，我師父呢？」

韓國棟看到文字從地圖上顯現，懸著的心終於放下，快速回道：「妳好，我是韓國棟，大衛他突然要去處理重要的事，讓我留下來跟妳溝通。」

向卉看到這些文字時，開始著急了，問：「韓隊，我師父到底去哪兒了？」

「妳放心，大衛沒事。他剛剛離開，而且走得很急。」韓國棟在寫這些文字時，微微頓了一下，他忘了向卉可以看到自己，所以沒想到自己的臉色已經出賣了內心，被向卉看穿。

「韓隊，你別騙我了，我知道師父出事了，快告訴我，他到底怎麼了？」向卉急得顫抖起來，連字都寫不工整了。

韓國棟沒想到向卉如此冰雪聰明，本來牢記著葉大衛的叮囑，這會兒被向卉看穿，他露出了無奈的表情，遲疑了片刻才寫道：「妳師父確實遇到了一點小麻煩，但妳放心，不是什麼大事，我正在想辦法解決。」

他寫完這句話，又接著寫道，「大衛請我聯繫妳，說妳幫他查詢了一些資料，有結果了嗎？方便的話請馬上傳給我。」

向卉生氣和緊張焦慮時，都喜歡緊咬嘴唇。她聽說葉大衛遇到了麻煩，便得知這件事不僅僅是麻煩，而且應該還很嚴重。她的性子雖然還是個小女孩，但畢竟是警察，這時聽了韓國棟的話，很快擦去了眼角的淚水，寫道：「我查到了，照片上的蔣懷遠，真名叫姚正祥，1978年前的十年間，共殺害十三條人命。」

韓國棟呆住了，他簡直不敢相信自己的眼睛，盯著那些文字看了許久，這才確定自己並沒有看花眼。

「韓隊，我不知道姚正祥是如何進入1982年的空間的，但他確實是連環殺人凶手，但是在警方抓捕他時，他已經因為重病而躺在太平間，隨後消失。對了，那天是7月13日。」向卉的話令韓國棟越發吃驚，他屏住呼吸，回問道：「沒想到姚正祥跟大衛一樣，也是來自另一個世界。妳確定查詢的資料沒有任何問題？」

「是的，是我從警方內部網查詢到的，而且經過照片比對，蔣懷遠和姚正祥完全就是同一個人。」向卉寫道，「韓隊，不管我師父發生什麼事，求求您一定要救救他，他千萬不能有事。」

韓國棟重重地點了點頭，還按著自己心臟的位置，大聲說道：「我一定會救出大衛，就算豁出性命！」向卉雖然聽不見他在說什麼，但從他的表情和口型上，已然明白了他的話，於是在紙板上寫道：「韓隊，謝謝您！」

韓國棟揮了揮手，然後關閉了聯繫。他面對地圖，心中一片悲涼。過了片刻，他重新拿起葉大衛留給自己的信，想起向卉告訴自己的關於蔣懷遠的消息，臉色變得異常凝重。

「1978年7月13日！」韓國棟將向卉告訴他的兩個時間點拼湊在一起，猛然間想起了什麼，嘴裡念叨著：「7月13日、7月13日、7月13日……」

在那一瞬間，他明白了一件事，大叫道，「不好，要出大事了！」

原來，今天也正好是1982年的7月13日。他意識到這兩個時間點也許並非巧合，但這種巧合，也太巧合了。韓國棟將信函揣進口袋，奪門而出。

第十八章　來自現實世界的連環殺人凶手

蒙面男子面對葉大衛的指認，終於摘下了面罩。葉大衛雖然已經猜到他便是蔣懷遠，但此時見到他的真面目時，依然感覺陣陣寒意侵襲。蔣懷遠摘下面罩後，眼裡居然流露出一絲淡淡的笑容。那種笑容，在葉大衛看來，充滿了絕對的自信，以及勝利者放縱的姿態。

「現在你我可以公平對話了。」蔣懷遠幫葉大衛坐了起來，「沒想到你會這麼快找到我。」

「其實我早該猜到了，但我仍然不信人心居然會如此險惡。」葉大衛嘆息道，蔣懷遠問他：「你從什麼時候開始懷疑的？」

「你身上的菸草味！」葉大衛道，「你第一次綁架我的時候，我就聞到了，今天在你房間，我又聞到了同樣的味道。」

蔣懷遠訕笑道：「沒想到一輩子的小嗜好，卻出賣了自己！」

「既然你沒死，那麼死的那個人到底是誰？」葉大衛指的是替代蔣懷遠被殺的替身。蔣懷遠輕蔑地說道：「一個臭要飯的，我養了他那麼久，現在終於派上用場了。」

葉大衛見過死者，死者的身形和蔣懷遠非常相似。

「怪只怪他有眼無珠，幾個月前，我在街上碰到他，把他帶了回來，給他好吃好喝地養著，現在幫我做點事，是他欠我的！」蔣懷遠想著自己謀劃已久的計畫，不禁笑開了花，但很快就又變了張臉，「要不是你出現，也許這輩子都不會有人發現，所以是你毀了我！」

「那麼，我在案發現場找到的照片，也是你偷走的吧？」

蔣懷遠不屑地說：「照片本來就是我的，我只是取回原本屬於自己的東西。沒想到曾經跟我擦肩而過吧，是不是覺得很可笑？」葉大衛想起被盜走照片的那一幕，跟他擦肩而過的那個背影，確實是蔣懷遠。

「其實也沒什麼，照片丟了就丟了，只不過我想正大光明地會會你，沒想到你如此不堪，如今又落到了我手裡，太讓我失望了。」蔣懷遠挑釁道，緊接著，他覺得自己已經處於穩贏的狀態，於是也不再隱瞞，乾脆一字不漏地講述了當晚發生的事情。

「胡明明不是你殺的？」葉大衛無比驚訝。蔣懷遠不屑地說：「如果他是死在我手裡，也許你就不用死啦。我只需要十三條命，多一條不要，少一條也不行！」

「為什麼是十三條人命？」葉大衛驚問道，蔣懷遠冷笑道：「這是天意！」葉大衛陷入沉思中。

「那小子，還挺機靈，假裝喝醉了酒，居然趁我出去把叫化子的屍體搬進來前逃跑了。」蔣懷遠一直對這件事耿耿於懷，「不過老天有眼，那小子做了那麼多壞事，還以為沒人知道。」

「他再壞，能有你壞？」葉大衛故意激將他，「雖然你說沒殺他，可你是最大的犯罪嫌疑人，現在他的命也不得不算在你頭上。」

「放屁，老子不替他背鍋！」蔣懷遠怒罵道，「他做的壞事可不比我少。」

葉大衛感覺他要說出真相的時候，他卻打住了，冷笑道：「你這是在套我的話呢。」

「愛說不說，我只是一直覺得胡明明是受害者，替他感覺冤屈！」

「冤屈個屁，你是不知道，當年孤兒院沒被火燒之前，那小子可是做盡了壞事。」蔣懷遠氣鼓鼓地說，「算了，反正他已經死了，我就全告訴你吧，就算是臨死前送你的福利。」

原來，胡明明不僅偷窺，而且還犯有強姦、縱火罪。葉大衛知道胡明明也參與了縱火，而且還是蔣懷遠的幫凶時，大為震怒。

「你現在還覺得他是受害者嗎？」蔣懷遠趾高氣揚地說，「那小子沒死在我手裡，不僅連累了你，而且還差點害我背鍋，他真是死有餘辜啊。」

「蔣懷遠，你瞞天過海，殺害那麼多人，難道僅僅只是為了陳護理師？」葉大衛言歸正傳，他急於想知道蔣懷遠的真實目的。蔣懷遠咧嘴笑道：「你認為呢？」

「你明白我的意思。如果僅僅只是為了幫陳迪芬報仇，你不會殺害那麼多人。」葉大衛說到這裡，又想到了什麼，「不對，我收回剛才的話。」蔣懷遠挑釁地看著葉大衛。

「你一直喜歡陳迪芬，所以趁著聚會喝醉酒後，強姦了她。」葉大衛深思著說，「你殺害當晚所有聚會的人，並非僅僅是為了給陳迪芬報仇，因為你就是那個強姦犯。你到底是誰，為什麼要這麼做？」

蔣懷遠大笑起來，但是很快收斂笑容，而後反問道：「那麼你覺得我應該是誰？」葉大衛死死地盯著他得意揚揚的目光。

「葉大衛，作為交換，你必須先回答我的問題。」蔣懷遠說，葉大衛卻說：「是我先提問，所以你必須先回答我。」

「不不，你錯了，現在我是莊家！」蔣懷遠打斷了他，「所以原則上應該我先出牌，你根本沒籌碼跟我談條件，懂了嗎？」

葉大衛不得不說：「你說得對，現在你掌握著生殺大權，請問吧。」

「你到底從哪裡來？」蔣懷遠在問這個問題時，滿臉深沉，好像變了個人。

葉大衛回應著他的目光，突然笑了：「你已經出賣了自己，知道嗎？第一次你在得知我並非這個世界的人後，就表現出了跟常人不一樣的表情，現在你又主動問起這個問題，說明你非常在意，很想知道答案。好吧，我現在就告訴你，我確實不是這個空間的人，而是來自三十年後的世界。」

蔣懷遠的臉色瞬間又變了，好像被潑了油漆似的。

「是的，你的這種表情，更加印證了我的猜想。」葉大衛反而笑了，「你就應該是這種表情，也正好洩露了你陰暗的內心。」

「2019年！」蔣懷遠悵然若失，又死死地盯著葉大衛的眼睛，「告訴我，你為什麼會來到這裡，怎麼來到這裡的？」

「我已經回答了你的問題，現在是不是該輪到你了？」葉大衛問出這個問題時，卻被蔣懷遠一拳打在臉上，而後又被緊緊地抓著衣領，怒喝道：「快回答我，不然我會讓你生不如死。」

葉大衛冷笑道：「反正我說不說都會死，為什麼要回答你？」

「你……」蔣懷遠氣得幾乎要爆炸，但他終於還是沉了口氣，退後一步，「無所謂，反正你早晚都會死，所以告訴你也無妨！」

葉大衛平心靜氣地看著他，內心卻翻江倒海。

「實話告訴你吧，我跟你一樣，也來自另一個世界！」蔣懷遠說出這句話的時候，葉大衛似乎無動於衷，依然平靜地看著他，他反問道，「怎麼，不信？」

葉大衛突然笑出了聲，緩緩搖頭道：「當然不信啦，雖然我不知道你為什麼要騙我，但我猜到你一定有陰謀，難道是想知道我來到這裡的辦法，然後打算從這個世界逃離出去，以為這樣就可以逃脫警察的追捕了？」

蔣懷遠也狂笑起來，笑著笑著，居然還笑出了淚水。葉大衛看著他像個瘋子般在自己面前晃來晃去，也不吱聲，直到他終於收回笑容，這才繼續說：「我也回不去了！」

「你說什麼？」蔣懷遠一聽這話，立刻變臉，「你以為我會相信你的話？我跟蹤了你很久，知道你一直在尋找回去的方法，現在告訴我，找到了嗎？」

葉大衛搖頭道：「如果找到了，我還會待在這裡等你來抓我？」

「那是因為你想救回陳迪芬。」蔣懷遠怒吼道，「別痴心妄想了，我要留下她，帶著她一塊兒離開這裡，回到原本屬於我的世界，然後幸福地生活在一起，永遠都不會再分開！」

葉大衛沒想到蔣懷遠居然還在做這樣的春秋大夢，但是透過這句話，他明白陳迪芬也在蔣懷遠手裡，不禁笑著反問道：「你認為陳護理師會跟你走？」

「這可由不得她！」蔣懷遠冷笑道：「我現在做的所有事情都是為了她，她……」

「你不是為了她，而是為了你自己！」葉大衛厲聲反駁道，「蔣懷遠，倒不如你直接告訴我，你在你自己的空間，到底做過什麼見不得光的事？」

蔣懷遠怔住了，緊緊地閉上了眼，好像陷入了深深的回憶，但很快就睜開眼，臉上露出邪惡的笑容。

「這樣吧，我不管你做了什麼，但是接下來我想要跟你做一筆交易，只要你放了陳迪芬，我就告訴你怎麼回到自己的世界。」葉大衛以退為進，蔣懷遠卻不屑地說：「你沒資格跟我談條件，你連自己都性命難保，還有心情替別人的死活著想，真是難為你了。」

「如果你不答應我的條件，那你這輩子都不可能再回去。」葉大衛擺出一副視死如歸的表情，蔣懷遠又走到他面前，慢慢蹲下身去，湊近他眼睛，一字一句地問：「難道你也愛上我喜歡的女人了？」

葉大衛想都沒想便回道：「是，那又如何？」

蔣懷遠又咧嘴笑了：「沒想到我們的口味很像啊，真是冤家。」

他突然又用槍口抵著葉大衛額頭，像狼一樣笑著問：「你真不怕死？」

葉大衛感覺到了槍口的力量，卻毫不躲閃，反而直直地頂了回去。

「為了個女人，值得嗎？」蔣懷遠問，葉大衛反問道：「那你為了一個女人，值得嗎？」

「當然值得！」蔣懷遠怒目相向，「我們已經認識很多年了，在這個孤獨的世界上，我們都沒有親人，互相照顧，同病相憐，你能理解這份情感嗎？不，你不理解，根本不理解。你們才認識多久。相信我，她不會愛上你的，她對你做的各種事情，都只是因為可憐你。」

他突然想起葉大衛住在陳迪芬家裡的景象，又咬牙切齒地罵道：「這輩子，她只能有我一個男人，如果你想從我身邊搶走她，我一定會殺了你。你給我聽好了，誰也不可能從我身邊搶走她！」

「那你為什麼要傷害她？你不是愛她，而是要毀了她！」葉大衛厲聲斥責道，「如果你真愛她，就不該傷害她，而是要保護她！」

「我難道沒保護她嗎？」蔣懷遠站直了身子，慢慢收回槍口，「我愛她，所以她的身體也應該給我。我殺了那些混蛋，就是在保護她。我不能讓其他人知道她受到了傷害，所以凡是知道這件事的人，都必須死。」

葉大衛被他的一番謬論驚嚇到了，如果不是因為靈魂骯髒到極致，如何才能說出如此喪盡天良的話？

蔣懷遠突然劇烈地咳嗽起來，緊接著嘴角滲出了血。他吐掉血，一隻手撐在腰上，又彎腰喘息起來，看上去非常吃力。

葉大衛不解地看著他，問道：「看樣子，你病得挺嚴重！」

「老毛病了，抽了一輩子土菸，可能肺早被熏壞了！」蔣懷遠抹去嘴角的鮮血，「葉大衛，我沒時間跟你瞎扯了，快告訴我，究竟怎樣才能回去？」

「我覺得你應該先去看醫生。」葉大衛不急不慢地說，「就算你離開這裡，也活不了多久……」

「你錯了，只要離開這裡，我就能長生不死！」蔣懷遠打斷了他，眼神深處滲出一絲寒氣。

＊　＊　＊

陳迪芬昏睡了很久，從半睡半醒中醒來，四周一片漆黑，還以為天未亮。她很快想起昏迷前被人捂住嘴，然後便失去了知覺。片刻之後，她慢慢適應了周圍的環境，才隱約發現自己已經不在原來的地方。這個地方跟之前關押她的地方相比較，不僅房間小了很多，而且光線昏暗。她觀察著周圍，卻根本難以辨認自己身在何處。她已經沒有力氣呼叫，更不知道門在哪邊。

在醒來以前，她記得自己做了個夢，而且那個夢如此真實，就好像真實發生過。她身處黑暗之中，腦子裡也是一片漆黑。慢慢地，她想起了那個夢，突然之間就迷迷糊糊地叫起來：「不要，不要……」

她躲在外面偷聽，緊緊地捂著嘴巴，大氣不敢出，可屋裡的哀求聲依然像風一樣鑽進她耳朵。她很想進去，雙腿卻不聽使喚。「求求你放過我，求你啦……」那個聲音越來越低沉，越來越無力。

從那之後，陳迪芬再也沒見過那個被侮辱求救的女孩，很多個夜晚，當她在睡夢中被那個聲音驚醒時，便發現自己滿臉淚水。這些年來，她常常後悔自己那天晚上沒能勇敢地推門進去，要是她阻止了那一切，也許那個女孩也不會失蹤了。距離上次做夢，已經好幾個月。她很久沒夢到過那個場景，本以為自己會永遠地忘記，不會再想起那天晚上的事情……可是，直到現在她才明白，那只不過是她的一廂情願。在她的潛意識裡，她想要把噩夢趕出自己的記憶，選擇性遺忘那個夜晚，但是失敗了。

「月華，對不起，我應該來救妳的。」她以為自己已經忘了那個女孩的名字，可那個名字卻再次清晰地浮現在她腦海。她滿臉淚光，又想起自己和那個叫伍月華的女孩，從小在孤兒院一起長大成人，一起玩耍的情景。

她是多麼的天真無邪，雖然沒了親人，可在孤兒院，她和陳迪芬是最好的朋友，幾乎形影不離，兩人睡一張床，吃一碗飯，就連上廁所都是一塊兒。

但是，就在那天晚上，陳迪芬肚子疼，等她上完廁所回到宿舍時，正好撞上了那一幕。她懊悔不已，連死的心都有了。在那天晚上伍月華失蹤之後，她對誰都不敢說自己看見的事，而且還強迫自己忘記。孤兒院那場大火，她一起長大的好幾個朋友都被大火燒死，那天晚上，她打算從樓頂跳下去，最後卻因為沒有勇氣而放棄了。

陳迪芬被那些往事驚醒，呼吸如此沉重，不敢再閉眼，雖然周圍的世界一片漆黑，什麼都看不清。但她回想起那些往事時，卻多麼希望世界永遠像現在這樣下去，光明永遠都不會再來。那樣的話，她就能隨著黑暗一起死去，死在這個暗無天日的地方，和伍月華一樣消失，成為一個永遠的祕密。

＊　＊　＊

「現在可以告訴我，到底該怎樣才能回去了吧？」蔣懷遠給葉大衛倒了一杯水，葉大衛口渴之際，一口氣將水喝乾後舒服地笑道：「我明白你現在的心情，但我還是那個條件，放了陳迪芬，我就告訴你答案。」

「我的時間不多了，如果在我死亡之前你沒告訴我答案，我會讓你們給我陪葬！」蔣懷遠在吐血之後，氣色明顯比那之前要差很多，臉色變得更加蒼白，突然又念叨起來，「7月13日、7月13日，今天又是7月13日了。我的時間不多了，求求你告訴我答案，我到底怎樣才能回去……」

葉大衛聽清楚了那個日期，卻沒明白什麼意思，可他感覺蔣懷遠說出的這個日期，一定有著不同尋常的意義。

他在大腦裡仔細搜尋，蔣懷遠又說：「你也看到了，我的身體狀況越來越差，我如果今天不能回去，可能又要等下一年的今天，可是，我還能等到那一天嗎？」

葉大衛聽著蔣懷遠絮絮叨叨，越發覺得奇怪。

「這是什麼地方，為什麼要帶我來這裡？」葉大衛剛才喝了涼水，一開始確實全身舒服，但片刻之後，牙關開始打架，體溫也逐漸降低。

蔣懷遠把槍放下，突然跪在他面前哀求道：「只要你說出怎麼回去，我就帶你一塊兒走。我猜你也不想留在這個貧窮的世界吧，等我們回去，一切都變了，所有的事情都會變成原來的樣子，從此以後，你我誰也不再見面，誰都不認識誰，好嗎？」

葉大衛沉吟了片刻，嘆息道：「雖然我不理解你所做的一切，但我確實跟你一樣，想盡快回到自己的世界。但是你得答應我，放了陳迪芬，她屬於這個世界，你不能帶她走，這樣會害了她。」

「我答應你，答應你還不成嗎？」蔣懷遠顫抖著，連聲音都變得越發尖細了，「你快告訴我，怎麼回去？到底要怎麼回去？」

＊＊＊

韓國棟帶人趕到孤兒院大樓外面時，已經是兩個小時之後，面對孤零零的大樓，他心裡是既擔心又充滿了期待。

「給我搜查這棟大樓裡的每一個位置，包括每一個角落，就算挖地三尺，也要把人給我找到！」他下達了命令，然後親自來到蔣懷遠的臥室，一腳踢開門，厲聲吼道：「姚正祥，你給我滾出來，滾出來！」

可是，並無人應答。他在房間裡看了一眼，想著自己之前來這裡什麼都沒發現，正要離開時，突然隱約聽見一陣陣低沉的敲擊聲。他站在房間，皺著眉頭，側耳傾聽起來。那個聲音極其微弱，像蚊子的嗡嗡聲。很快，他確定這個聲音就在自己附近，於是到處打量起來。

陳迪芬清醒過來後，依然全身無力，她在渾渾噩噩中，突然聽到外面傳來的講話聲，於是才鼓起全身的力氣拍打牆壁。很快，她似乎感覺外面的人聽到了自己的拍打，求生的欲望強迫她順著牆壁站了起來，然後繼續拍打。

「你們幾個，過來！」韓國棟大喜，立即出門，然後衝不遠處的幾個警員叫嚷道，「把這間屋子給我拆了，看看有沒有夾層什麼的。」

警員們進入房間後，把房間裡攪得天翻地覆，所有的家具都掀了個底朝天，但是依然沒有發現夾層。韓國棟等在門口，突然示意所有人安靜。他重新回到房間中央，大聲問道：「有人嗎？如果有人的話，就敲兩次。」

「砰砰！」果然，傳來兩次敲擊聲。他興奮地喊道：「別害怕，我是警察局的。我再問你，如果你是葉大衛就敲擊一次，如果你是陳迪芬，就敲擊兩次。」

「砰砰！」又傳來兩聲敲擊聲。

「陳護理師，我是韓國棟，我們現在正在外面，很快就救妳出來！」韓國棟確定跟他溝通的人是陳迪芬後，再次命令手下把房間裡的牆壁和地板重新尋找一遍。

所有人開始敲擊房間的牆壁和地板。很快，有人懷疑房間裡某個位置可能有夾層。韓國棟朝著那個位置連拍了幾下，大聲問道：「是這個位置嗎？」陳迪芬雖然無力回答他，但憑藉韓國棟拍打牆壁的聲音，能感覺他正站在自己面前，於是又拍打了兩下。韓國棟指著這個位置說：「就是這裡，找工具來給我砸開。陳護理師，妳離遠一點兒，我們馬上進來了。」

陳迪芬聽見他的聲音，往後退了去。隨著一聲聲砸牆的聲音響起，緊接著傳來一聲巨響，牆壁轟然倒塌，塵土飛揚。陳迪芬看到了光線，眼角滾落兩行熱淚。韓國棟看到了牆壁後面的夾層，什麼都沒想，便自個兒先鑽了進去。

因為夾層後面還非常陰暗，加上塵土飛揚，他進去後一時間沒看到人，於是一邊用手驅趕灰塵，一邊呼叫陳迪芬的名字。陳迪芬努力站了起來，跌跌撞撞地走向韓國棟。韓國棟終於看清了她的身影，在她快要倒下時，慌忙過去扶住了她。眾人合力把陳迪芬從夾層後面救了出來，又把蔣懷遠胡亂放置的床放好，然後把她平放在床上。

陳迪芬面無血色，嘴唇烏黑，兩隻眼睛深深地陷入臉頰。「水、我要喝水！」陳迪芬張開嘴說道，韓國棟把耳朵貼近她嘴邊才聽清楚她說的什麼，然後讓人把水端到她嘴邊，親自給她餵下。

「好點了嗎？」他問。她眨了眨眼睛。韓國棟又迫不及待地問：「葉大衛來救妳了，妳有沒有見過他？」

陳迪芬的瞳孔瞬間放大，但眼睛裡那束光亮很快消失，無力地搖了搖頭。

「那妳知道是誰綁架了妳，有見過那人嗎？」陳迪芬又搖了搖頭，但是突然就嚶嚶地抽泣起來。她這是在為葉大衛的安危擔憂啊。

韓國棟看穿了她的心思，安慰道：「大衛留了話給我，我才知道他來救妳了，而且一定在孤兒院。」然後他又吩咐手下繼續進夾層尋找。

「對不起、對不起！」淚水順著她的臉頰滑落。

「妳放心，大衛絕不會有事。他一定還在孤兒院，現在警察局來了很多人，很快就能找到他。」韓國棟說，「妳先在這裡休息一會兒，我馬上安排人送妳去醫院。」

陳迪芬卻搖頭，無力地說：「我不，我要等大衛……」

「看狀況吧，妳現在感覺如何？除了沒有力氣之外，還有沒有別的不舒服？」韓國棟問，她用搖頭作答，於是他答應了她的請求。這時候，所有的警察都在孤兒院裡到處搜尋，幸好情況還不算太複雜，但是截至目前，依然沒人給他帶來好消息。

蔣懷遠搬了把椅子在葉大衛面前坐下，一隻手捂著胸口的位置，聲音低沉地說：「我剛把她帶到這裡時，她就坐在你這個位置。她求我放了她，還想要趁我不注意逃走，但被我發現了。我沒想到你會這麼快就找過來，實在是出人意料，比我想像中要早了很久。」

「你抓來陳迪芬，不早就料到我會來找你？」葉大衛道，「其實我一開始並不知道是你抓了陳迪芬，而且也不知道你把她關在這裡，一切都只是偶然。」

蔣懷遠瞇縫著眼睛看著他，突然大笑道：「韓國棟來過，但沒找到我。如果不是我想見你，你以為你真有本事找到我？」葉大衛想起自己確實是被蔣懷遠牽著鼻子，一步一步走到這裡的。

「那場大火過後，我留了下來。這裡就像是我的家，整個江州區就是我的第二故鄉。」蔣懷遠無力地笑道，「我聽說政府已經把這裡列入西區改造計畫，還說要建什麼煉鐵廠。過了今年，這棟樓房就要被拆掉了。他們為什麼要毀掉我住的地方？他們有什麼權利要毀掉這裡？」

葉大衛聽到「西區改造」四個字時，驚問道：「你剛才說什麼？這棟大樓被列入了西區改造計畫？」

「很稀奇嗎？孤兒院早就搬走了，就剩下我一個孤老頭子，他們還能給我活路？」蔣懷遠面目猙獰，罵了一句，「早知道這樣，老子那把火就該燒大點。」

葉大衛把所有的線索連繫到一起，腦子裡蹦出一個大膽的想法：這裡不會就是自己苦苦尋找的地方吧？這難道就是所謂的「踏破鐵鞋無覓處，得來全不費工夫」？

「你說這裡就是可以回去的地方？」蔣懷遠滿臉疑惑。

「是的，只不過我不敢斷定，所以必須要試一試。」葉大衛說出了自己因為被槍擊才來到這個空間時，蔣懷遠卻滿臉不信任，繼而冷笑道：「你以為我是三歲小孩，以為這樣就可以騙到我？」

「信不信隨你，有句話叫向死而生，你應該知道什麼意思吧？」葉大衛這話似乎勾起了蔣懷遠的回憶，他想起了多年前的事情。

1978年，蔣懷遠舉步維艱，不僅快要被警察逼得走投無路，更是被檢查出患了絕症，他以為自己畢生犯下殺戒太多，所以才遭此報應。

他走在路上，突然昏迷不醒，被人送到醫院時已經說不出話來。在他被送往急診室時，突然聽見有人喊「地震了」，頃刻間地動山搖。當時時間非常緊急，於是被醫護人員就近送到了太平間，因為那裡是較為穩固的地方，相當於防空洞，可以有避震的效果。

蔣懷遠感覺自己還剩下一口氣，但能聽到外面如雷的震動聲。他絕望地閉上了眼睛，腦子裡同時浮現出一個想法：「難道是我做了太多孽，在我明明可以被搶救的時候，卻突發地震。老天爺，你這是真的不想留我了嗎？」

就在他眼角滾落一滴淚水時，突然一聲巨響，瞬間感覺整個人飛了起來……「向死而生，向死而生！」蔣懷遠嘀咕道，「難道人真的要在面臨死亡時，才會進入另外一個空間？」

但是，他突然大笑起來，興奮不已。

葉大衛看著像瘋子一般大笑的蔣懷遠，又環視著囚禁自己的太平間，問道：「你莫非以為自己臨死前，是因為進入太平間才會來到這個空間？」

「難道不是？」蔣懷遠依然在大笑，「葉大衛啊葉大衛，多虧你提醒了我，看來我賭對了，不靠你，我自己也能回去。」

葉大衛被他的言語給弄糊塗了。

蔣懷遠拿著槍，像瘋子一樣手舞足蹈，他的槍口在空中亂舞，突然不小心碰到了扳機，子彈出膛，射中樓頂，一縷灰塵呼啦啦落下。正在外面搜尋的韓國棟也聽到了這一聲類似槍響的聲音，可他不敢確定，於是問身邊的人是否聽到槍聲，但所有人都否認了。

灰塵落到葉大衛頭上，雖然他沒有被槍聲驚嚇到，但槍響之時，他還是瞪大了眼睛。

「怎樣，被嚇到了嗎？哈哈，別怕，槍走火，不小心嚇到你了。」蔣懷遠停止了手舞足蹈，「現在你沒用了，知道嗎？我雖然患了重病，馬上就要死了，但只要我進入另一個空間，我又可以安然無恙，繼續活下去。這個辦法，是不是很好呀？」

葉大衛扭動著僵硬的身軀，突然笑了起來。

「你笑什麼？以為我不敢殺你？放心吧，你的生命已經進入倒數計時，在我離開之前，一定會取走你的性命。」蔣懷遠說完這話，沒想到又噴出一口濃血，血濺了葉大衛一臉。他慌忙在葉大衛臉上擦來擦去，還不停地說：「對不起，對不起，我不是故意的，真不是故意的，我幫你擦、擦乾淨！」

葉大衛聞到了血腥味，想擺脫蔣懷遠，但無濟於事。蔣懷遠突然雙手捧著葉大衛的臉，盯著他的眼睛，面帶笑容問道：「還有遺言嗎？」

葉大衛冷冷地回應道：「該留下遺言的應該是你！」

「哈哈，都死到臨頭了還嘴硬，不過我不跟一個死人計較。」蔣懷遠轉過身去，「哦，對了，我將會回到原本屬於我們的世界，想必你在那邊還有親人吧？有什麼話需要我帶回去的，現在可以說出來了。我們相識一場，何況還是在另一個空間，也算是緣分不淺，我保證幫你把話帶到。」
葉大衛閉上了眼睛，在心裡默默地說道：「陳護理師，感謝妳的救命之恩，這份恩情，我想只有下輩子才有機會償還了。」
他又想起了向卉，那個在 2019 年傻傻等他的女孩。
「也許我們今生再也沒機會見面，謝謝妳等我，但是從現在起，不用再等了，有機會找個愛妳的男人嫁了吧！」葉大衛睜開了眼睛，輕鬆地說，「開槍吧，要是我不死，就一定會阻攔你！」
可是，蔣懷遠突然愣住了，似乎想起了什麼。
葉大衛似乎已經做好死亡的準備，可蔣懷遠卻拔出了一把寒光閃閃的刀來，一步步逼近他。
「你以為我真傻了吧？記得自己跟我說過什麼，在合適的地點，向你開槍，你豈不是也有機會回到自己的世界？嘿嘿，我差點就上當了。」蔣懷遠在葉大衛以為自己快要成功時醒悟了過來。
葉大衛看見他手裡緊握的尖刀，不禁嚥了口唾沫，又仰起頭，毫不躲閃地迎著他的目光，同時還散發出挑釁的光芒。
「你不用這麼看著我，最後問你一個問題，只要你告訴我答案，就會讓你痛快點離開。」蔣懷遠把刀對著他脖子，「是不是特別後悔盯著我不放？」
葉大衛面不改色地說：「我後悔沒能親手逮捕你。」
「可惜晚了！」蔣懷遠扯著公鴨般的嗓子狂笑道，「在送你走之前，還有個祕密要告訴你。其實，在現實空間，我是個殺人犯。我手上沾滿了血，如果我記得沒錯的話，一共是十三條人命，所以在這裡，我同樣要殺死十三條人命。雖然我不知道這樣做是不是就能回去，但我要盡量做到萬無一失，讓我在兩個空間的人生軌跡變得相似，這樣才能確保回去的機率越大。」

葉大衛聽到這裡，才真的被嚇到了。他的思維高速旋轉起來，一張既熟悉又陌生的面孔在他眼前慢慢變得清晰。

「這些年來，我本來活得好好的，沒人知道我的過去，我可以安心過日子，但沒想到幾年前，我居然發現自己又患病了，而且跟之前的病一模一樣。我不甘心啊，老天爺為什麼要這麼對我？我恨他待我不公，所以我要反擊，要逆天改命。」蔣懷遠眼裡閃爍著猙獰的光，「本來我不想繼續殺人，可我不能死，所以不得不舉起屠刀。在你之前，我已經殺了十二條人命，加上你，正好是十三條人命。葉大衛，這就是你的命，沒辦法，認了吧！」

「原來你殺了那麼多無辜的人，全都是為了達成自己的目的。不難解釋了，多年前孤兒院的那場大火，還有發生在聚客飯莊的凶殺案，原來都是出自你手。」葉大衛說完這些，突然暴怒起來，「蔣懷遠，你這個畜生，居然連孩子都不放過，你以為自己殺了那麼多人，就真的能回去？」

「當然，我不敢保證，就像你是被槍擊後來到這裡一樣，所以你這次同樣不敢保證能否成功，我們這樣做，不都是抱著冒險的心態嗎？」蔣懷遠一口氣說了這麼多話，嗓子變得更加沙啞了，就在這短短的一個多小時，他的臉色也變得越發漆黑，彷彿蒼老了十歲。

葉大衛此時已經清晰記起了多年前發生在江州市的連環殺人案，但是案子在凶手莫名其妙消失後，成為懸案，檔案也被封存成為永久性的內部資料，至今仍然沒對外公布。

大約在五年前，他曾經從同事口中了解那起案子後，還特意查閱了檔案，所以才因為時間過得太久，只對照片上的犯罪嫌疑人有印象，但又印象不太深刻了。

「怪不得我第一次看到你的照片時，會有種似曾相識的感覺，原來是你！」葉大衛倒吸了一口涼氣，「這麼多年，你躲到這裡，當年辦案的同事基本上都退休的退休，調走的調走，而且你的檔案永久性封存，成為世紀懸案。不過，我記得你原本不叫這個名字……」

「你居然看過我的檔案？」蔣懷遠居然露出了得意揚揚的笑容，「這樣說來，我們應該是老朋友了。哈哈，如果你不是警察，也許我們可以成為朋友。」

「如果你回去，我一定抓你歸案！」葉大衛毫不猶豫地說，「十三條無辜的人命，你於心何忍？加上現在的，一共是二十六條人命……」

「不不不，你錯了，你還沒死，所以是二十五條人命。」蔣懷遠笑道，「對了，你記得沒錯，我確實不叫蔣懷遠，要不是你提起，我還差點忘了自己原來的名字。姚正祥，那個名字已經離開我很多年了。」

「我一直猜不透為什麼老天爺要我來到這裡，現在終於明白了，他讓我來，就是為了帶你回去，讓你血債血償。」葉大衛滿懷信心，「天網恢恢，疏而不漏，這話應該算是對你最好的詮釋。」

「你還有這個本事嗎？自身難保，還想抓我回去，你是不是應該跪下來求我放過你？」

「就像你之前跪下來求我一樣？」葉大衛不屑地笑道，「我說過，老天爺派我來，目的就是抓你回去，所以你根本沒機會殺我。」

「你真的以為自己死不了？」姚正祥再次舉起了刀，這一次，他打定主意，要用手裡這把尖刀，在葉大衛身上狠狠地扎幾個洞。

葉大衛緊咬著牙關，面對冰冷的尖刀，還有姚正祥那張面目猙獰的臉，義正詞嚴地說：「姚正祥，就算你殺了我，老天也一定會收拾你！」

第十九章　過去、現在和未來

姚正祥手握尖刀，尖刀閃著寒光，在離葉大衛不到半公尺時，突然被身後一聲怒喝嚇住了。他雖然病入膏肓，但反應極快，迅速抓起近前的獵槍，然後躲到葉大衛身後，一把抓住他脖子，怒視著剛剛衝進來的韓國棟。葉大衛笑了起來：「你現在相信我了吧，你殺不了我的。」

「滾出去，都給我滾出去，要不然我殺了他！」姚正祥一手握著尖刀架在葉大衛脖子上，一手拿獵槍瞄著前面的警察。他目露凶光，似笑非笑。

「姚正祥，放下武器吧，不要再做無謂的抵抗了。」韓國棟往前邁了幾步。姚正祥彷彿受到了威脅，徘徊著槍口怒喝道：「再敢往前一步，我就開槍了！」

韓國棟舉起雙手，說：「我沒帶武器，我們可以心平氣和地談談！」

「沒什麼好談的，我現在殺了他，然後就會回到自己的世界，你們誰也別想抓到我！」姚正祥像狼一樣瞪著凶狠的眼睛，「明白了嗎？這個世界就是這樣，弱肉強食，做好人，一定會死得很慘的，嘿嘿！」

韓國棟緩緩搖頭道：「好人一定比壞人長命，這是我韓國棟說的。」

「我才是神，我什麼時候死，自己決定！」姚正祥做出要開槍的樣子，葉大衛突然大笑起來。姚正祥手上一緊，冷聲喝斥道，「放聲大笑吧，這是你最後的笑聲了。」

「你太蠢了，真以為萬事俱備只欠東風？殺了我，你絕對不可能回到原來的世界！」葉大衛氣定神閒地說，「因為你欠缺了一件最重要的東西，但這個，誰也沒辦法幫你。」

「你到底在說什麼？」姚正祥眼裡閃過一絲慌亂，沒能逃過韓國棟的眼睛。

葉大衛念念有詞：「1978年7月13日，那天很特殊，是非常容易被記住的一天，知道為什麼嗎？因為就在那天，江州市發生了地震，還記得嗎？」

姚正祥何嘗不記得那天，而且那天的情景就像烙鐵似的印在了他腦海中。

「我相信你一定會記得那一天，換作是我，也會跟你一樣，一輩子都不會忘記！」葉大衛繼續說道，「你明白我的意思嗎？對你來說，要去另外一個世界，必須具備三樣東西，死亡、太平間，當然還有那場突如其來的地震。」

「不可能，不可能……」姚正祥嘴上否認，眼神卻出賣了他焦躁的內心。

「我明白你一時難以接受這樣的說辭，也許認為我在騙你，但事實就是這樣。」葉大衛嘆息道，「這是最基本的常識，發生地震時，地球磁場發生改變，這是有科學依據的。」

葉大衛說得沒錯，地震發生時，都會引起電磁場的變化。雖然他對此不是十分了解，只是有所耳聞，但在國內外早已有紀錄。

1970年1月5日，在雲南發生7.8級大地震。地震前，震央區有些人在收聽廣播電臺的廣播，忽然發現收音機音量減小，聲音嘈雜不清，特別是在地震前幾分鐘，播音乾脆中斷。再如，1973年2月6日四川7.9級地震之前，廣播電臺的人發現，在地震前五至三十分鐘，收音機雜音很大，無法偵錯，接著發生了大地震。

地震前磁場變化很早就被人們注意到了。西元1872年12月15日印度發生地震前，巴西利亞至倫敦的電報線上出現了異常電流；1930年日本地震時，電流計也記錄到了海底電線上的異常電流。

姚正祥因為葉大衛這番話而陷入深深的恐懼之中，但他依然不完全相信，附在葉大衛耳邊問道：「無憑無據，你以為我會信你？」

「我有必要讓你信我嗎？反正我馬上就要離開了，倒是你，想死還是想活，趕緊決定吧。」葉大衛沉聲應對，「7月13日，剩下的時間不多了，錯過了今天，你還有時間等下一個7月13日？」

姚正祥聞言，頓時就慌了，拿刀的手開始顫抖。

葉大衛感覺刀鋒已經刺進自己皮膚，但他只是微微閉了下眼。

韓國棟見狀，略微抬高聲音喊道：「姚正祥，我們做個交易吧，你放下武器，我讓你走。」

姚正祥從鼻孔裡發出冷冷的聲音，繼而陰冷地笑道：「很多事情，如果沒有做，怎麼知道自己能不能贏？葉大衛，就算我死，也要拉你墊背。」

「韓隊，這裡就是我要回去的地方，還記得我跟你說過的話嗎？」葉大衛突然問道，韓國棟大驚失色，但隨即重重地搖了搖頭，面對葉大衛如火的眼神，又點了點頭。

「再見啦！」葉大衛面帶笑容。

「那就讓我們一起跌入地獄吧！」姚正祥突然咆哮起來，葉大衛瞪大了眼睛，韓國棟雖然已經做好心理準備，但仍然沒忍住大叫起來：「不要！」

可是，姚正祥已經舉起了尖刀。

「朝我開槍！」葉大衛眼裡流露出了決絕的笑容，韓國棟帶頭，和其他警察人員扣動了扳機，子彈呼嘯著撲向葉大衛和姚正祥。姚正祥舉起的刀還沒來得及刺向葉大衛，就被射成了馬蜂窩，整個人向後倒去，躺在地上，血流了一地。

可是，他沒有闔眼，仰望天堂的方向，眼裡滿含驚恐的表情。他的嘴巴一張一合，好像想要說點什麼，最後卻終於什麼都沒說，又永遠地閉上了。

韓國棟全身冰涼。他盯著姚正祥千瘡百孔的屍體，想像著葉大衛此時應該已經回到自己的世界，也終於露出了舒心的笑容。

「大衛兄弟，希望你心想事成！」韓國棟在心裡默默地祈禱，陳迪芬突然來了，她休息了一會兒，精神大為好轉，此時看到已經死亡的姚正祥，緊張而又擔心地問：「大衛呢，他人呢？」

韓國棟欣慰地說：「放心吧，他沒事，已經離開這裡，這會兒應該回到了自己的世界！」

陳迪芬臉上沒有任何表情，只是後悔沒能見上他最後一面，在心裡默默地嘆息道：「一切都結束了！」

身後突然有人叫韓國棟：「隊長，有發現！」

他隨即讓人保護現場，自己轉身走了出去。在地下室的另一個封閉空間，他看到一個鐵籠子，籠子裡有個女人，披頭散髮，滿臉漆黑，如果不是因為兩隻還有光亮的眼睛，可能沒人會把她當成活人。

在籠子外面的角落裡，蜷縮著一個孩子，孩子和鐵籠之間有一條鐵鏈緊緊地連在一起。孩子看到這些陌生人，眼裡閃爍著驚恐、害怕的表情，一直往後退縮，卻又因為無路可退，整個人像一隻受驚的小動物……

韓國棟看到這一幕時，全身的汗毛都豎了起來，連連自語道：「這是什麼？為什麼會這樣？」

就在此時，陳迪芬不知什麼時候也過來了，她一步步走向鐵籠，鐵籠裡的女子被嚇得一個力氣往後退，嘴裡還發出嗷嗷的叫聲。

「月華，是妳嗎，月華？」陳迪芬跪在鐵籠外面，面對鐵籠裡的女子，腦海裡突然浮現出多年前的那個夜晚，還有葉大衛在她家裡找到的那張合影，其中一個女孩便是小時候的伍月華。

韓國棟慢慢走到她背後，低聲問：「你認識她？」

陳迪芬從噩夢中醒過來，點了點頭。她沒想到這麼多年，伍月華一直被關在這裡。

「我以為這輩子再也見不到妳了，對不起，對不起！」陳迪芬痛哭流涕，當她的目光慢慢轉向牆角的小孩時，也瞬間明白了一些事情，更加心痛不已。

韓國棟讓人開啟鐵籠，鐵籠裡的伍月華彷彿受到驚嚇，不停地往後躲，別過臉去不敢看他們。

「是我呀，還記得我嗎，月華？妳好好看看我的臉……」陳迪芬把手伸向伍月華，伍月華突然撲過來，幸好韓國棟眼明手快，擋在了陳迪芬面前，然後抓著伍月華的手，順勢把她從鐵籠裡拉了出來。

「妳怎麼了，月華？」陳迪芬緊緊地抱住了伍月華。

突然之間，伍月華暈了過去。

葉大衛感覺自己又做了一個漫長的夢，當他緩緩睜開眼睛，發現自己正躺在床上，而且房間裡的一切都那麼熟悉，頓時還以為自己身處夢中。

他鯉魚打挺一般地彈了起來，環顧周圍的一切，才明白是在自家的臥室裡，頓時就大喜不已，本想叫喊，但突然想起外面的向卉，決定給她一個驚喜。

他悄然推開房門，看到向卉一動不動地躺在沙發上，好像是睡著了。

葉大衛慢慢走到她身邊，望著她熟睡的面孔，卻發現臉色緋紅，這才感覺不對勁。他用手試探著摸了摸她額頭，她突然在夢中囈語起來：「師父，我好想你了，你什麼時候回來呀！」

葉大衛心裡一暖，被感動得差點落淚。

「傻丫頭，都燒成這樣了，怎麼不去醫院？」葉大衛心痛地說道，向卉突然睜開了眼睛，當她看到面前的葉大衛時，一開始也以為自己在做夢。她伸出手去，觸控著他消瘦的臉頰，無力地問道：「師父，我不是在做夢吧？」

葉大衛緩緩搖頭道：「妳沒有做夢，師父回來了，真的回來了！」

向卉掙扎著坐了起來，端詳著他的臉，突然撲進他懷裡，緊緊地摟著他脖子，好像生怕他再次從身邊溜走似的，嚶嚶地說道：「師父，真的是你嗎？我好想你啊！」

「師父也想妳，這些日子，辛苦妳了！」葉大衛回應著她的擁抱，「妳發燒了，要趕緊去醫院！」

「不，我不，你一回來，我就全好了！」向卉倔強地說道，「師父，你知道嗎，我真害怕這輩子都無法再見到你。每一天，每一刻，都期待你會突然出現在我面前。」

葉大衛放開她，看著她的眼睛，發現她這段日子也瘦了不少，心懷愧疚地說：「看妳都瘦了！如果沒有妳，我真不知道什麼時候才能回來，或許這輩子都有可能回不來了，謝謝妳！」

「師父，你也瘦了。」向卉心疼地凝視著他的雙眼，「師父，你知道嗎，你不在的這些日子，我真的好難過，一想到你可能回不來，我這輩子都不知道該怎麼繼續過下去了。」

「傻丫頭，妳的日子還長著呢，怎麼就這麼傷感啦。」葉大衛摸了摸她的頭，「走，師父送妳去醫院。」

「不用了師父，我買了藥，待會兒吃點退燒藥就可以啦！」向卉固執地說，「我想跟你一起多待會兒。」

葉大衛給她倒了杯水，她喝了藥，跟他說了這些日子發生在現實空間的事情。他把姚正祥的檔案再仔細地看了一遍，唏噓不已，嘆息道：「沒想到幾十年前的懸案，以另外一種方式告破了。」

向卉得知姚正祥已經被警方擊斃的消息時，欣喜地以為現在可以結案了。

「不行，這件事絕對不能讓除了妳我之外的第三個人知道。」葉大衛叮囑道，「我不想再節外生枝。再說了，這些發生在我身上的事情，我自己都還沒緩過來，別人能相信嗎？」

他的顧慮是有道理的，與其浪費口舌去解釋，還不如悶在心裡，就讓它隨風飄散。

向卉答應了他，卻突然提起陳迪芬。

葉大衛滿臉愧疚地說：「她救過我的命，可惜臨走前都沒來得及說一聲再見！」

「那你……是不是很捨不得她？」向卉壞笑著看著他的眼睛問，他摸了摸她的頭，笑著說：「一天到晚胡思亂想。不過妳說對了，還真捨不得，畢竟救過我的命，還一起住了那麼久……」

「她長得那麼好看，你……」向卉瞪著眼睛，他忙解釋：「千萬別誤會，我那只是借住。再說了，她再好看，那也沒妳好看啊！」

「這還差不多，算你有良心！」

「看妳，哪像個病人！」葉大衛的思緒落到了陳迪芬身上，雖然相隔三十多年，但她的清麗容顏如在眼前。

韓國棟和陳迪芬把伍月華，還有地下室裡發現的孩子送到醫院，直到親眼看到兩人進了急診室，這才安下心來。

「我們從小一起長大的，是我在孤兒院最好的朋友，我們倆住同一個房間……」陳迪芬娓娓道來，那些美好的往事，都在她臉上一一浮現，可是很快，噩夢來襲，她眼圈突然就紅了，「對不起，都怪我沒膽量叫出來，我太害怕了，是我害了她！」

韓國棟明白真相後，安慰道：「妳也別太自責，誰也不想那樣的事情發生，不過幸好人還活著……」

陳迪芬抹去眼淚，沉重地說：「那個孩子，一定是月華被蔣懷遠……」她說不下去了，韓國棟說：「我明白妳想說什麼，但孩子是無辜的。妳也累了，先回去休息吧，我相信他們不會有事的。」

陳迪芬卻拒絕了他，非要等他們從急診室出來。韓國棟和她坐在走廊裡，安靜了片刻，他問起她被綁架的事情。她如實相告後，這才問起葉大衛：「他真的回去了嗎？」

「應該是的。」他也沒把握，但是希望如此，「放心吧，吉人自有天相，大衛就算沒能回到自己的世界，現在也一定是安全的。」

「那他……臨走前，有沒有留下什麼話？」她在問起這個時，有點結巴。

韓國棟看了她一眼，心領神會地說：「當時情況太特殊了，所以……」她明白了他的意思，默默地垂下了眼皮。

「不過沒關係，妳家裡不是可以跟他的世界聯繫嗎？如果能聯繫上，不就知道他是否安全到家了？」

韓國棟此言一出，陳迪芬欣喜不已，大叫道：「我怎麼把這件事給忘了。」

＊＊＊

耀眼的陽光，一大清早就把江州市鋪上了一層金色的外衣，這個睡眼矇矓的城市，像嬰兒般恬靜。

葉大衛在向卉的陪伴下，來到墓園，把鮮花放在申雲娜墳墓前，凝視著墓碑上那張清秀、剛毅的面孔，久久說不出話來。

「師父，殺害雲娜姐的凶手已經死了，你也安全回來了，我想雲娜姐知道這些消息，一定會非常開心！」向卉身著素衣，站立在葉大衛身邊，像隻美麗的鳥兒。

葉大衛緩緩點了點頭，嘆息道：「雲娜，我們來看妳了，武東死了，妳也可以瞑目了。安息吧，如果有來生，希望我們還能做最好的搭檔！」

一隻蝴蝶在墓碑前翩翩起舞，突然又落到了葉大衛肩上，葉大衛扭頭看著蝴蝶，臉上露出了欣喜的笑容。

「師父，你猜是不是雲娜姐來看我們了？」向卉伸出手去，蝴蝶落到她手上，她讚嘆不已：「好漂亮哦。」

然後張開手，蝴蝶撲閃著翅膀，向著遙遠的天空翩翩而去。

葉大衛的目光跟隨著蝴蝶越飛越遠，他在想，要是蝴蝶真是申雲娜的化身，那該多好啊！

「人死之後，是不是也進入了另一個平行世界？」向卉突然問道，葉大衛笑了笑，說：「但願如此吧！」

他在向卉的陪伴下回到了警察局，當所有人看到他時，一個個又驚又喜。他和大家打招呼時，很多人看著他，竟然都忘了回應。

馬正雲正在打電話，聽到敲門時頭也沒抬，當他放下電話，抬頭看到近前的葉大衛時，當即就被嚇得跌倒在了椅子上。

「葉、葉大衛，你、你……」馬正雲惶恐不已，葉大衛只是笑著，一言不發。他又看向滿臉笑容的向卉，這才坐正了身子，說話時卻已然結結巴巴，「你，你什麼時候回來的?向卉，這到底是怎麼回事？」

「報告局長，我剛回來，今天來向您報到！」葉大衛大聲回道，向卉笑嘻嘻地走過去，把馬正雲攙扶著，驕傲地說：「師父回來了，安然無恙地回來了。」

「這到底怎麼回事啊？」馬正雲平息了一下心情，擺正了自己局長的樣子質問道。

「報告局長，我也不知道發生了什麼事，更不記得自己去了什麼地方，就好像睡了一覺，做了個夢，然後就回來了！」葉大衛胡編亂造起來，「我現在腦子還是糊塗的，當時昏迷之前就不省人事了，後來好像被關在了一個黑屋子裡，然後每天都有人送飯，再後來，我醒來的時候，發現在家裡躺著。您說奇怪不奇怪？」

馬正雲滿臉疑惑地看著他，又看著向卉，向卉忙點頭道：「是這樣的，師父也是這樣跟我解釋的。」

「葉大衛，你少唬我，當我是三歲小孩？」馬正雲一臉的惱怒，葉大衛見他發脾氣了，忙解釋道：「我沒唬您，是真不記得到底發生了什麼事。」

「馬正雲，我師父能活著回來，已經很不容易了，你還想怎麼樣？」向卉噘著嘴說著，馬正雲突然大笑起來，走到葉大衛面前，一把把他攬在懷裡說：「回來就好，回來就好，大家都想死你了。我就知道你沒事，你福大命大，怎麼可能這麼容易說沒就沒了呢？」

「對不起，讓你們為我擔心了。」葉大衛感激地說，「我也以為自己再也回不來了。」

「沒事了，你受苦了。害你的人和害死雲娜的凶手已經伏法，大家都可以安心啦！」馬正雲放開葉大衛，又看著向卉，「你不在的時候，按照規定，應該停止對你的搜尋，但這丫頭瘋了似的，整天對我死纏爛打，讓我絕對不能放棄你，還請了長假，說身體不舒服。妳以為我不知道妳幹什麼去了？吳永誌都告訴我了。」

「好你個吳永誌，居然敢出賣我。」向卉瞪著眼睛，立刻變了張臉，「以後別怪我沒把你當兄弟！」

「好了，小吳也是為妳好，怕妳出事。妳也老大不小了，別整天渾渾噩噩的，工作要努力，婚姻大事也不能耽誤。」馬正雲在說這話時，眼睛故意看向葉大衛，葉大衛和向卉都聽出了言外之意，卻故意不搭腔。

「局長，武東到底怎麼死的？」葉大衛提及了自己最關心的問題。

馬正雲滿臉愁容，嘆息道：「說來也奇怪，好好的監視器畫面突然壞掉，只看到一個穿著制服的人，但是臉部全被遮擋住，至今也沒有找到更多的線索。」

「看來行凶者是個高手！」葉大衛接過話說，「局長，能不能把這個案子交給我？如果我猜得沒錯，膽敢混入警察局殺人滅口，一定是擔心武東說出更大的祕密，武東是突破口，只要找到這個幕後人，說不定可以挖出龍幫的祕密。」

「龍幫？你已經知道啦？」馬正雲盯著他的眼睛問道，他說漏了嘴，慌忙補救道：「是、是向卉跟我說的。」

向卉忙點頭承認。馬正雲沉默了片刻，說：「我理解你的心情。這樣吧，我再給你一週時間調整，不用急著回來工作，等你覺得自己調整過來後，再回來接手這個案子。」

「我現在就能回來工作。」葉大衛搶白道，「局長，你看我現在不是好好的嗎？哪裡還需要調整？」

「不行，這是命令！」馬正雲說，「向卉，這一週時間，妳也繼續放假吧。」

向卉驚喜不已，忙正步敬禮，回道：「是，局長！」

但她又提了個要求，希望到時候能回來幫葉大衛。馬正雲面色為難。

「舅舅，你以前說我是女孩子，擔心我在前方衝鋒陷陣，怕我有危險，讓我去 110 指揮中心鍛鍊，我已經鍛鍊很久啦，你就讓我回來嘛，而且我一定會好好陪在師父身邊，幫他破案，絕對以安全第一的要求來約束自己。」向卉說話像吐子彈似的，葉大衛卻偷偷地給馬正雲使眼色，馬正雲沉吟了一會兒才說：「我不是不想讓妳回前線，只不過，妳一個女孩子，加上妳舅媽……」

「又是舅媽，我舅媽是局長，還是你是局長？」向卉不服氣地質問道，馬正雲左右為難，戲謔道：「在我們家族裡，我是最沒有領導權的。」

向卉又死纏爛打起來，馬正雲只好擺了擺手說：「這樣吧，你們先休假，這件事，等回來上班的時候再說。」

「也行，不過你可要好好考慮清楚，要是不讓我繼續跟著師父，別怪我以後沒你這個舅舅。」向卉發了狠話。

馬正雲無奈地嘆息道：「我們家裡的女人，怎麼一個個都那麼不讓人省心呢。」

葉大衛嘴上答應休假，但從馬正雲這裡一離開，就帶著向卉去到了監控室，親自檢視了武東被殺當天的監視器畫面。

他看到了那個戴著帽子，穿著制服犯罪嫌疑人。

「就是這個人殺了武東，除了這個，別的監視器同樣沒有拍到正臉。」向卉指著影片中的犯罪嫌疑人說，「師父，現在基本上可以肯定，是龍幫派人殺了武東，只可惜無法確定殺手的身份。」

葉大衛把影片翻來覆去看了好幾遍，然後和向卉一起回到家裡。當他站在鏡子前面時，鏡子裡突然出現了韓國棟的身影。

韓國棟和陳迪芬從醫院回來之後，便一直在聯繫葉大衛，但過了許久，都以為再也無法跟葉大衛取得連繫時，葉大衛發來了文字：「韓隊，是你嗎？我是大衛！」

「哇，太好了，終於聯繫上了！」韓國棟向身邊的陳迪芬喊道，然後馬上在地圖上寫道：「大衛，真的是你嗎？你已經安全回到自己的世界了嗎？」

「是的，我已經安全回來，讓你們擔心了。」葉大衛寫道，「快跟我說說你那邊的情況。」

「在你離開之後，我們又在孤兒院的地下室救出了一個叫伍月華的女子和一個幾歲大的孩子，原來伍月華是姚正祥當年強姦並綁架囚禁在地下室的孤兒，而且伍月華被強姦後還生了他的孩子。」韓國棟寫下這些文字時，心裡像壓著一塊石頭，無比沉重，「大衛，現在母子倆已經被救出來，孩子沒事，但伍月華瘋了，已經送到精神病院。」

葉大衛拿著筆，一時間卻不知該寫什麼才好。

「大衛，我是陳迪芬，感謝你救了我，真遺憾在你離開之前，沒能跟你見上最後一面。」陳迪芬寫道，「我知道以後可能再也沒機會見面了，但是現在能用這種辦法交流，我也很開心。月華是我在孤兒院最好的朋友，是你和韓隊長救了她，我替她感謝你們。」

葉大衛心裡沉甸甸的，看著鏡子裡的韓國棟和陳迪芬，似乎欲言又止，片刻之後才寫道：「幾十年前，姚正祥在這個世界殺害了十三人，現在案子破了，姚正祥也死了，其實我應該謝謝你們。」

「感謝的話大家都別再說了，大家能在前後相隔三十年的世界相遇，這可是天大的緣分。」韓國棟寫道，「替我跟向卉問好，她是個好女孩，好好照顧她。」

向卉在葉大衛身邊，看到韓國棟寫下的這些文字，臉色緋紅，還說：「你看，韓隊都說我是個好女孩，你可不能辜負我！」

葉大衛笑了笑，寫道：「韓隊，你就別替我操心了。對了，有件事我必須跟你說，姚正祥死前，親口告訴我，他沒有殺害胡明明，也就是說，殺害胡明明的另有人在。」

韓國棟露出了疑惑的表情，問道：「他真這麼說？會不會是胡說八道。」

「不會，姚正祥以為自己真的可以回到這個世界，所以不會撒謊。」葉大衛寫道，「而且他還告訴我說，胡明明在孤兒院的時候，曾犯下多宗強姦案，不僅如此，他還是姚正祥縱火案的共犯。」

「這就是姚正祥沒有殺他的原因？」韓國棟問，葉大衛把姚正祥殺害自己替身的事情告訴他後，又說：「姚正祥本來是要殺他的，但在出門把替身搬運到凶殺案現場的時候，沒想到胡明明居然醒了，而且還逃跑了。」

韓國棟眉頭緊鎖，在心裡問自己：「殺害胡明明的真凶到底是誰？」

他又寫道：「胡明明應該結下不少仇人，如果他不是被姚正祥殺死，也許是仇家尋仇。可他的仇人太多了，又沒有線索，究竟是什麼人殺了他？」

「這個問題看來只能留給你去解決了。」葉大衛回覆道，「韓隊，我們都是警察，於公於私，都必須找到真凶，這是我們的職責，以後的事情就拜託你了。」

葉大衛在向卉的陪同下，去見了一位德高望重的物理學教授。教授姓楊，六十多歲，頭髮花白。

「你為什麼會對平行空間的事情感興趣？」楊教授問他，他說：「因為我是科幻電影的愛好者，對平行空間的事情非常有興趣，有一些疑問希望得到您的解答。」

「你這也算是合理的理由吧。」楊教授笑道，「關於平行空間的事情，其實人類從未放棄過研究。從理論上講，平行空間有無數個，但是截至目前，有紀錄的，可能進入平行空間的事例，幾乎微乎其微。」

「那麼目前可以驗證的，成功進入平行空間的事例有嗎？」葉大衛問，「我上網查詢過進入平行空間的方法，不知道可信不可信？」

楊教授嘆息道：「全世界的科學家都做過類似的實驗，但從未對外公布過研究結果。至於進入平行空間的辦法，確實有過無數種傳言，比如不久前釋出的關於黑洞的新聞，最早是由霍金提出來的，他相信人類可以透過黑洞進入另外一個平行空間。除此之外，夢境、海市蜃樓，以及很普通的鏡子等，都被認為是另一個平行空間。如果你們都很意外地同時出現在另一個平行空間，那麼就有可能偶遇。當然，也有可能永遠都無法遇見，這就要看機率了。」

葉大衛聽到「鏡子」時，跟向卉不經意地互相對視了一眼。

「我們現在的世界，就是人類所說的現實世界，你以為就真的是現實世界嗎？」楊教授突然提出問題，葉大衛一時間沒明白他的意思，他接著說，「現實世界是相對而言的，相對於過去和未來，我們可以說自己生存的空間就是現實世界。但是，你有沒有想過，假如過去的世界，或者未來的某個世界才是現實世界呢？那麼我們現在的世界，就有可能是過去或者未來某個世界的平行世界。」

「我還是有點不明白！」葉大衛不好意思地說。

「好吧，那我再簡單點。」楊教授說，「你、我、她，可能都不屬於這個世界，我們可能來自過去，也可能來自未來，只不過在這裡生活久了，才以為這個世界是原本就屬於自己的。」

「您的意思是，這裡可能也不是原本屬於我們的世界？」向卉問，楊教授點頭道：「從理論上來說，這種情況確實可能存在。當然，這也是科學家需要論證的東西。」

在回去的路上，葉大衛想起自己曾經回去過的兩個時空，陡然想明白了楊教授的話，在心裡默默地問道：「如果楊教授的理論成立，那麼我也可能是未來世界的人？」

一週以後，葉大衛回到了工作職位，向卉成為他的部下，開始聯手調查武東被殺案。忙碌了一天，他回到家裡，洗了個澡，穿著睡衣，剛站在鏡子前面，鏡子裡就出現了韓國棟的字影。

「太好了，還以為今天聯繫不上你。」韓國棟急切地跟他打招呼，他看出韓國棟很著急，於是問道：「發生什麼事了？」

「原來，伍月華被送到精神病院後，孩子也被送到了當地一家育幼院，一天前，孩子被人收養。」

葉大衛開心地說：「那不是好事嗎？」

「事情當然是好事，可有件事必須讓你知道！」韓國棟猶豫了一下寫下，「收養孩子的人，主人姓葉！」

葉大衛看著韓國棟發來的文字，一開始沒反應過來，但很快就像被噎住了似的，張大著嘴，良久沒能說出話來。他想起了楊教授的另一番話：「如果你們都很意外地同時出現在另一個平行空間，那麼就有可能偶遇。當然，也有可能永遠都無法遇見，這就要看機率了。」

「收養孩子的人，主人姓葉！」這句話一直在葉大衛腦海裡翻滾，像水沸騰了似的。

「難道那個孩子就是小時候的我？那麼姚正祥他不是……」他感覺自己快要窒息。

「雖然不敢肯定那個孩子究竟是不是你，但我一定會持續追蹤的，而且會不定時跟你彙報孩子的情況。」韓國棟發來這番話的時候，葉大衛更加難受。

他早就從小衛身上明白一件事，那就是自己無論進入哪一個空間，其實都不是沒有緣由的。第一次是為了幫另一個自己擺脫龍幫的追殺；第二次，他原本以為命運送他去到三十年後，是為了抓到姚正祥，卻沒想到，最後還親手救了自己。

「陳護理師呢？」葉大衛沒看到陳迪芬，韓國棟說：「她今天夜班。找她有事？」

葉大衛陷入了沉默之中，他糾結了許久，一直不敢輕易提起這個話題，但他明白自己的身分，對案件存疑，就必須把自己的疑慮說出來。

「雖然沒有證據，但我認為胡明明的死，她是最大的犯罪嫌疑人，因為她有動機，有時間。」葉大衛把自己對陳迪芬的懷疑告訴給韓國棟後，韓國棟跟他想像中一樣，一臉不信任的表情。

「之前是我對她有懷疑，你覺得她不是凶手，現在反而倒過來了。」韓國棟嘆息道，「只可惜依然沒有證據。」

「是的，如果有證據的話，你會抓她嗎？」葉大衛問，畢竟胡明明既是受害人也是施害者。

韓國棟頓了頓，回覆道：「當然，你應該了解我，如果她真的殺了人，我一定會親手抓她！」

可就在這時候，葉大衛突然瞪大了眼睛，因為他看到了陳迪芬悄然出現在韓國棟身後，而且手裡還拿著把刀，也就在這一瞬間，韓國棟的身影從鏡子前面消失。

葉大衛腦子裡一片空白，大聲叫嚷起來：「不要，陳護理師，不要做傻事！」

可是，鏡子裡已經空空蕩蕩。

葉大衛目瞪口呆，他不敢想像陳迪芬是否已經聽到韓國棟跟自己的對話，還有陳迪芬拿在手裡的刀，想到這些，他頓時就像癱瘓了似的，坐在沙發上，半天沒能起身。

陳迪芬坐在那兒，手裡拿著刀，看著被捆綁住雙手，已經昏迷過去的韓國棟，眼前再次浮現出伍月華被強姦那天晚上的情景。她隔著門縫，不僅看到了蔣懷遠，還看到了站在一邊，滿臉淫笑的胡明明。

她眼裡射出道道寒光，突然瘋了似的咆哮起來。

聚會那天晚上發生的事，也清晰地浮現在她腦海。她被蔣懷遠侮辱後，本來逃走了，但因為憤怒，心裡湧起殺氣。她又折身返回，打算親手殺了蔣懷遠，卻沒想到在房間裡只看到已經被殺且被毀容的蔣懷遠、王寶山和李美麗。

她當時被嚇蒙了，但一想到蔣懷遠已死，心裡就舒坦了些。

等她平靜下來後，才想起胡明明不見了。她看著躺在地上的三名死者，悄然退了出去，突然看到不遠處一個搖搖晃晃的背影像極了胡明明，於是追了上去。

陳迪芬想起了伍月華被侮辱的那個晚上，更是怒火中燒。她暗中跟隨胡明明到了河邊，趁著他在河裡喝水的時候，抓著他的頭髮按進了水裡……

胡明明死了！

陳迪芬原本打算把他丟在河邊，但為了保險起見，於是把屍體拖到了附近的屋子。

＊＊＊

葉大衛全身無力，閉著眼睛，強迫自己什麼都不要去想。也不知過了多久，一陣電話鈴聲把他驚醒。他拿起手機一看，是個陌生號碼。

「喂，我是葉大衛，誰找我？」葉大衛問道。

「你不認識我，但我認識你。」對方的聲音像一團海綿，「我要你馬上去城西的廢棄停車場，我會在那裡見你。」

「你到底是誰，我為什麼要聽你的？」葉大衛冷聲問道，對方冷笑道：「半個小時，你不出現的話，你將無法再見到你心愛的人。」

葉大衛聽到對方結束通話電話，雙眼迷離，眉頭緊鎖。

「師父，這麼晚，誰打電話呀？」向卉的聲音從背後傳來，葉大衛本想跟她聊聊的，但臨時改變主意，決定隻身赴約，於是說：「沒什麼，可能是打錯了。」

「餓了吧，我給你做點吃的。」

「算啦，不吃了，我有點事要外出一趟……」他說著已經起身，向卉追著問他：「師父，這麼晚，還要出去？我陪你一塊兒吧。」

葉大衛轉身看著她的眼睛，突然之間，似乎有太多話想說，但最後卻只笑著說：「不用了，妳早點回去休息，我去見一個老朋友，很快就回。」向卉目送他出門，臉上的笑容逐漸消失。

夜色斑斕，點點的微光灑滿停車場，高高堆起的汽車骨架，令葉大衛想起了當初發生在這裡的一切。

這時候，又有人打電話進來，還是那個陌生號碼。

「我到了！」葉大衛環視著四周，滿眼警惕。

「我知道你到了！」那個聲音冷冷地回應道，「你是個守信用的人，換作是我，今晚可能不會赴約！」

葉大衛頓了頓，問道：「你到底是什麼人，出來聊聊吧！」

「我是什麼人已經不重要，重要的是，你既然來了，就別想走了！」葉大衛聞言，猛地轉身，只見黑暗深處，隱約現出一個黑影人，那人手裡還舉著一把槍，槍口正對著他。

「對不起，你不該回來的，本來不會有人死。這個結局，完全是你咎由自取！」那個聲音變得越發冷酷，葉大衛還沒來得及開口，只聽見一聲槍響，槍聲劃破夜空，寂靜的夜晚彷彿被瞬間擊碎。

葉大衛沒想到向卉會突然衝出來，子彈射在她身上，她無力地叫了聲「師父」，便沉沉地閉上了眼。

開槍的人慢慢走出黑暗，一束光亮正好落在他眼睛上。那雙眼睛，閃爍著騰騰殺氣，卻又好似夾雜著一絲驚恐的表情。葉大衛看到了那張蒙面的臉，喉嚨卻像被堵住似的，怎麼也叫不出聲。

「砰砰……」

逆空追凶——罪局：

時空錯亂，罪案連環！當槍聲響起，命運之風將裹挾著真相吹向何方？

作　　者：老譚
責任編輯：高惠娟
發 行 人：黃振庭
出 版 者：崧燁文化事業有限公司
發 行 者：崧燁文化事業有限公司
E-mail：sonbookservice@gmail.com
粉 絲 頁：https://www.facebook.com/sonbookss/
網　　址：https://sonbook.net/
地　　址：台北市中正區重慶南路一段61號8樓
8F., No.61, Sec. 1, Chongqing S. Rd., Zhongzheng Dist., Taipei City 100, Taiwan

電　　話：(02)2370-3310
傳　　真：(02)2388-1990
印　　刷：京峯數位服務有限公司
律師顧問：廣華律師事務所 張珮琦律師

定　　價：450 元
發行日期：2024 年 11 月第一版
◎本書以 POD 印製
Design Assets from Freepik.com

國家圖書館出版品預行編目資料

逆空追凶——罪局：時空錯亂，罪案連環！當槍聲響起，命運之風將裹挾著真相吹向何方？ / 老譚 著 . -- 第一版 . -- 臺北市：崧燁文化事業有限公司, 2024.11
面；　公分
POD 版
ISBN
ISBN 978-626-416-095-7(平裝)
857.7　113016981

電子書購買

爽讀 APP

臉書